新世纪文学方阵·散文方阵

多情人不老

Xinshiji
Wenxue Fangzhen Shanwen Fangzhen

——刘绪贻散文集

刘绪贻　赵晓悦◎选编

- ▶ 撩人的黄昏后
- ▶ 美国大学生与《红楼梦》
- ▷ 冰心与她的"傻姑爷"

人民出版社

目　录

第三辑　怀人篇

题　辞

　　好几年来，我就考虑到把我人文社会科学研究著作以外的一些抒情、感怀文字，选择其中稍有保存价值的、值得人们得暇时看一看的若干篇，组合起来，出版一本散文集。但是，文学界对于什么是散文，似乎颇有争论，并无一致的意见，而我又不是从事文学创作和文学研究的人，怕说外行话，怕做外行事，因而就感到了"选择"的困难，担心我选的不是散文。最近，我请教了《辞源》和《辞海》。北京商务印书馆 2007 年版的《辞源》修订本上册第 1348 页"散文"条云："文体名，对骈文而言。……现代指与诗歌、小说、戏剧并称的文学体裁。"上海辞书出版社 1980 年 8 月出版的《辞海》(1979 年版)缩印本第 1471 页"散文"条云："中国古代，为区别于韵文、骈文，凡不押音韵、不重排偶的散体文章，包括经传史书在内，概称散文。随着文学概念的演变和文学体裁的发展，在某些历史时期又将小说及其他抒情、记事的文学作品统称为散文，以区别于讲求韵律的诗歌。现代散文是指与诗歌、小说、戏剧并称的一种文学体裁。其特点是：通过对某些片断的生活事件的描述，表达作者的思想感情，并揭示其社会意义；篇幅一般不长，形式自由，不一定具有完整的故事；语言不受韵律的拘束；可以抒情，可以叙事，也可以发表议论，甚或三者兼有。"

　　收入这本散文集的文章，可以说都是符合上举《辞源》和《辞海》对于散文定义的界定的。我们在选文时，感到有些文章可能篇幅长了一些，但《辞海》只是说"篇幅一般不长"，并没有说篇幅长的文章便不能称为散文，因此，我们还是选了一些篇幅较长但又觉得不应遗漏的文章。这些文章中，虽然有的也收入我的另一本书《箫声剑影——刘绪贻口述自传》上卷，但作为《刘绪贻散文集》，似又不应阙如，所以还是选入了，希读者见谅。

我们根据所选文章的性质，将之大体分为抒情篇、感怀篇、怀人篇三辑。抒情篇和感怀篇各收文章 16 篇，怀人篇收文 33 篇，总共收文 65 篇。每辑中文章均按写作时间先后排列。

这是一本文学门外汉的散文集，除希望一般读者赐教外，特别希望文学界人士的批评指教。

刘绪贻

2010 年 1 月 5 日于求索斋

第 一 辑
抒 情 篇

梦

　　平生多梦，大多总不过是梦。醒后心情，形形色色。许是梦得够了，近年来梦少，其至只偶尔一梦。往往一觉醒来，淡泊宁静。起床后料理诸事完毕，便开始工作。

　　今晨起来，花香鸟语中，却做了个白日梦。昨天，应《晋阳学刊》之约为我这个小人物写传略的尹宣先生来访，要求我将 1948 年发表在上海、北平、南京、天津等杂志和报纸上的约 30 篇文章，给他参考。我无以应命，并兴起一阵怅惘之情。除上述文章外，加上建国后我发表在报刊上的文章（连同底稿）约四五十篇，"文化大革命"中抄家屡屡，洗劫殆尽。这些文章的定稿，大都是老伴周世英抄写的，字迹工整娟秀，颇为悦目。所以，其中不仅有我的心血，也有她的红颜梦；敝帚自珍之情，可想而知。然而直到今天，回到我手中的，不过 14 篇。历经申请查找，总是音信渺然。

　　今晨我又想起这事。我想，当时抄走这些文稿的责任者如果勇于负责的话，组织一点力量，查一查有关报刊，把我和与我有同样愿望的人的文章影印出来交还我们，并非难事；而且，这不也是落实政策吗？

　　然而我又想，这件事在我固然盼望殷切，比起四化大业来，却似乎微不足道。而且那些责任者大都是没有责任感的官僚和投机者，总是把责任上推给"四人帮"。因此，就觉得这不过是白日梦。但再一想，在中国共产党领导下，中国人民推翻了三座大山，建立了中华人民共和国，使中华民族能自立于世界民族之林；如今在新长征道路上，又在经济建设中取得世界瞩目的成就，这点小事，办起来有何难哉！经过反复思考，我认识到，我的这个梦是否只是白日梦，取决于我国的政府是否能树立起现代公民权利的观念。只要我们是臣民而非公民，我们的好梦便难成真。

　　　　　　　　　　　　　　　　1986 年 4 月 21 日于珞珈山

喜极而忧

1945年，我在美国芝加哥大学读书。5月德国投降的那一天，芝加哥全城沸腾。入夜，街上一片狂欢景象，平时的行为准则不起作用了，人们甚至可以拥抱亲吻自己遇见并且喜欢的任何异性。到8月15日日本天皇宣布投降的那一天，我虽然意识到当夜那种狂欢之乐，也许有机会吻一吻异国娇娃，但作为中国人，比较拘谨，我没有胆量到大街上去尽情享受那狂欢之夜，只是坐在自己的宿舍里反复背诵杜甫的名诗："剑外忽传收蓟北，初闻涕泪满衣裳"。每当背到第三句"却看妻子愁何在"时，因当时我的妻、子俱在重庆，无缘得见，仍不免乡愁。背到第四句"漫卷诗书喜欲狂"时，虽也能狂喜一阵，但为时甚暂。因为，当时我的学业尚未告一段落，不能像杜甫那样"青春作伴好还乡"，而今难以"放歌纵酒"的，则还有更重要的原因，这要从头说起。

我少年时国家多难，由于读了些旧书，深感"国家兴亡，匹夫有责"，同时也难免有显亲扬名幻想。然而家境清贫，性情耿介，自认仕途难闯，不愿预闻政治，总是做着读书成名，"布衣傲王侯"的清梦。到读高中时，这一梦想具体化为清华、北大这样一些大学的著名教授。可是，20世纪30年代以来，在国民党政府先安内后攘外的亡国政策的纵容下，日寇步步进逼，到"七·七"事变后，清华、北大不得不迁往昆明，它们的那些名教授的安身立命之所也岌岌可危。这铁一样的事实告诉我，中国只有打败日寇，并在打败日寇后通过现代化强大起来，我的梦想才有可能变成现实，否则就面临沦为亡国奴或流浪异域的危险。

在这种情况下，日本宣布投降，怎能不令人"喜欲狂"、"放歌纵酒"呢？但狂喜一阵之后，静下来仔细一想，中国是否能从此就走上现代化道路，使国家富强起来呢？很明显，当时中国最有力量的政党只有两个：国民党和共产党。我当时不懂政治,认为国共斗争不过是争权夺利;不管哪一个,只要有一个党能把中国引上现代化与富强之路就行。

我逐渐认识到只有中国共产党才能引导中国走上现代化与富强之路,那是1946年的事。于是,我根据自己掌握的一些情况对国共两党进行比较、衡量。首先我认为,日本投降后,国共合作是十分困难、甚至是不可能的,因为民族矛盾已不再是主要矛盾。其次,一方消灭另一方的可能性,在当时也是非常小的。因为共产党虽然是在野党,但在极艰苦条件下坚持敌后抗战,党员、军队及民兵人数大大发展,根据地相应扩大,在整个中国社会中声望和地位有所上升,它的力量比抗战前和抗战初期大不相同了。以前国民党都消灭不了它,现在消灭它谈何容易! 国民党呢,虽然它日益腐朽无能,大失人心,但它在抗战中后期积极反共,囤积了大量的美援物资以备战后对付共产党人,物质力量仍比共产党强大很多,共产党要想在短时间内推翻它,也显得不现实。因此,国共两党继续斗争的形势在所难免。这样一分析,使我的兴奋之情不由得渐渐冷却下来,甚至感到前途茫茫,为国、为民、为自己的前途忧思不已。

除这种忧思外,自然不能不忆及国内的亲人。当时,我的妻子带着3岁女儿和1岁儿子住在重庆,母亲及弟妹住在黄陂县乡下。我遥想,乡下人不一定能及时知道日本投降的消息,重庆一定会知道的。孩子们小不懂事,妻子是一定也会"喜欲狂"的。然而隔着一个太平洋,这种"喜欲狂"之情无计交融,于是不自觉地又背起了少陵名诗:今夜鄜州月,闺中只独看。遥怜小儿女,未解忆长安。香雾云鬟湿,清辉玉臂寒。何时倚虚幌,双照泪痕干。

现在我记不清,当夜我是什么时候上床就寝的,我在床上又辗转反侧了多久时光。

1995年6月14日夜于珞珈山

载《武汉春秋》1995年4、5月合刊

撩人的黄昏后

1945 年,我到美国读书,同时进校、选课也基本相同的,有个叫简的美国女同学。她算不上美人,年龄大约 30 岁左右,但肌肤白皙,面目端秀,举止温文尔雅,特别是胸脯非常丰满,使得我在课间休息时,总爱找她聊聊天。她也许是出于对外国学生好奇,或者是看出我对她的兴趣,对我也十分友善和热情。后来我知道,她已结婚,有个小孩,丈夫经商很忙,常常让她独守空闺。有个星期天上午,我拿着球拍前往网球场,在人行道上和她邂逅。她独自用儿童车推着孩子在校园散步。稍事寒暄之后,我问她是否喜欢打网球。她微笑着飞了一下眼神道:"怎么说呢?我的球艺虽不高,但当我站在网球场上时,至少意识到对面有个人在陪着我玩,不感到孤寂。"我隐约感到,她也许是在责备她的丈夫"商人重利轻别离"吧?

我和她,一个是罗敷有夫,一个是使君有妇,然而,我们的友谊发展着,好像是慢慢啜着一杯淡淡的葡萄美酒。

1946 年初春,她的丈夫又因跑生意去了纽约。在一个雨后初晴的周末黄昏,她请我到她家共进晚餐,在座的还有个加拿大来的女硕士生和一个优秀的美国黑人博士生。两对男女,来自 3 个国家,属于 3 个种族,别具一番情趣。在去她家的路上,街道洁净,空气异常新鲜。花草树木焕发着浓浓的春意,使我感到按捺不住生命力的律动。到达她家后,满室温馨震撼着我的心灵。平日里,她因忙于学业和家务,除注意整洁外,很少刻意打扮。这个黄昏,她身穿一件深红色的绸质晚礼服,薄施脂粉,浅描眉黛,体态丰腴,胸部隆起,充分显示出一个少妇的风情与魅力。客厅里响着华尔兹舞曲,她轻盈地旋转着,明亮的眼睛,甜蜜的笑靥,含蕴着柔情,好似在召唤:朋友,来和我共舞吧!如此良夜,不欢何待?可惜的是,我对自己舞技没有信心,虽然一再跃跃欲试,始终未上前去和她共舞。对着她失望的眼神，我只好报以深深的歉意。另两位客人平时并不太喜欢跳舞，看着如此情景，只好打圆场。他们说，让我们来谈人生、谈文艺、谈友谊、谈爱情吧！

在那个温馨的周末黄昏，我们究竟谈了些什么，早已是过眼烟云。我只记得谈了不久，便喝起葡萄酒，共进晚餐。酒上心头，她尽管极力保持着女性的矜持和尊严，我仍能在她的眉宇间、腮帮上读到一个怀春少妇期待和渴望的信息。晚餐后，她又开了留声机，放着舞曲，但另两位客人不久就起身告辞，并似有意无意地对我说，我们走了，你留下吧！这时，我望了望她，她微笑不语，既不请我留下，又不向我道别。我忽然想着，如果我留下，这个弥漫着温馨和春意的屋子里就只剩下我们两人，她肤如白雪，面泛桃花，红红的嘴唇，丰满的胸脯，这真是："纵使刘郎真铁汉，奈神矢，乱穿心！"但又一转念，忽然想到留在国内一人带着一双小儿女的年轻妻子，而且记起一次她在来信中提到，昨夜邻居宴客，有位客人吟诵着那首著名的唐诗，"闺中少妇不知愁，春日凝装上翠楼，忽见陌头杨柳色，悔教夫婿觅封侯。"妻还说，这首诗显然是针对她而吟的，想到这些，我只好硬着心肠离开了那个撩人的黄昏。

出了她家后，忽然一阵春风吹来，熏人欲醉，真是良辰美景奈何天，让人流连。特别是眼前看着另一对客人在茫茫夜色并肩向着公园树影中走去，更引起我的怅惘之情。我站在街头深深地吮吸了一番这春夜迷人的春之气息，才踽踽地回到自己宿舍——我也孤独，简也孤独，妻子虽有一双儿女作伴，我想也难免感到孤独。

多少年来，我不知多少次回忆起那个美好的黄昏后；每每读到宋代那首著名的"月上柳梢头，人约黄昏后"词儿时，总是感到韵味无穷。有时甚至侥幸当日的果断与毅然，否则若偶然"失足"，在此后的几十年里，我会带着怎样的一种愧疚的心情面对妻儿呢？

1995 年 9 月 6 日于珞珈山
载 1996 年 10 月 26 日《楚天周末》

灵肉矛盾

——86岁感怀

去年岁尾,我在《读书》第11期上读到我的老师费孝通《从反思到文化自觉和交流》一文。其中说:"从1995年以后,……总的感觉是力不从心。里边还想着做这个做那个,可是实际上做不来了。我这个生物体和在人文世界里形成的精神要求合不到一块了。"当时读后虽有同感,但因我刚当选武汉市10位健康老人之一,这种感觉并不深刻,也不持久。今年1月中旬,我因睡眠不足,忽然头痛甚剧,遵医嘱作了CT检查,据检查结果医生说这是对我的第一次警告,如果再不注意,就有两种可能:或脑溢血;或老年痴呆。医生的话不可全信,但亦不可不信。这样,我的灵与肉或心与力的矛盾就更明晰起来了。

这种矛盾的内容是很丰富的。比如,有时我想尝尝李太白让杨贵妃捧砚、高力士脱靴的那种狂态;有时我想学学陆放翁从军时雪夜刺虎的那种豪情;有时我和龚自珍同做一梦:"愿得黄金三百万,交尽美人名士,更结尽燕邯侠子";偶尔还想做少年游,像罗密欧乘月夜到朱丽叶闺窗下低吟小夜曲。不过,这显然都是些力不从心的心事,想想也就算了。

真正使我难以忘情的,却是以下两件心事。首先,改革开放以来,值得阅读、甚至启人心智与动人心魄的书籍、杂志、报纸逐渐出现,某些心灵的语言也可以写成文章发表了。我的阅读兴趣较广泛,家里订阅和赠阅的中外报刊就有20多种;至于图书,除中外朋友和学生赠阅的以外,自己也陆续买了些偏爱的书,小小14平方米的求索斋,已难容纳。即使不去图书馆,仅我书架上,就有不少我极想读的书还未及阅读。至于写文章说说真心话,这不仅是我的爱好,还是作为一个知识分子的社会良知的驱使。

　　近些年来,我已停止大部头书的著作,除少数散文、杂文外,主要是就社会热点问题写了些批判性文字。85 岁生日感怀诗云:七十年来是与非,灵台无计避安危;不辞消得人憔悴,好把余年作警雷。我自认为是为了国家、人民的长远利益而写作的。尽管直到 1987 年离休以来,我没有节假日,也没有星期天,一年到头只是阅读和写作,但是,目力、精力的减退总使我感到许多应读的东西未及读,许多应写的文章还未写;而且,我更深深感到我没有能力使我想写的文章都有发表的机会。我到这个世上来,有许多对社会、对人类应尽的责任尚未尽,应该实现的自我价值也未完全实现,这种心有余而力不足的矛盾,看来是永远也解决不了了,怎能无动于衷?

　　我原来是个只读书不问政治的人,从 1946 年起,我逐渐认为只有中国共产党才能领导中国走上现代化的道路,使中华民族自立于世界民族之林。1948、1949 年之交,我参加了党领导的地下斗争。建国以后,通过学习马克思主义,我又从理论上逐渐认识到社会主义比资本主义优越,为生活和工作在社会主义的中国而感到自豪。但从 1957 年起党的八大制定的正确路线被践踏以来,往往使我对以解放全人类为崇高目标的马克思主义忧心忡忡。改革开放以来的政策和成就,让我欣喜;而东欧的变化和苏联的解体,又让我思考和忧虑。凡是相信马克思主义和社会主义制度的知识分子,都有责任对社会主义建设事业密切关心,认真钻研并进行监督,总结教训,深入探索走弯路的原因,以免重蹈覆辙。近年以来,我是在为此而尽绵薄之力的。特别是最近以美国为首的北约违反国际关系准则、践踏人权和人道主义的野蛮暴行,更令我感到在建设有中国特色社会主义和文明、民主、富强的中国的道路上,还有许多障碍有待迫切清除。然而,任务是艰巨的,不独自己力量有限,又到 86 岁高龄,我想作的贡献和能作的贡献实在是差距太大。因此,医生的警告固然可感,但还不得不时时让我的灵魂给我的肉体加鞭。

　　　　　　　　　　1999 年 5 月 13 日(86 岁生日)于珞珈山
　　　　　　　　　　载 1999 年 6 月 21 日《长江日报》

86 老翁缘何健？

本月 13 日我已整整 86 岁。脸少皱纹，发多黑色，走起路来腰不弯、背不驼，有时还显得气昂昂雄赳赳；一年到头无节假日，阅读写作不辍。因此常有人问我养生之道。平日很少认真去想，但真正想想又觉得说来话长。限于篇幅，这里只谈谈我养生的一个侧面——尽量化解忤逆，谋求心理平衡。

一个人如果像林黛玉那样，老想着自己家道中落，寄人篱下，大观园里连宝哥哥都轻慢、疏远自己，整天生活在哀愁泪雨之中，心力交瘁，谈何长寿？但是，作为一个经常意识到对人类对社会的特殊使命而又不能忘情于实现自我价值的知识分子，在闻见人间不平事，或自身面临忤逆之时，我既不能像佛家那样心无一物，像道家那样皈依自然，更不愿学阿 Q 的精神胜利法，那么要达到和维持一种心胸平和坦荡的境界，就得善于化解忤逆，谋求心理平衡。

有句老话：人生不如意事十常八九。这也就是我悠悠 80 余年的人生。对这些无数不如意事，我或者以力胜之，或者以理化之。它们虽能使我苦恼一时，但不能长期折磨我。举例来说，我上初中时，是一个刚从农村进入城市的孩子，家境贫寒，衣着语言都显得土气，加上运动、唱歌等技能都赶不上城市孩子，使我不禁产生一种自卑感。但是，当时校风非常重视学习成绩，我于是刻苦用功，特别是认真写每篇作文。不久，国文教师便总是在我的作文本上批上"传观"两字，让全班同学传着看我的文章。期终考试冠全班，到二年级，还取得全省初中生作文竞赛第二名。这样，我受到的尊重早已使城乡差别在我身上造成的劣势不起作用了。又比如，高中毕业那年考取了北京大学，家贫无力进校，但我没有向这种逆境屈服：一面做家教，一面复习功课，第二年考取了每年只有 10 名的清华大学公费生，心情自然也就轻松了。

不过，人世间有许多不如意事是难以力胜的，我何能例外？这就要洞明世事，以平常心态通情达理地认识和对待各种不平与忤逆之事。比如，以美国为首的北约公然以导弹袭击我驻南联盟大使馆，这件事一直使我激愤难平，但我个人是无力上战场的。经过分析，我能做的只是以自己余年作出应有贡献，和全国人民一道努力，使祖国早日富强。同时，作为一个社会学工作者，我从社会发展史的角度，充分认识到以美国为首的北约如果不悬崖勒马，"多行不义必自毙"。这样，我的心情就逐渐平静下来。另外，有些不如意事也不必"以力胜之"。比如，因我平日不管家务事，偶一次买菜被菜农骗了，虽然心里不痛快，但一想到"锄禾日当午，汗滴禾下土"那首诗，我就觉得完全没有必要和菜农计较。

由上所述，足见对待不平、忤逆等事，主要不是以力胜，而应以理化解。这里说说我在"文革"期间，是怎样谋求心理平衡的。"文革"的滔天恶浪，一般知识分子当然难以力胜，我的好友、著名文学史家刘绶松教授就是一时想不开含冤而死的。我虽然也无端受过各种屈辱与迫害，但我想到那些"左"派的倒行逆施，绝不可以持久。而且，我分析那些作为工具迫害、凌辱我们的所谓"红卫兵小将"，大多数或者是思想不开窍的驯服工具，或者是迫于大气候的随波逐流者，只有很少数是企图浑水摸鱼的小人。对前者可以原谅，对后者则不能以理喻，只能智胜。有位同事告诉我大女儿："你爸爸真想得开，'文革'期间挨斗后还去吃馆子。"的确，我当时也有想不开的时候，但总能解脱。每次挨批斗时，我对那些极力捏造出来的恶毒语言虽然不敢公开横眉冷对，但心里总认为是胡说八道，谩骂诽谤，而正义则在我这一边。因此，我不大公开认错。他们说我顽固，最后让我参加一个全校顽固分子学习班。监督我的一位同学是驯服工具，教师则是个浑水摸鱼的人。我装作老实模样，但我没捏造事实作交代，只是按照他们意图将这些事实无限上纲。他们终于满意了，说我可以毕业（意即可以解放了）。在最后的鉴定会上，他们要我最后交交心。头天晚上我仔细思量，这是我长期受压、谋求心理平衡的天赐良机。第二天开会时我首先声明："这是你们让我交心的，我如说错话，你们可不能记账。"他们同意后我交心道："自从我被批斗以来，我对你们大家对我所有的批判,都看成是放屁一样。"会场上整我的人都傻眼了,最后说是只能算我"半毕业"。我管你完全毕业还是半毕业,反正我心理平衡多了。至今想起这次得意之作还禁不住大笑,听到我讲这故事的亲友也禁不住与我同乐哩!

1999 年 5 月 18 日于珞珈山

载 1999 年 5 月 29 日《武汉晚报》

平生幸伴东湖住　今望东湖却怅然

苏轼诗云：欲把西湖比西子，浓妆淡抹总相宜。朱德却说：东湖更比西湖好。能激起百战将军的如此诗兴，足见东湖魅力！

在我的记忆中，东湖好像个天生丽质、清纯淡雅的美人。她虽富有吸引力，但每与之接触，总感到身心愉悦，事后留连，却不生妄念。1933年秋或1934年春，我曾和几位高中同学到湖边戏水，既不见游人，也不见人工痕迹，印象最深的是湖水清凉，湖边野趣。那时的东湖，似乎是个"清水出芙蓉，天然去雕饰"的村姑。抗战前夕，我心上的人儿住在东湖之滨的武汉大学女生宿舍，一位有心人在宿舍图片上题词：绿水映芙蓉，宜月宜风宜雨。这题词触动我的心灵，使我每念及伊人，便不禁忆起东湖四周盛开的荷花，东湖的蒙蒙细雨春晨和月光如水的秋夜。

1947年秋，我从美国回来到武汉大学任教，住在珞珈山麓，从此长期与东湖作伴。那时的东湖，仍然清丽动人。三春时节，黄昏之前，我经常偕二三友人徜徉湖畔，在湖光山色中谈天说地，慷慨论苍生。特别是雨后乍晴之时，空气新鲜，云融融，风淡淡，水盈盈，令人欲醉。九夏之时，湖四周尽是红荷绿苇，气息芬芳，加之湖水清澈，吸引着我们几乎天天到湖中游泳，既可解暑，又锻炼了身体。金秋时候，东湖天蓝水碧，鹭鸟飞翔，常令人忆起少年王勃名句：落霞与孤鹜齐飞，秋水共长天一色。不过，秋时东湖最令人怀念的，乃是她的月夜。记得是1948年的一个秋夜，我们几位回国不久的年轻教授，和一小群我们熟识的女大学生，在银灰色月光下，乘着一叶轻舟，在明净如镜的湖面上缓缓划行，最后在一个不知名的小山麓上了岸，选择一处平坦的草地，忘情地跳起了集体舞，唱着"解放区的天是明朗的天"这一类进步歌曲。那时节，真是如此良宵，不识人间尚有不如意事。又一次，记不清是1948年或1949年的中秋之夜，我们在家里见不到天上玉盘,跑到室外,树影婆娑,也看不见月里仙桂。于是,我和妻带着一双小儿女到东湖之滨,雇一小船儿,放棹湖心,水波月色,尽情欣赏,而且四顾无人,好像天地宇宙,只为我们而存在,久久不思归。到了冬天,东湖也有迷人之处,有一年特别冷,东湖冰厚,直至湖心,我曾带着孩子在冰上散步,恍惚回到童年!不结冰时,往往半湖野鸭,煞是一景。如果你在大雪纷飞之时到湖边散步,你就会结识一位淡妆素裹的东湖仙子。

还有值得一提的两件事:一是50年代中期到60年代中期的10年间,我曾因运交华盖寄兴于垂钓。东湖的湾湾汊汊,都留下我和两个孩子的足迹,那时,"东湖原自属闲人",垂钓者无人干扰,只有清风、朗日、荷花、芦苇、浮萍作伴。虽然短暂,却是一种真正可以忘记的生活享受;二是"文化大革命"后期,一次狂风暴雨之后,天气清新,我站在珞珈山东头碉堡之上,面对水已转清的东湖,触景生情,回忆起"文化大革命"中所受屈辱和诽谤,心情反而豁然开朗起来,回家后在小照上题诗一首:

东湖本自水清清,雨骤风狂偶现浑。
事过骄阳当顶照,清明剔透玉风神。

仅从以上简略的回忆,已可见我和东湖的关系是多么亲切和谐。从30年代初到70年代中,特别是1947年起的30年间,我和东湖神形相交。东湖在我的血液中流淌,在我的灵魂中优游。我爱东湖,东湖给我以愉悦和幸福,成为我生活的美好组成部分。

不幸的是,随着时势的变迁,东湖中虽然建了一些游泳池,东湖四周增加了许多现代建筑,但东湖的污染也日益严重。湖水污浊了、臭了,有害细菌超标了;荷花、芦苇、浮萍、野鸭不见了;湾湾汊汊中,时见死鱼死猫死狗和塑料废品等令人恶心的事物。春天,我再也没心情去湖边散步;夏日,我再也没胆量到湖里游泳;秋夜,我再也没兴致到湖心泛舟赏月;冬时,我再也无缘到东湖去看野鸭嬉游。

东湖,好像从一个天生丽质、清纯淡雅的美人,变成一个被骗卖给青楼经营神女生涯从而病毒缠身、形容丑陋的苦命女子。我呼唤科技伦理学、可持续发展战略尽快发挥作用,在建设物质文明的同时一定要重视精神文明建设,还给武汉市人民一个具有现代精神风骨的东湖仙子。

1999 年 5 月 27 日于珞珈山

载 1999 年 1 月 8 日《长江日报》(注:报纸发表时有删节)

多情人不老

上月中旬,我已进入米寿(88 岁)。此前在上海《文汇报》上看到90岁老人张允和题词:"多情人不老",心里不禁涌起一股热乎乎的同感,总想写点什么纪念我87岁生日,但有些问题思想上一时难以理清。比如,林黛玉够多情的吧,但不幸短命;报纸上看到有些百岁老寿星,似乎又显得过于朴实,并不像很多情。经过几位青年朋友和我一同分析,我觉得自己基本上可以列入"多情人不老"一族。

何以故?我想张允和老人所谓"多情人不老",指的是一种心态:当人们看到、听到、感到人世间一些真、善、美或假、丑、恶的事物时,不是木讷迟钝,以致"心如古井不生波","不管他人瓦上霜",而是油然兴起"爱"或"恨",并且往往通过言行表现出来。一个人无论年龄大小,只要受到外界刺激时,立即就能引起一种生命的律动,他和自然、社会、他人之间的交流便会生生不息,他的生活内容便会丰富多彩,兴趣盎然,而不知老之将至。这便是:"多情人不老"。

我的心态,庶几近之。彭德怀、张闻天等老资格革命家在庐山会议上慷慨坦陈自己的真实思想,尤三姐大胆表述自己的真实感情,都使我深深敬爱;柯庆施对毛泽东的个人崇拜,袭人的假情假意,则使我鄙夷。朱镕基为国家、为人民流的眼泪,红娘为张生、莺莺打的抱不平,同样使我心情激动;而美国打着人权的幌子狂轰滥炸南联盟,黄世仁欺侮喜儿成为白毛女,则使我义愤填膺。黄山、西湖的风光,李、杜之诗和苏、辛、二李之词,焦裕禄、秋瑾的心灵,无不使我心醉;而武昌东湖某些角落的臭水死鱼,陈希同、胡长清等人的心灵,则使我恶心。人世间使我动情的这些事物,是不胜枚举的。举近来的例子吧。我既为武汉大学出了个全国唯一的反计算机犯罪博士生而欢欣鼓舞,又为培养这个学生的导师因学校死规定"关门歇业"而沮丧。我曾兴致勃勃地偕两孙女去磨山赏梅，应华中农业大学两教授之邀去看桃花、油菜花，还和几位女研究生在校园寻春留影。华中农业大学李守经教授称我有童心，邻居余其兴教授称我有童趣，我想这也就是"多情人不老"。

从养生的角度看，如果多情多得像林黛玉那样为情所累，则容易使人老。但从一种心态看，林黛玉多情之时，正是她青春生命力的体现，何能言老？至于有些百岁老人面无表情，对自然变化、人事兴衰漠不关心，则人生百味与之无缘，虽从养生角度或可称不老，但从心态看，的确是老了。

我而今之多情，大体上说并未为情所累，所以多数人说我这个年进米寿老头像个 60 许人，有一次竟令一位新来邻居将我当成白发老伴的儿子。我虽年老，但未能忘情，所以天下事、国家事、地方事、风花雪月、诗词戏曲、人生百味百态，都能使我动心，感到喜怒哀乐。

"多情人不老"，不亦妙乎。

2000 年 4 月 19 日（6 月 14 日修改）于珞珈山

载 2000 年 6 月 21 日《长江日报》

如有所失

溅华：

前几天给你的信想已收到。自本月12日完成《战后美国史》（增订版）书稿并交人民出版社以后，本来我已有时间和你聊聊天，轻松一下心情，而且也是一种愉快。但我的电脑操作水平低，多次上新浪网，就是不成功。于是，我又接受了一个任务：为《世界遗产》写书评。这个任务，是在我紧张撰写《战后美国史》（增订版）的后期向荣、郑昌发等老师压给我的。不过，当我从徐友珍口中知道你也是该书作者之一的时候，我倒是乐意承担这一任务的。17日，此任务已完成，题为《一本素质教育的好教材——〈世界遗产〉评介》，寄给了《中华读书报》和《中国教育报》各一份。据说，广西人民出版社即将付印《世界遗产》一书，你参加的著作即将问世，这多少也算个好消息。

前几天，徐友珍教会我上武汉大学网，所以我今天才能和你较从容地谈谈。自从你离开珞珈山后，我时常感到如有所失，但又不能准确地找到何以如此的原因。最近，我阅读了2001年第12期《读书》杂志上的一篇文章：《一首伟大的诗，可以有多短》，作者在此文中，主要是反驳另一作者攻击诗人戴望舒的新诗语言的；他从理论上捍卫了新诗诗人戴望舒的新诗语言后，并举出戴的一首小诗，不惜用不小篇幅铺陈这首诗的美学价值，称之为一首"伟大"的诗。这首题为《萧红墓畔口占》的小诗内容如下：

走六小时寂寞的长途，到你头边放一束红山茶，
我等待着，长夜漫漫，你却卧听着海涛闲话。

　　自然，我也承认这是一首值得人们玩味的隽永小诗，但称为"伟大"，实在有点过分。当我读完此文有此感觉时，真想找个人一吐为快。可就是找不到一个这样的人儿。比如，这些时因故常来看望我的林清清，也是个很好学的女孩。但当我在她的照片上题上"问渠那得清如许，为有源头活水来"、"愿接卢敖游太清"这些诗句时，她却茫然无动于衷。所以我想，要对上述小诗作出评价，一定要对"五四"运动的时代背景、文学革命、新诗和诸新诗诗人等有所了解，才有可能，才能和我一道互通声气，共同领略美学的享受。这样，我也就不禁回忆起我们在一起的那些快乐时光；那秋高气爽、色彩明快的东湖沙滩和杨柳岸，那繁花似锦、春光烂漫的东湖植物园，那珞珈山半腰的月夜，那名角歌舞的戏园。

　　我期待着听到你的近况和好消息。祝

　　进步、康乐。

刘绪贻

2001 年 12 月 20 日

清清的香　淡淡的甜

——钻石婚自我评说

我和老伴钻石婚悄悄溜走一年多了,似乎总有些话想说一说。两个原不相识的人共同生活达 60 年之久,虽然在这漫长的人生旅途中也遭遇过风风雨雨,但都经受住了考验,不容易呵!

从我们相识到结婚的 5 年半中,尤其是前 3 年,可谓热恋期。但因国难当头,家庭变故,清贫境遇困人,使我们始终不得不忙于工作和学习,没有花前月下,而且聚少离多。但凭鱼雁,她写道:"无论什么时候,只要是你忆起时,她总是在盼望着你的。"我写道:"时而为底肥,时而为底瘦,细细思量着,但教伊猜透。"她那儿的境界是:"落花人独立,微雨燕双飞。"我这儿的心情是:"便纵有千种风情,更与何人说!"总之是:镜花水月,魂梦为劳。

我们是 1940 年 10 月间日军狂轰滥炸重庆时,偷闲到北碚温泉区悄然成婚的。回首 60 年来的共同生活,而今怎样评说呢? 婚后,我是阮囊羞涩,她是"自嫁黔娄百事乖。"无钱蜜月旅行,我们处之泰然。不过除日常工作与学习外,我们也在生活和事业中享受着新婚燕尔的乐趣。我们共同研究菜谱,烧成美味时兴高采烈;我学拉胡琴,伴她京剧清唱,虽然水平有限,也情趣盎然;我们在家招待大学好友,谈生活、理想、国事、天下事,海阔天空,有时坦荡舒畅,有时慷慨激昂;我们写文章,当它们发表在当时最有影响的《大公报》时,一同快慰。后来我们有了孩子,"一儿一女一枝花"。看着他们在我们哺育下健康成长,聪明活泼,我们的喜悦能不"才下眉头,又上心头"吗?

1944 年底我去美国留学;1947 年暑假回国,到武汉大学一面教书一面写作;1949 年初参加党的地下工作,上了国民党政府的黑名单。所有这些，都是在她的支持或默许下进行的。正如"十五的月亮"所说，有我的一半，也有她的一半。从解放到现在，我们生活的主旋律仍然是：工作、学习和抚儿育女。我们从来没有像《过把瘾就死》里描写的那样爱得死去活来；我们没有模仿唐明皇、杨贵妃的夜半无人私语："在天愿作比翼鸟，在地愿为连理枝"；我们既无恒产像《浮生六记》中沈复、陈芸那样整天谈情说爱，吟风弄月；也无心学管夫人，想将丈夫与自己和成一团泥，重塑一个我和你，你中有我，我中有你。但是，在我们平淡的婚姻生涯中，从未对生活感到无聊和厌倦，也未失去对理想的追求；通过相互关心和体谅，还常显得默契、和谐与温馨。而且，也有我们共同兴致、意愿、辛劳孕育成的花果。现在我们家有 5 人进入教授行列（算上英年早逝的长婿），5 个孩子（解放后学苏联英雄母亲又生了 3 个）中 4 个有著作问世（当然水平有高低）。其次，迄今为止，我已发表著作、译著约 900 万字（大部分有合作者），这些作品的定稿大部分是她用娟秀的字体抄写的。大体可以说，这些著作没有随风转，基本上保持了学术的严肃性；有些著作还获得了省、部级奖 3 次、国家级奖 2 次。最后，也许是最重要的，是我们保持了人的尊严。我们固然爱生活，但我们满足于温饱健康，亲近自然，不慕豪华奢侈，更鄙视纸醉金迷。我们也寄意于生活情趣，但只取材于山间明月，湖上清风，诗词书画，人际间机智幽默；不矫情造作，佯装风雅，更不耗神于犬马声色。我们也希冀事业有成，但主要靠自己踏实刻苦的劳动；不投机取巧，察言观色，乞求恩赐。"敢将十指夸针巧，不把双眉斗画长。"清夜自问，白头算账，无愧于天地良心。

　　如果将我们 60 年来共同生活比作花卉，她不是浓香玫瑰，也不是富贵牡丹，而是暗香疏影的梅花。如果把我们 60 年来共同生活比作美食，她不是山珍海味，也不是金箔佳肴，而是不加糖的新鲜牛奶：清清的香，淡淡的甜。

2002 年 2 月 10 日于珞珈山
载《武大校友通讯》2000 年第 2 辑

89 岁断想

（1）"宄无盖"寿。下一个月,我就要满 89 岁了。人们称 88 岁为米寿,因为"米"字可以分解为八十八。89 岁称为什么寿,我见闻局陋,尚未听说。不过经一番思考之后,我认为可以而且最好称为"宄无盖"寿,因为"宄"字去掉了上面的宝盖头,就只剩下面的八、九两个字,可以意味着 89 岁。不仅如此,研究工作去掉了上面的盖子或紧箍咒,研究工作者就可以像邓小平要求的那样"解放思想,实事求是",像陈寅恪主张的那样具有"独立的精神,自由的思想";就可以作出创新的、划时代意义的成就了。

也许有的人担心这种宽松坏境会带来负作用,对社会主义的思想文化建设产生不利影响,我认为是不必要的。孔丘说过:"七十而从心所欲,不逾矩。"为什么呢? 因为他 70 年来一直在那种以三纲六纪为准绳的、君君臣臣父父子子的社会里生活,那个社会的理念和秩序已深深渗入他的精神和肌体,流在他的血液里,他以维护那种社会的理念和秩序为己任,他的思想和行为自然而然地符合那种社会的要求,所以他能"七十而从心所欲,不逾矩。"当今中国 89 岁的知识分子已在社会主义社会生活和学习了半个多世纪,有的人解放前就皈依了马克思主义;中国社会主义建设虽然走了一些歧路,但总的来说,是取得了举世瞩目的巨大成绩的。因此,这些老知识分子大都是服膺社会主义的,他们的思想和行为是符合社会主义社会的要求的。即使是顾准那样的老知识分子,在六七十岁时与当时社会格格不入,但那不是他的错误,他当时的思想和行为是符合社会主义的长远利益的。当然,也不排除有极个别老知识分子因不满于当前社会上严重的不正之风而对社会主义丧失信心,我们可以帮助他转化嘛。

（2）悲壮的抵抗。前些时在上海《文汇报》看到一篇报道,说是莫言和王安忆两位作家在上海举行了一次讲演,两人讲题都是:悲壮的抵抗。年老易忘事,现已记不清楚他们谈的他们写作所抵抗的具体内容是什么,但依稀记得是令他们痛恨厌恶的那些非正义、反社会的事物,而这些事物的能量又很大,生命力顽强,往往使他们的抵抗失效,至少是作用不大,所以显得悲壮。读了这篇报道后,立即就联想到了我自己。多少年来,我老骥奋蹄,几乎没有寒暑假和星期天,写作和发表了约900万字。大体可以说,这些文字的许多内容,也都是抵抗那些我所痛恨厌恶的非正义、反社会事物的;它们抵抗"左"倾教条主义,抵抗封建主义残余影响,抵抗世界上的霸权主义,抵抗我国社会上贪污腐化、假冒伪劣等各种不正之风。然而,正如有的亲朋所说:"年纪大了,不要那么执着吧!这些恶势力岂是你那些区区文字所能抵抗的?何况你人微言轻!"这就使我的抵抗也有些悲壮的味道。

不过,尽管亲朋的话不无道理,但我已年近90,积习难改;说得好听点,既然是人民的儿子,就要为人民的利益着想,不能只为自己着想。继续进行悲壮的抵抗,乐在其中。

2002 年 4 月 12 日于珞珈山

载 2002 年 4 月 24 日《中华读书报》

学电脑的尴尬

我年近90开始学用电脑。两年来一直用电脑写书、写文章、写信，有些朋友和学生表示赞赏甚至羡慕，可是他们哪里知道，两年来我陷入了多少次尴尬处境呀！

开始时，孩子们担心我的记忆力减退，拼音不准，用五笔字形、拼音等方法操作有困难，让我用汉王听写或手写法。听写法虽然效率高，但我的普通话不够标准，往往写出来的一句话就有半句错，逼得我只好用手写法，而且小心翼翼，总怕出错。这样，电脑的多种功能，两年来我学会应用的极少，而且有几次还显得特别尴尬。

有一次赶任务，写了近万字，任务接近完成，但匆忙之中，忘记存盘，一个偶然的、莫名其妙的疏忽，近万字突然不翼而飞，无影无踪，使我十分气恼，不过恼也无用，只得熬夜从头写起。又有一次也是赶任务，忽然屏幕上一切静止不动，汉王笔怎么也写不出字来。我只好怀着急切的心情，等待救星。后来小孙女回来告诉我说：这是死机，并帮我重新启动，我才得以继续赶任务。有一次文章写完了要打印。因为这次打印用纸较原来用过的小一倍，需要调整打印机上的导纸板，我却不知不觉地将导纸板调错了位，打印机怎么也不听话，调动不起来。硬是等了两三天，大外孙才把原因找出来，调整了导纸板的位置，并把文章打印出来。最近一次，电脑无论如何打不开，又是等了好几天，大外孙把前几天小孙女装在电脑里的一个软盘拿了出来，电脑才启动了。

所有这些令我尴尬的问题，帮我解决的人只不过用了几秒最多几分钟的时间，而我却束手无策。所以，我这个近90岁的老头，就得安下心来从基本功学起，在儿女、孙女、外孙、学生面前，老老实实、心悦诚服地当小学生。

2002年9月23日于珞珈山

载2002年11月10日《长江日报》

叔　爹

　　我出生于湖北省黄陂县北乡罗家冲。童年时，父亲刘伯秋常在外作塾师或小学教师，家里薄有田产，不得不请人代为耕种。有一次请的是邻村"中湾"的一位族人，他与我祖父同辈，但年纪较我祖父为小，我们根据当时当地习俗，称他为叔爹。这样叫惯了，我也就忘记了他的名字。

　　叔爹本不姓刘，原是河南省人，有一年逃荒来到了罗家冲。他体格高大壮实，性情老实忠厚，是一个非常好的劳动力。当时罗家冲"中湾"住有一户我们刘姓族人，其家长与我曾祖父同辈，尚无子女，遂将他留作养子，改姓刘，这才成为我的叔爹。后来，他的养母生了一个儿子，他有了一个弟弟，名叫刘厚定。两人长大后，他在家种田，弟弟学手艺，成为一个缝纫工人，俗称裁缝。到了结婚年龄，因家境困难，不能两人同时成亲，只好先给厚定娶了媳妇。他毫无怨言，照样辛勤劳动，养家糊口。再后来，养父母走了，厚定有了一儿一女后，到汉口打工去了。不知什么缘故，厚定起初不太照顾家庭，把年轻妻子和两个孩子留在农村，主要靠哥哥抚养。这时，他这个来自河南、本不姓刘的哥哥却忠诚地、温情脉脉地承担起抚养他们娘儿仨的责任。为改善他们娘儿仨生活，他还利用自己剩余劳动力，到我家种田，赚一些工资。

　　值得一提的是，此时叔爹正值壮年，"饮食男女，人之大欲存焉。"他的弟媳虽然算不上小家碧玉，但也是个皮肤白皙的年轻女人。两个人长期住在一间屋内，又无人监督，从生理角度看，必然是互相具有强烈吸引力的。但是，叔爹受旧社会礼教影响极深，为人严肃，沉默寡言。即使他内心里很可能热爱着他的弟媳，但他或者是将这种爱压抑在下意识里，或者是尽力克制着，只让它体现在对他们娘儿仨的默默奉献里，从来不让它体现于任何言行。所以，无论是他的家人、邻居、甚至全罗家冲的人，绝没有人说过他们的闲话。

　　这种情况维持了好几年。后来，厚定把妻子儿女接到汉口去了，留下叔爹一人，他连心甘情愿为之默默奉献的对象都失去了，感到徨徨然，孤苦伶仃，生命的意义更加萎缩，只图个人的勉强温饱。他辞掉了我家工作，也未与厚定家联系，鳏居独处，自愿逗留在社会的边缘，靠钓鳝鱼、掏乌龟为生，默默地、像工蜂一样地来到人间走了一遭。

　　　　　　　　　　　　　　　　　　2007 年 8 月 12 日于珞珈山

难忘的舐犊之情

我的父亲学名刘世鑫,字锡庚,号伯秋,湖北省黄陂县人,1886年出生于一个小康之家。中等身材,面目端正。青少年时主要读经书,也学写诗,准备参加科举考试。1905年废科举以前考过一次秀才,名落孙山。后来曾就读于黄陂县望鲁高等小学(当时小学是一种不同于私塾的新学堂,和进行启蒙教育的现在小学不一样),毕业后主要的职业是在私塾和小学教书。他的性格介乎外向和内向之间,看来受祖父影响很深,有较强清高思想;政治上、宗教上都没有什么信仰,虽相信儒学,大体遵循宗法制度,但并不服膺三纲思想,尤其不肯定皇权。在《四书》中,他比较喜欢《孟子》,对其中"民为贵,社稷次之,君为轻"、"说大人则藐之"、"残贼之人,谓之一夫。闻诛一夫纣矣,未闻弒君也"、"富贵不能淫,贫贱不能移,威武不能屈,此之谓大丈夫"这样一些话语,常常津津乐道。他热望中国各党各派不要争权夺利,让社会趋于和平,老百姓安居乐业。他对共产主义不了解,因而不相信,而且对谣传的共产党共产共妻将信将疑,有些担心。但是,他对他所知道的牺牲在反动派屠刀下共产党男女青年,又深表同情。对军阀横行和国民党的专制腐败,则十分厌恶。

父亲有较强正义感和一定的平民思想,为人处世比较低调,衣着朴素,平易近人,对人没有机心。作为读书人,虽然在旧社会农村占有优势地位,但他从来不利用人事关系和自己的知识谋取私利,占别人便宜。自己子女和农民子女闹纠纷时,他总是公平论断,绝不偏袒自己子女,因此很受乡人敬爱。连地下共产党人也信任他、尊重他。

有时,父亲也想摆脱塾师和私立小学教师的贫困生活,改善一下自己的经济、社会地位,但他不愿也不会吹牛拍马、拉帮结派、钩心斗角,加上家庭观念较重,在外面一遇上挫折或不如意事,就跑回家乡和家庭,享受一时天伦之乐,因此一生时运不济,到仙游之时,还是汉口一个私立小学教师。不过,除教书外,父亲还略懂中医,可为家人治小病,并无偿地给穷人治疗。他娴熟儒家各种礼仪,本家、岳家甚至其他人家遇有红白喜事需要行礼时,都请他主持。他虽不信神,但对堪舆术多少有点兴趣。他有时为家人和别人算命,但不认真,有点游戏的味道。他的兴趣还有打猎、钓鱼、烹饪、打麻将;他有几样拿手好菜:鱼丸、肉糕、蛋饺、八宝饭、甜酱蒸肉,我能做几样菜就是跟他学的。看来,父亲还有散淡的一面。记得他上世纪20年代写过一副春联:

> 莫嫌曲巷幽趣少;到底深山安静多。

父亲宗法观念应该说是有一定程度的。他曾数次带我到黄陂县城内刘氏宗祠祭祖,看族谱;和全县族人中读书人有一定联系,以维护和加强族人的亲和力。他很尊敬寡居继母,待弟弟十分宽厚。他甚望光宗耀祖,觉得自己无能为力,看我读书成绩优秀,寄予厚望。自少儿时期起,就一再教育我要立大志,以天下为己任,不过为了事业有成,不能玩弄歪门邪道;要靠自己努力,因此必须爱惜光阴,勤奋学习。

我的母亲喻金秀,与父亲同庚。她没有文化,但是个典型的贤妻良母。孝敬婆婆,忠于丈夫,与家人、邻里、亲戚相处得体,善待雇佣,广受尊敬。常在村中和娘家主持各种礼仪,排解纠纷。她也希望我发扬祖业,光耀门楣;同时要求我为人正派厚道,不走歪路。她和父亲一样比较单纯,无宗教信仰,对政治基本上冷漠无知。

我的父母虽有子女5人(另夭折4个),但他们并不嫌多,对每个孩子都很喜爱,尽心尽力地教养。但据我体会,因为对我寄予厚望,似乎有点偏爱。有些令我深深感动的事例,至今记忆犹新。1932年9月我进武昌高级中学读一年级时,曾犯遗精病。父亲探知后,虽然他的薪金难以维持一家人的生活和教育费,母亲和姐姐还要向街坊接针线活贴补家用,他还是购买了平时我们只听说而不敢问津的珍贵补品如燕窝、哈士蟆(亦称中国林蛙),让我长期服用,并亲自操制。我因嫌贵而表示不再服用时,他却很不安。也是在此时期,有一次我和父亲发生争论,我恃宠而负气不理他，而且违反惯例星期六不回家团聚。大约在学校住了两个多星期，他实在想念我憋不住了，只好不顾父亲的尊严，跑到学校我的宿舍里去探望我。我内心虽感到不安和惭愧，但有同学在一起，我表面上并未显示出来。1933 和 1934 年他病重，在未进入痴呆状态之前，有一次他看到我，满眼含着泪水，转过头去轻轻叹息道："多么好的一群儿女呵，教我如何舍得！"

父亲一生，在晚清生活了 14 年，在中华民国生活了 34 年，思想有新有旧，但新似乎稍胜于旧。为人处世，正正堂堂；盖棺论定，可以问心无愧。1933 年起长期卧病在床，由于无钱住医院，病情一直未能查清。1934 年夏季逝世，享年仅仅 48 岁。

母亲也一样，舐犊情深。1936 年上半年我在老同学刘后利汉阳家里复习功课，准备考清华公费生，同时教他弟弟补习，没回老家过春节。母亲实在想念我，勉强凑足旅费，提上养着下蛋换油盐的 5 只母鸡，到武昌姐姐家来探望我。当我看到风尘仆仆而又满面慈祥、因劳动而变得粗糙的双手大拇指被拴鸡的绳索勒出血痕的母亲时，我只有咽泪装欢，免她难受。1936 年下半年我进清华后，曾写信告诉母亲，暂时无力资助家庭；她独自一人教养 3 个弟妹，已经很难，不必再照顾我。但是，她还是节衣缩食，寄给我一套新冬衣。这真是："冬衣轻四两，亲情重万钧"呵！1938 年春节后，我再也未见到母亲。后来我在美国芝加哥大学求学期间，母亲于 1946 年犯了咽喉癌，她硬不让弟弟告诉我，免得耽误我学业。等到我知道寄钱回家给她治病，已经迟了。她仙游之时我远隔重洋，酿成终身遗憾。天哪，你既然生人，为什么又要让人一再遭受生离死别之痛呢？

2007 年 10 月 22 日改旧文于求索斋

命该如此

　　1930年，我家从黄陂县农村迁居武汉市。我有两个妹妹，一个姐姐，大妹妹原名德媛，读小学时听我的话，改成单名薇。她形象很一般，但读书很聪明，又热爱学习，性格好强上进，具有独立精神。要是环境好，她很可能读书有成。可惜的是，她初小毕业时，我当小学教师的父亲病逝，"长安米贵"，一家人无法在武汉市栖身，她只好辍学，随母亲回到黄陂农村老家。后来虽然继续读了一两年私塾，但她认识到那点文化水平并不能使她有个安身立命之所。她婴幼儿时，凭父母之命、媒妁之言，曾和同乡一位姓柳的小地主独生子订有婚约，随着年龄渐长，她听说男方丧父，只有一个寡母；本人略显弱智，身体又不健全；读书无成，种田也不成器。她虽未敢明言，很可能认为这件婚事绝不会给她带来幸福。于是，她就开始另谋出路。适逢此时，她获得一个进汉口申新纱厂当工人的机会。现在看来，这本来是件好事，但当时她和母亲都自觉遵守男权社会陈规陋矩，不愿自作决定，却以母亲名义，给远在云南西南联合大学读书的我这个家中长子写信，征求我的意见，要求由我决定。我当时读过夏衍1936年发表的、描写上海日本纱厂女工惨痛生活的报告文学《包身工》，觉得纱厂工头坏得很，肆无忌惮地欺负女孩子，就未表示同意。结果，她就没有当成工人。当不成工人，不能自己谋生，到了结婚年龄，柳家又提亲，怎么办呢？母亲又写信问我。我想去想来，觉得不便越俎代庖，就回信让薇妹自己决定。后来，大约是1940年左右，她决定嫁往柳家了。不过，这一决定的背后，似乎也显示出她的远见。后来的事实证明，她是因为没当成工人为了生计而被动出嫁的。她嫁往柳家后不久，就用自己的言行，说服了事前听说不易相处的婆母听她的话，掌握了她家的命运。她不相信当时农村农民长期形成的、视土地如命根子的定见，从当时作为中国阶级斗争形势缩影的国民党和共产党的斗争形势出发,认为田产是靠不住的。于是,她出乎一般人的意料,几乎卖掉了所有田产,设法到汉口创办一个小小织布厂,自己一面劳动,一面做起老板娘来了。这种先见之明,不仅使她避免了解放后沦为地主婆的命运,也挽救了她那个家;而且当这个小厂不断发展时,还有些成就感,觉得实现了一定的自我价值。1956 年公私合营后,她失去了那个艰苦创办的小织布厂。尽管有些惶惑,还是挺了过来,靠自己劳动生活,还养着她的丈夫。退休后过了几年,大约是上世纪 80年代上半叶,她长期租居的一间简易住房被房东要回去了,只好在街头搭一间临时棚户暂住,但她从不开口向我要求帮助。后来,她迁到养子芦长启所在黄石市去了,但她不住在芦家,夫妇 2 人租个小屋单住,靠自己的退休金和薄薄储蓄过活。因丈夫不能生育,他们没留下后代。她的丈夫先走了,最后只留下她一人,感到十分孤独和寂寞。这期间,她只和大姐一同来我家住过几天,我们留她多住些时,她不愿意。我因忙于阅读和写作,长期未去看她。她实在忍不住了,就于 2003 年 7 月 8 日让她养子派车来把我和我身边孙女元聪接了去。这时我才知道,她已进入癌症晚期了。她一生讲究自立谋生,直到此时仍然坚决拒绝我的经济援助。她说她不缺钱花,就是想和亲人们多见见面。到 2004 年上半年,她的病情转重,给我写来一封信,并附上她长期保存的母亲的唯一一张旧照。信中表达的伤感之情和难舍难分之痛,令人不忍卒读。信末署:妹薇绝命书。我信未读完,已心如刀割,不禁热泪盈眶。我打电话给她养子,准备再去看她,但未知何故,他一再劝我不要去,可能是怕我们太伤心了。后来我给她回了一封信,向她作检讨,说我一直关心她不够;耽误了她的一生,浪费了她的优良天赋,使她一生艰苦勤奋的劳动没有完全找到适当而正确的对象,还吃了很多苦头,我是有相当责任的。她无力再回信,于 2005 年永远地离开了我们,享年 88 岁。这两年来,我在阅读写作之余,往往一想到她以及我们之间的关系,我仍然禁不住一阵阵心酸。我想,要是当年我家有钱进行有效治疗,父亲多活十几年,供她上个大学,她的一生一定会是另一个样子。不过,这是我无能为力的。其次,要是我当年同意她进纱厂做工,解放后,以她的聪明能干和见识,加上吃苦耐劳,有点文化而又好强上进,她是一定会成为一个有相当成就的劳动模范的。再者,要是我当年

敢于负责,支持她解除婚约,待我毕业、工作后,再设法帮助她另谋生路,
她的婚姻生活也不会那样不如意。

　　不过,历史是无法改变的啊!

2007 年 10 月 24 日于珞珈山

这样一朵花儿竟独自飘零

——忆叶琼

因"七·七"事变,1937年暑假后我到武汉大学外文系借读。在方重教授的《英国文学史》课堂上,有幸与一位名副其实的美人叶琼同班。她是我当时的恋人、后来妻子周世英的中学同学,大约低周世英两年级,在校时两人不相识。当时,她虽为人非常低调,沉默寡言,但形象极其出众,全校闻名。每有公共活动,比如球赛、讲演等,只要她到场,在场的群众就不注意听讲、看球赛,只是看她。她当时有个男朋友,名叫林守正,也是一表人才,和她相配。他们俩常在一起,同学们都很羡慕。后来,林守正忽然不见了。大家传说他是个中国共产党的地下党员,为了党的事业,为了抗日救国,离开了如花似玉、相亲相爱的女友,服从组织分配,到新四军去工作了。我当时虽不大理解,也无意于共产主义事业,但暗地里对林守正的这种牺牲精神,是十分钦佩的,对叶琼是很同情的。

1938年初,武汉大学迁往四川乐山后,叶琼去了乐山。后来听说,她美丽动人的形象,日益声名远播,仰慕她的男士极多。特别是1941年林守正在皖南事变中牺牲后,追求她的人,更是络绎不绝。但是,她却是"曾经沧海难为水,除却巫山不是云",总是无动于衷。1940年下半年,她在四川长寿县国立第十二中学教书时,有个国家篮球队队员坐飞机去向她求爱,也未能打动她的芳心。1941年,她调到重庆国际劳工局中国分局工作。该局局长程海峰是我清华学长,我因工作关系与之相识,还有一位与我相熟的清华社会学系毕业同学在该局任职,所以我常去该局办事访友。这样,别来近4年的同班同学又见面了,而且熟识了。这时,我已和周世英结婚,也结识了周世英这位老同学。她虽明艳不减当年,却仍是孑然一身,令男士们有镜花水月之感。

1944 年底我赴美留学后,直到 1947 年 9 月我到武汉大学教书时,才又见到了她。据传说,她曾嫁给一位国民党空军飞行员,两人共同生活不久,那位飞行员便在抗日战争中牺牲了。当时,她也在武汉大学任教,住在一个亲戚家里,年约 30,风韵如昔,依然单身,使得不少男士怜香惜玉。1947 年冬,我在学校尚未分得家属住房,一个人住在珞珈山一座名为半山庐的单身教授宿舍里。有一天大雪,晚饭后我们几位教授一面玩桥牌,一面聊天,不知怎么忽然聊到她了。震于她的美貌和盛名,有人提议去访问她,美其名曰"踏雪寻梅"。可惜的是,当我们冒着大雪摸到她寄住的亲戚家时,她的亲戚、一位教法语的女教授对我们说:"非常对不起各位,叶琼已经就寝了。"第二天,叶琼打电话给我,说是将到半山庐来回拜。于是,我烧了一盆红红的炭火,泡了上好的龙井茶等着。她来了以后,我把昨夜一同拜访她的几位朋友请来,围坐在火盆周围,一面品茗,一面论文谈诗,大家兴趣盎然,浑不觉时光之易逝。她辞别时,尚是单身的吴于廑教授主动陪我一同送她。望着她逐渐远去的身影,吴于廑用英语笑向我说:She is awfully nice!(她真是异常的漂亮!)

这次会见后,1948 年我除上课外,一直忙于写作;1949 年头几个月,我又参加了中国共产党领导的地下活动,再也没有闲情逸致,也未和她来往。1949 年 5 月武汉解放前夕,不知什么缘故,她却离开珞珈山,跑到张家口的一个中等专业学校教书去了。此后 30 余年,缘悭一面。直到 1980年代初,才听说她来到了武昌华中理工大学。我想,大约是当时这所大学的校长朱九思,是 1937 年她和林守正的旧友的缘故。1982 年 4 月 1 日,我曾抽空去她家拜访,她当时年龄不过 65 左右,但从她的容貌、体态、衣着、家庭陈设等等方面看来,她似曾饱经风霜,再也看不出当年光彩照人的影子,令人有美人迟暮、老境不尽如人意之感。不久,她曾来我家回访,惜值我外出,无缘最后一面。再过两三年,就听说她悄悄地走了。我常常想,叶琼这位友人,真可谓天生尤物。要不是她一生总是低调做人,她的一生是不应该这样度过的,是不应该这样独自飘零、默默无闻地离开人世的。她好像一朵不同凡响的牡丹花,以其天香国色近悦远来,予广大人群以美的享受。待三春一过,她就孤独飘零,自堕尘土,无人过问,令人十分惋惜。同时,我和她是萍水相逢,君子之交淡如水,从未互倾情愫,对她的一生,也留下许多悬念。

2008 年 6 月 12 日改旧作于珞珈山

幺舅妈

　　我的外祖父家是个工商业者兼地主家庭。外祖父除忙于业务经营外，只沉溺于个人享乐，不关心子女教育。3个舅父中，老大老二都不成器，唯有过继给无嗣的外祖父二弟接代的幺舅父喻秋贵，不独面目清秀，好读书，而且丝毫没有染上纨绔气息，深得他的大姐亦即我的母亲的喜爱。因此，他的夫人、也就是我的幺舅妈，也深受我母亲青睐，两人关系很亲密。幺舅妈姓陈，是离我们罗家冲不远的一个村子"沙里岗"一家地主的女儿。她的父亲是个读书人，很重视子女教育，可惜英年早逝。她有个妹妹，两人都读过书，看过《红楼梦》、《西厢记》一类小说。她妹妹到了结婚年龄迟迟未嫁，但情窦早开，得了一种怪病，有时一昏过去就说糊话，实际上是男女之间的情话。他们家曾请巫婆给她治病，巫婆说是一个成了精的雄乌鱼缠住了她。这件事在当时附近各村流传，人们大都半信半疑，觉得难解。我是许久以后读了弗洛伊德的学说，才觉得并不奇怪。幺舅妈的名字我忘记了，或者我根本就没听说她的名字，只叫她幺舅妈。

　　幺舅妈在我印象中很深刻，她皮肤非常白嫩，人很安静，笑不露齿。大家认为她知书达理，尔雅温文。她和幺舅父成婚时，我不过10岁出头，但我很喜欢她、依恋她。可以说，她是我15岁以前唯一喜欢、依恋过的女人。但是，当时是旧社会，我对她的喜欢和依恋，并不带有清醒的男女之间的感情，只是一见到她我就觉得高兴，觉得快乐，希望多和她逗留在一起。她只要一回娘家，我就一定要我的母亲把她接到我们家里来玩，热情招待，要求她尽量多玩几天。她也很喜欢我，对我很好。

　　很不幸的是，结婚一年多以后，我的幺舅父就病死了。她后来生下一个遗腹子，各叫喻承谟。她就守着这个儿子过日子，从来没有想到改嫁的问题。从物质生活方面说，她的条件比较优越，虽非锦衣玉食，但衣食无忧。家里雇有一个男炊事员，一个奶妈，还有个保姆，人们说她是"伸手不拈香"。但是她那么年轻，又读过书，懂得风情，却长期独守空闺，你能说她生活幸福吗？你能想象她平静外表下隐藏着的思想斗争的激烈程度吗？后来我长大愈来愈懂事的时候，通过她的某些言行，是多少能猜透她内心的痛苦的。比如，幺舅父抛下她后，她像她妹妹一样，也得了一种怪病，有时一下昏过去就说糊话，实际上是她平时绝不敢在人前启齿的深深想念她丈夫的情话。有一次我听她说："房内有人手，日子就好过；房内无人手，日子就难熬。"人们对她这种怪病的解释是幺舅父的阴魂附体，从来没有人认为是被旧礼教扭曲的相思病。又比如，她既决心守节，也曾想将来立个贞节牌坊，但又觉得这是非常不容易的事。有一次，她悄悄告诉我母亲她在某书上读到的一个故事，说是某族人为一位长期守寡的妇女立贞节牌坊，屡立屡崩。后来这位妇女反省，想到有一次（仅仅一次）看到公鸡骑在母鸡身上，她曾动过心，所以牌坊才立不起来。这两件事深深撼动着我年轻的心，使我更加同情她。读初中时，有一次春节回乡去看她，当只有我们两人在一起时，我竟大胆主动地给她唱郭沫若诗剧《湘累》中的情歌："九凝山的白云哟，有聚有消；洞庭湖的流水哟，有汐有潮。我的爱人哟，你什么时候回来哟？""泪珠儿要流尽了，爱人呀，还不回来呀？我们从春望到秋，从秋望到夏，望到海枯石烂了，爱人呀，回不回来呀？"她听我唱这种情歌时虽然不动声色，但我猜想她是喜欢听的。读高中时，又有一次和大姐一同回黄陂乡间去看她。她大约是平时没有一个交流任何思想、感情的伴侣，十分孤寂，见到我们非常高兴，临别时一直送我们到姚家集，才依依不舍地说："送君千里，终须一别"，然后才怅怅然转回家去了。

　　世事沧桑，后来我们很少来往，解放后更是音信不通。前些年偶然听说，她年老时讨过饭，后来在穷愁屈辱中离开了人世。如今我也老了，真是：往事不堪回首！不过我想，她是生错了年代，因此作为"人"，她的人性、包括生物之性和社会之性，都是被扼杀了的。

2009 年 10 月 17 日改写旧作于求索斋

第二辑
感怀篇

80 寿辰学术座谈与庆祝会上答谢词

感谢二则

1. 向所有给予我的学术活动以真诚帮助、鼓励与合作的师、友、学生及其他有关人士致以衷心的谢忱;
2. 向所有组织、参与和支持此次活动的同志们致以诚挚的感谢。

三点希望

1. 作为一个世界历史工作者,除希望世界史的教学和研究工作在当前改革开放的大业中能得到应有的重视外,我希望今后的世界能逐渐成为一个没有人剥削人、人压迫人的现象的世界;成为一个没有吸毒、酗酒、性病、癌症、盗窃、抢劫、战争、强凌弱、众暴寡、国际恐怖、军火贸易、环境污染、人口过剩、种族歧视、贫富悬殊的世界;成为一个合理利用自然资源,实行友好互利的国际合作,人人都能享受经济上不虞匮乏、文化与道德上具有高度修养、人际关系公正、竞争机会均等的生活的世界。

2. 作为一个青少年时代看到祖国备受帝国主义的侵略与压迫和军阀混战的苦难的人,我希望我们的祖国今后能成为一个经济上繁荣昌盛、政治上民主与法治日益加强,文化上百花齐放、百家争鸣,综合国力日益强大、能为世界和平和人类幸福作出贡献的国家。

3. 作为一个解放后曾任武汉大学"协助(军代表)接管委员会主席"的校友,我希望今后武汉大学能发展成为一个没有官僚习气,学风谨严踏实,学术空气自由、开明、活跃,生机蓬勃,人才辈出的大学,不断涌现出像李四光那样在学术上提出新理论、为祖国建设作出特殊贡献的自然科学家,像闻一多那样正气凛然、学问精湛、开一代风气的人文科学家,像周鲠生那样爱国爱校、在社会重大转型期能经受住历史考验的社会科学家。

两点保证

1. 只要健康情况允许,我决不贪图清闲,浪费时间和精力,以便继续在美国史、社会学研究方面作出点点滴滴的贡献。因此,我改古人诗曰:夕阳无限好,何必叹黄昏。

2. 我将尽可能做到:做学问是为了追求真理,是为了人民和国家的长远利益;要"不为稻粱谋",不屈服于不正当压力,即使受到不公平待遇,受到冤屈,也"衣带渐宽终不悔,为伊消得人憔悴"。

1993 年 5 月 14 日于武汉大学逸夫楼

美国大学生与《红楼梦》

　　1984年11—12月,承"美国与中国学术交流委员会"信任,邀请我以"杰出学者"(Distinguished Scholar)身份,赴美讲学、访友和做研究工作。负责接待我的,是威斯康星大学(麦迪逊)著名史学家斯坦利·柯特勒(Stanley I. Kutler)教授。11月11日,他举行茶会表示欢迎。在座的除该校人文学院院长外,还有一些文史学家和研究中国问题的学者,其中有美籍华人、红学家周策纵教授。在交谈中,他告诉我,他在该校开设的《红楼梦》课程,选修的竟有10余人。人数虽不算多,仍使我感到惊讶。因为我认为,美国的社会、文化和中国的社会、文化迥然不同,两国人民的思想感情、生活态度很不一样,《红楼梦》里描写的那种君主专制社会的家族生活、婚恋关系、人情世故等等,连当代中国人都有些格格不入,美国大学生能理解和欣赏吗? 特别是60年代以来,美国广大青年信仰与实践性爱自由说,他们能接受绛珠仙子那种孤标傲世、葬花自怜、质本洁来还洁去的思想、感情和行为吗? 能接受宝钗的温柔、顺从和忍让吗? 我的这些想法,一直没有机会和周先生交流,但又总是萦绕心怀。因此,在离开威斯康星大学时,写了两首小诗留别周先生。

　　现在,10年过去了。人世沧桑,不知周先生是否仍在美国大学里讲授《红楼梦》,但敝帚自珍,这两首不像样的小诗却仍能忆及。

　　　忽闻桃李满红门,两样人间一样情?
　　　殷勤借问威州客,可遇红楼梦里人?

　　　花气袭人喜酒香,绛仙徒有泪千行,
　　　秋波频率高如许,岂有闲情说断肠!

　　　　　　　　　　　　1995年3月24日于珞珈山

更有意义的纪念

　　胡绍安先生是我清华同级友人,也是我武汉市的同乡。他虽然身居纽约,有美国国籍,但对祖国的一片深情,老而弥笃。1974 年秋回国探亲时,我们同游武昌东湖,在长天楼前,面对湖光水鸟,他油然背诵起王勃的名句:落霞与孤鹜齐飞,秋水共长天一色,陶醉在祖国山河的美丽里。此情此景,至今如在眼前。

　　1979 年 1 月 1 日,中、美正式建交,同日我出任武汉大学美国史研究室主任。此前,由于中、美文化学术交流中断 30 年,由于极左思潮影响,我国美国史研究资料贫乏陈旧,教条主义色彩较重,对第二次世界大战后美国历史发展情况知之甚少。为改变这种情况,使我国美国史研究更好地配合改革开放政策的实施,我们急需了解、参考欧美国家对美国史最新研究动态和成果。但是,我们缺乏外汇,订阅欧美报刊、购买欧美书籍、资料能力极其有限。于是,我试着给胡绍安、钱芷若夫妇写了一封求助的信。从 1979 年 8 月 20 日起到 11 月 6 日,他们夫妇的几封来信道出了如下一个动人的友好故事的序幕。在中美建交前,美国对华友好人士组织了一个美中人民友好协会,其主要任务是促进中美建交,许多地方设有分会。他们是纽约市韦斯特切斯特县分会的会员。当他们将我求助的信在该会一次集会中透露后,当即在分会主席哈罗德·波斯纳博士的支持下,大家一致认为:促进美中建交这一任务虽已完成,但给我们捐赠图书,也是致力于美中人民的友好合作,是值得该协会会员尽心尽力的好事。正在他们集资期间,一位名叫朱莉亚·温斯顿的会员不幸去世。她的丈夫温斯顿先生提议,将朋友们准备为其夫人进行纪念活动的一笔赠款全部捐献出来,作为我们购书的基本资金。他说:"这是更有意义的纪念。"就这样,波斯纳博士首先为我们购买了两套非常有用的大型工具书——8 卷本的《美国历史辞典》和 15 卷本的《美国传记辞典》，同时来信问我们研究的重点。此后，波斯纳就围绕我们研究的重点——以罗斯福"新政"为轴心的 20 世纪美国史——陆续给我们寄赠了非常有针对性的近 50 纸箱图书。1984 年 6 月，波斯纳博士来信说，美中人民友好协会韦斯特切斯特县分会已停止活动，会员并入纽约分会，但他仍然给我们寄书。同年 11—12 月，美中学术交流委员会以杰出学者（Distinguished Scholar）身份邀请我到美国讲学和做研究工作。12 月 18 日，我到纽约著名进步杂志《每月评论》（Monthly Review）社访问波斯纳（他退休后去那儿义务劳动），他介绍我会见了该社负责人、著名进步经济学家保罗·斯威齐（Paul M. Sweezy）和哈里·马格多夫（Harry Magdoff），还让我免费在该社新出版物中任意选择我认为有用的书籍。过了两天，由胡绍安夫妇作东，在一个中餐馆介绍我和赠书主要赞助人会面。当我向他们致以衷心感谢，特别是说明他们赠书对我们的研究工作起了极其重要的作用时，他们觉得自己做了一件很有意义的事，十分高兴，有的女会员甚至激动得吻我，令人不好意思。我回国后，1985 年波斯纳又给我寄了 9 纸箱书籍，还免费赠阅美国进步报纸《前卫》一年。

近 18 年来，我们研究室同仁共撰写了有关 20 世纪美国史、特别是罗斯福"新政"史的论文数十篇，翻译出版美国史书籍 8 种，主编和撰写美国史专著 10 种。这些论文和书籍多次获奖。其中，我们撰写的《当代美国总统与社会》（湖北人民出版社 1987 年版）获中南 5 省（区）人民出版社的社会科学优秀图书奖，《战后美国史》①（人民出版社 1989 版）列入国家社会科学重点研究项目，并获 1990 年中国图书奖和全国高等学校首届人文社会科学优秀成果奖，《富兰克林·罗斯福时代》（人民出版社 1994 年版）亦属国家重点项目，并获 1995 年《美国历史杂志》最优外语图书奖提名。可以毫不夸张地说，我们取得的这些成绩，是和胡绍安、钱芷若夫妇、波斯纳博士等人的赠书绝对分不开的。我总是深情地怀念这些令人敬爱的美国友好人士。

1997 年 10 月 15 日于珞珈山

载 1998 年 5 月 2 日《长江日报》

---

① 《战后美国史》1999 年获得国家社会科学基金项目优秀成果二等奖。

安徽白猴

3 月 22 日《长江日报》"黄鹤楼"栏载有杨从彪先生"西藏白猴"一文,说是除报载世界现存两只白猴(一在云南,一在台湾)外,西藏喜马拉雅山南麓的墨脱县境内也有白猴。即使如此,白猴在当今世界上仍然是稀有动物,弥足珍贵。但是在我国古代,白猴似乎并非那么稀有、名贵。李白《秋浦歌》17 首中,就有几处提到白猿(看来就是白猴)。第 2 首头两句是:"秋浦猿夜愁,黄山堪白头";第 4 首第 3、4 两句是:"猿声催白发,长短尽成丝"。这两处虽可以解释为秋浦有白猴,但还未直白地说明秋浦有白猴。第 5 首的 4 句是:"秋浦多白猿,超腾若飞雪。牵引条上儿,饮弄水中月。"第 10 首第 3、4 句是:"山山白鹭满,涧涧白猿吟。"

你看,秋浦不仅有白猴,而且有很多白猴,它们跑跳起来有如白雪;涧涧都有它们的吟声。谚云:物以稀为贵,白猴既然很多,也就不名贵了。所以李白这样敏感的大诗人,提到白猴时,只是以平常心态言之,并不感到惊奇。

秋浦是唐代县名,在今安徽省贵池县境内。这就是说,在唐代的长江中游,白猴还是很多而且很平常的。但而今,长江两岸不独白猴绝踪,就是李白诗中描述的"两岸猿(这里未说明猿的颜色)声啼不住"的情景,亦极其罕见了。

古今对照,使我们又一次想到一个重大问题:人类社会的发展,往往是以生态平衡的破坏为代价的。可不慎哉!

1998 年 3 月 27 日于珞珈山
载 1998 年 4 月 19 日《长江日报》

我和汉口四宫殿的一段情缘

　　读了1998年3月22日《长江日报》《四宫殿的——活的!》一文,不禁使我忆起我栖居其中6年梦幻般淡香清甜的经历。那是从1929年初到1934年秋。其时,四宫殿庙产(包括所在街上房产)属于黄陂同乡会。该会在庙内办了一所与时小学。除养一和尚外,庙产主要用于办学;殿里供神大厅用作教室,菩萨只好靠边站,并无香火供奉。我的父亲刘伯秋是该校教师之一,1929年上半年我在那里跟他学习古典文学和算术,下半年考取省立第12中学,周末仍回四宫殿。大约是1930年下半年,我家亦迁住该校。因为有了师母和师姐,我父亲的女学生喜欢常来我家玩,和我这位师兄也逐渐相识。近70年来我还记得名字的有黄承珍、吴淑文、沈秀清、徐蕙兰、熊贞英、陈芳芝、余淑贞、凌永秀、宣瑶琪、金芙英等。我家兄弟姊妹5人,父亲工资微薄,家境清贫。而这些女学生大都来自商人家庭,家境较我家富裕。但当时社会上较尊重读书人家,而我的学习成绩又很优秀,所以和这些女学生的关系都很和谐而友好,一般是"两小无猜",偶尔也似乎有点儿脉脉含情。其中特别是吴淑文,和我交往较密。她原名秀英,我觉太俗气,淑文这名字还是我给改的。

　　现在,这些小学女生也都是七八十岁老人了。世事沧桑,不知她们是否仍住在武汉市,晚境如何,我常常深深地怀念她们,衷心希望她们幸福。要是有机会能再见到她们叙一叙近70年别情,那该多好!

　　另有个张姓男生(记不清他是与时小学学生还是省12中同学)语文很好,和我有些交往。他认识一位小报记者。通过他,我在那份小报上发表过我的第一篇所谓短篇小说《艳语哀音》,是写一位被日本兵掳掠奸淫的美丽少女的。这是一篇虚构的平庸故事,不过是"九·一八"事变后为揭露日本兽兵罪行硬凑出来的。此外,我还介绍吴淑文在那小报上发表

过一篇短文。时隔 67 年,许多事如过眼烟云,这两件刻有青少年心痕的
小事却还没有忘记。

　　人呵! 就是这么巧!

1998 年 5 月 10 日于珞珈山

载 1998 年 6 月 24 日《武汉晚报》

70 年来渡江记

熟悉中国和武汉历史、特别是战争史的人,对于怎样在武汉渡汉水、过长江,可以写一部《渡江史话》。我这篇小文,只是想谈谈 70 年来我是怎样渡汉水、过长江的,顺便谈点感想。

1929 年,我从黄陂县木兰山下来武汉读书,住在汉口。初中在汉阳省立第 12 中就读,高中在武昌省立高级中学学习,除高中最后一年(1934 年秋—1935 年夏)住校和每年寒暑假外,大体上每星期回家度周末,要过江两次。前 3 年是渡汉水,后两年是过长江。

当时,汉江既没有轮渡,更没有桥,过江靠划子(小木船)。因为我家住汉口四宫殿,上学一般是从集稼嘴(当时已不叫接驾嘴)码头坐划子到汉阳两江会合处上岸。渡资是数枚(具体数记不清)铜板,不算贵,但船老板每次要等满 10 个渡客才开船;如果你想赶时间,那就得代付满额人数的渡资才行。我这穷学生很难这样慷慨,因此往往浪费时间。尤其是当大风大雨水流湍急时,集稼嘴码头大都停渡。即使少数船老板一时不停,我也不愿去冒险,而改走较上游的码头,这就得走更多的路,花更多的时间。我记得有几次,我曾因此从汉阳乘轮渡到武昌,然后从武昌乘轮渡回汉口,那就更耽误时间。

过长江也有小划子,但主要靠轮渡。我大约曾有两三次坐划子过长江。这一方面是由于当年少年意气,想学一学南北朝时宋人宗悫"乘长风破万里浪"的壮举,还故意选择江上有些风浪时坐小木船过江;另一方面是由于对轮渡的不满。当时轮渡的主要问题是:大雾时停船;乘客大都不守秩序,只顾自己不顾别人;上船前不凑巧碰到对岸来船刚靠岸,就得等船上乘客下完后,再上船,船才开,往往等得人很不耐烦。过一次江,大约需一个多小时。

　　1935 年下半年我离开了武汉。"七·七"事变后,我在武汉大学借读时,当时渡汉水、过长江情况大体如故。1947 年暑假我又回到武汉市,到武汉大学教书。起初家在汉口,每周仍靠轮渡往返。特别感到烦人的是,从武汉大学到武昌江边的交通非常不便,有时得靠两条腿走路。乘轮渡,除老问题外,还有时遭到国民党军人蛮横干扰。记得解放前夕,一次坐在船上,见一个国民党军官举着手枪,硬是威胁驾驶员把已开动的船开回来,让他和他们的随行人员上船。

　　解放后初期,渡汉水、过长江的秩序有所改进,长江轮渡也有所提速。特别是 1957 年 10 月 15 日连接三镇的武汉长江大桥建成后,武汉市渡汉水、过长江的状况发生了根本性的变化。不仅南北天堑变通途,三镇间来往,不过弹指一挥间;就是长列火车,也能一晃而过。到 80 年代,汉水上出现第二桥。90 年代中,长江上建成第二桥即长江公路桥,与现在武汉长江大桥组成城市交通内环线。最近,汉水上又有了第三座桥,长江三桥已开工建设。现在,无论什么天气,有了这些桥,人们在武汉市渡汉水、过长江,如履平地。不仅如此,为了赶时间,人们还可以乘快艇过长江,大约只需 5 分钟;为了尝新鲜、寻开心,可以坐缆车渡汉水。因此,现在偶尔回想起 30 年代坐小划子渡汉水、过长江的情景,真是恍若隔世!

　　70 年来武汉市渡汉水、过长江的方式的这种翻天覆地的变化,人们在经历的过程中,一般是不会去思考的,不会去作价值判断的。不过,人们的行为,或人们的选择,已经作出了价值判断。大家都弃旧图新,小划子绝迹了,轮渡也几乎被人们忘却了。然而,间或也有好事人就这种变化提出两方面的问题。第一方面的问题是,科学技术的进步固然可以不断提高人类的生活水平,但其负面影响也会有害于人类的生活质量,是否值得? 这是个老问题,我的看法是,科学技术进步带来的负面影响,则可以而且只有靠科学技术进步才能真正得到防止和纠正。第二方面的问题是,科学技术进步固然可以从根本上改善渡汉水、过长江的方式,但摧毁了划船业、轮渡业及其从业人员的饭碗。我认为,这种毁灭,正是经济学家约瑟夫·熊彼特(Joseph A. Schumpeter)所谓的"创造性的毁灭",是社会发展不可避免的现象,而其受害者是可以通过职业培训得到补救的。

　　总之,人世间没有绝对完满的事物,70 年来武汉市渡江方式的不断完善是件好事,用不着怀疑。至于这种完善是否有止境,似乎不必去想它。

　　　　　　　　　　　1998 年 12 月 20 日于珞珈山
　　　　载 1999 年 2 月 26 日—3 月 4 日武汉《文化报》

黄鹤楼公园不宜企业化之我见

编辑同志：

　　贵报 21 日报道了市政治协商委员会郭友中委员关于"黄鹤楼公园不宜企业化"的提案，极有同感。除提案阐述的几点理由外，我再补充一条重要理由。"发展是硬道理。"武汉市要发展，这是毋庸置言的。但按邓小平理论，我们要的是物质文明和精神文明的同时发展。黄鹤楼公园是武汉市首要的人文景点，它蕴涵的精神文明气质、品位和美学价值，是历代文化名人的创作热情与灵感相互激励、积累的结晶。有了仙人费文祎乘黄鹤飞去的传说，才引发出崔颢"白云千载空悠悠"的浩叹。李太白"送孟浩然之广陵"那样优美的诗篇吟成于黄鹤楼上，绝不是偶然的。毛泽东身临"黄鹤知何去，剩有游人处"的宝地，才迸发出"把酒酹滔滔，心潮逐浪高"那种浪漫的革命诗情。

　　50 年代初，我陪同苏联著名诗人西蒙诺夫游黄鹤楼时，在省主席李先念接见后，我们漫步楼前，他见景生情，不禁油然吟出（用中文或英文我已记不清）太白名句：举头望明月，低头思故乡。由此可见，黄鹤楼公园不仅是我市难以再造的精神文明遗产，它还会不断地激励人们创作出新的精神文明产品，发展和丰富武汉市的精神文明。如果将这种不可多得的优秀人文遗产和赚钱的经营活动混在一起，而且很有可能喧宾夺主，渐渐加浓商业气息，减弱人文意蕴，那对武汉市精神文明建设，将造成巨大损失。到那时，就悔之晚矣！在直辖市时期，我也曾忝列武汉市政协委员。不知能否让我给郭友中委员的提案投一票。不过，作为在武汉市从事文教工作数十年的一个老教授、一个公民，我也是有责任投这一票的。

1999 年 1 月 23 日于珞珈山

载 1999 年 1 月 26 日《武汉晚报》

再谈黄鹤楼公园不宜企业化

　　武汉市媒体报道了市政治协商会议郭友中委员关于"黄鹤楼公园不宜企业化"的提案后,我曾投书1月26日《武汉晚报》共鸣,提出的理由是:这种行为甚有害于武汉市的精神文明建设。1月27日,又在该报第12版上读到赵明先生的大作《明天,黄鹤楼属于谁?》此文除揭露了将黄鹤楼公园企业化的手段不太光明正大、作出这种决策违反科学化和民主化的原则外,还提出了一些黄鹤楼公园不宜企业化的很有说服力的理由。读了此文后,我又想到了虽然强调"以经济建设为中心"、但一向对物质文明和精神文明同样重视的邓小平理论。仔细一查,就在《邓小平文选》第3卷第43页上读到这样一段话:"'一切向钱看'的歪风,在文艺界也传开了。……这种'一切向钱看'、把精神产品商品化的倾向,在精神生产的其他方面也有表现。有些混迹于艺术界、出版界、文物界的人简直成了唯利是图的商人。"我并不喜欢而且反对说话写文章随意上纲上线,但根据邓小平以上批评,我感到将以"天下江山第一楼"为核心的黄鹤楼公园这种含有重要精神产品的人文景点"捆绑上市",确实是与邓小平理论不相符的。

　　改革开放以前,我国风景名胜区一般是连门票都不出售的。实行社会主义市场经济以来,为了维护和发展的需要,风景名胜区虽然出售门票,但似乎还没有出现将类似黄鹤楼公园这种重要"精神产品商品化"的事例。比如北京市,我既未听说、也未看到新闻媒体报道将故宫、颐和园、天坛、北海、长城八达岭等"捆绑上市"。如果真有人胆敢那样做,那也是违反邓小平理论的。

　　3月1日,《广州日报》刊发了一条令人高兴的消息。深圳是我国市场经济最发达的城市之一,它却投资1000多万元,在华侨城建设了一条近 1 公里的雕塑走廊,陈列著名艺术家和当代最具代表性中青年雕塑家作品,免费向群众开放。上海的宝钢公司出资促进高雅音乐和奖励优秀学生,武汉钢铁公司关注职工群众的文学、艺术以至社会科学活动。所有这些,都是实行市场经济时应有但却难得的好风气,是非常值得将黄鹤楼公园企业化的人们加以对照、学习的。

春节期间,和一些留学国外的朋友、学生、子女谈及此事,我们发现,不仅社会主义国家,即使资本主义国家,它们对类似黄鹤楼公园这种重要精神产品,也是反对商品化的,最多也不过售门票,而且票价一般不高,大多数人民都可以承受,对外国和本国游客一个价。比如美国著名的黄石国家公园,面积达 220 余万英亩,跨越 3 个州,四周为森林环绕,园内景点极多,开车前往旅游,时间不限,门票不过 10 至 20 美元(具体数字记不清,但最多不超过 20 美元),园内各景点也不再要门票。参观纽约著名自由女神像,只需买门票。至于首都华盛顿的白宫、国会山、华盛顿纪念塔、林肯纪念堂、各种博物馆,都连门票也不要。加拿大 4 个最大的国家公园,联合售门票。1998 年,一个近百座位的大巴车,门票为 90 加币。购票一张,可游 4 园;旅游时间,任凭选择。

最使我怀念的,有两个人文景点。一个是美国威斯康星州首府麦迪逊城的历史学会会址。这是一座三层楼的大理石建筑,它除收藏极其丰富的有关该州历史文物和档案,负责向全州中、小学生进行该州历史教育外,还收藏有非常丰富的图书报刊。州政府不但未将其"捆绑上市",它的经费还主要来源于企业界的捐赠。另一个是意大利的贝拉焦中心。贝拉焦是风景极其绮丽的科莫湖里的一个半岛,其整体就是一个花园,园里散建着一些美丽幽雅的建筑,原为一个意大利公主的私产。她无子女,生前即将之捐出作为国际学术交流中心,并委托美国洛克菲勒基金会负责管理。去过该中心的人,无不留连忘返。如果将该中心企业化,作为一个旅游度假区,肯定会赚大钱。但该中心从未作此想,还给到那里进行学术交流的各国学者提供良好的食宿。参加一星期以内学术会议的学者,只能单身;到那里进行为期一个月学术研究的学者,还可以带配偶,同样免费提供食宿。

想到这些事例,我又记起上月 28 日上海《文汇报》第 7 版李少君的

"文化的附加值"一文,其中引述了前两年陈思和先生在"振兴人文精神"的大讨论中的一段话:最早的资本主义国家是荷兰、葡萄牙等国,但为何后来衰落了呢? 这是由于英、法、意等后起的资本主义国家更注重文化建设;从某种意义说,正是英、意等国的文艺复兴运动造就了"大英帝国",使之更有生命力,而美国文化在世界范围的扫荡,乃是"借助了全世界之力,荟萃了各国精英"之故。陈先生的这段话,也是值得人们参考的。

1999 年 3 月 3 日于珞珈山

黎明前的觉醒与搏击

——忆解放前夕我的地下斗争生活

　　1948 年暑假，我住在武汉大学单身教授宿舍半山庐。有一天，蔡心耜讲师等 3 位同在武汉大学教书、相互有所了解但素无来往的高中校友，突然来找我打桥牌。我虽然不无高兴地、热情地接待了他们，但对这种多少有悖常情的交谊行为有些费解，特别是此后半年再无来往，更令我觉得这次孤独的桥牌友谊有些蹊跷。很久以后我才知道，蔡心耜是解放前武汉大学教师中唯一的一位地下党员，那次他带人来和我打桥牌，是因为他读了我当时发表在上海《观察》、《时与文》以及南京、北平等杂志上的文章，知道我倾向进步，来做我的工作的。我曾问他，为什么以后半年再没来找我呢？他说："你在上海杂志上发表的文章越来越红（这当然是他当时的理解），我们怕暴露，所以未敢再来找你。"

　　直到 1948 年末 1949 年初，中国共产党武汉地下市委为动员全市人民迎接解放，各条战线的准备工作亟待推动，他才向我亮明身份，介绍我加入中国共产党地下市委正式外围组织——武汉市新民主主义教育协会（简称新教协）武汉大学分会，并任命我为教授支部书记，和吴廷谬、梁园东两教授组成教授支部。紧接着，我们发展了韩德培、唐长孺、张培刚、张瑞瑾、孙祥钟、曹绍濂、刘涤源、谭崇台、陈家祉、石峻等正副教授。值得提出的是，那时我们发展组织完全是出于公心的。可能由于我们接触面不够广，有的人可以甚至应该发展而未发展，但即使是我们很亲近的朋友，条件不够我们绝不发展。因此我们地下发展的这批会员，能够经受住半个世纪的考验，直到今天，无论是已归道山的或者健在的，都是些踏踏实实工作、在立德、立功、立言等方面多少有所贡献的知识分子，绝没有一个靠不正之风混进来企图混水摸鱼的人。对照当前出现的那么多大大小小的陈希同,解放以后党的组织路线真值得反省。

参加新教协后,直到 1949 年 5 月 16 日武汉解放,在这近半年时间里,我所思所行,只是党领导下的地下斗争。科学研究工作完全放下,教学工作也几近停顿。由于时刻感到背后有一种伟大而崇高的力量的指引与支持,我满怀激情和理想,憧憬着美好的未来,暂时忘却了儿女私情,也满不在乎一再传说的国民党已将我列入了黑名单,没日没夜地工作着,精力好像永远也用不尽。

当时,具体领导我们斗争的,是蔡心耜引来的一位年轻的张先生。他西装革履,潇洒持重。他俩每周来我家一次布置和检查工作,有时带来党的秘密文件让我们学习。根据地下工作的严格纪律,我没有打听张先生来历,只是自然地听从他的领导,也不能将这一切暴露给自己的任何亲人,包括妻子。解放以后,我才知道这位张先生是中国共产党武汉地下市委的组织部长江浩然,他当时的公开身份是湖北医学院附属医院司药,是由解放后任过共青团中央书记的朱语今同志通过其兄、湖北医学院院长朱裕壁安排的。

我们教授支部一面建立组织,一面按照张先生的布置开展活动。和我们一起活动的,还有个讲师助教支部。按照地下工作纪律,两个支部以及两个支部下面的各个小组,均无横的联系。不过,由于大家目标一致,工作认真,整个组织配合得很好。综合起来,在这段时期内,我们进行了以下几项活动。

1. 组织会员学习党的文件。在当时白色恐怖下,这种学习当然只能秘密进行。一般是张先生带来文件后先向教授支部传达,支部学习后文件由我保管,并分别向 3 个小组传达、学习。保管文件相当不易,既不能老是随身携带,又要妥善收藏,以免家人看到。解放后妻子告诉我,她有一次在米缸发现一个文件,偷偷地哭了,认为我太不信任她。但是她不知道,这是地下工作的纪律。现在回忆起来,我们当时学过的文件有:毛泽东的《新民主主义论》、《中国革命与中国共产党》、《目前形势和我们的任务》、《关于工商业政策》、《向全国进军命令》、《中国人民解放军布告》;刘宁一的《解放区的工业政策》;还有《七届二中全会公报》和《中共的城市工商业政策》等。

2. 宣传新民主主义论。当时武汉大学新教协宣传新民主主义的形式是多种多样的,但教授支部只是采取了宣讲的形式。首先是在校内举行讲座。公开的名义是讲"计划经济",实际内容是新民主主义。我记得清楚的演讲人有张培刚、刘涤源、谭崇台和我。此外,似乎还有黄子通教授以讲哲学名义讲过辩证唯物主义。这些讲演听者踊跃,影响很大。后来,武汉市邮政工会负责人还通过珞珈山邮政局局长找我,请武汉大学教授去给邮政工会会员作报告。那已是武汉解放的前夕,武汉警备司令部曾派一个迫击炮连到武大示威,便衣特务经常在武汉大学巡游,形势严峻。因此,我将此事请示了张先生,他却断然地告诉我们可以去。我记得除我以外,前去作报告的还有黄子通、谭崇台、曹绍濂。我去作报告那一次,听众非常踊跃。事前,那位邮政工会负责人请我到他家吃饭,由他年轻漂亮的小老婆接待。讲演完后,住在江汉路一个军人旅店,同房的据说是国民党军队的一位团长。第二天乘轮渡回武大,赶到趸船时轮渡已开动,一个国民党军官持枪威胁,硬是逼着轮渡回头靠岸让他上船,我也沾了"光"。解放后不久,武汉市报纸报道,那位邮政工会负责人是一个CC派特务,刚潜逃出境。我看到此消息后,不禁心有余悸。后来我有机会问江浩然同志,为什么让我们去冒险和一个CC派特务打交道。他说,地下市委在邮政工会有内线,知道这位负责人的意图。他是想找关系潜伏下来,绝不会向我们下毒手;而我们又可乘机作宣传,何乐而不为? 同时他还告诉我,他在重庆作地下斗争时,有一次还利用国民党特务为他运送党的秘密文件哩!

3. 调查研究。时间大约是1949年2、3月,调查内容主要有两方面:一是学校的组织机构和人员(主要是领导层)情况,特别是人员的政治思想状况及彼此间关系;一是学校财产和设备状况。前者主要由教授支部负责,后者主要由讲助支部负责。我们支部每人都将自己所知情况尽量写出来,然后交给蔡心耜,蔡将这些材料和讲助支部所交材料综合成一份总材料,通过组织交给了中共武汉地下市委。这些材料对后来接管武汉大学的军代表很有帮助。

4. 改组教授会。1948年武汉大学的教授会,基本上处于中间立场,既不积极支持、也不坚决反对进步的学生运动。到1949年初,这样的教授会,显然不能适应形势发展的需要。于是,在党的领导下,武汉大学新教协教授支部发起改选教授会的领导机构,并确定由我竞选教授会主席。这件事我是有思想斗争的。首先,我虽不无好名思想,但从中学到大学,由于受知识分子清高思想影响,我从来没有而且羞于竞选任何职务;其次,我1947年9月间才到武汉大学教书,而且是个副教授,资历浅,声望还不够高,又无过硬后台,竞选教授会主席,似乎自不量力。但是,从我当时所接触所了解的党来看,我的确认为中国共产党是救中国、振兴中国的唯一可靠力量,只要有党在背后支持,就是正义的事业,是光明正大的;竞选教授会主席是党的工作的需要,没有什么见不得人的地方。于是,我就心境坦然地挺身而出,并且取得成功。后来,虽然听说有位老教授不服气地说:"他比我儿子还年轻,当什么教授会主席!"我也能坦然置之,而且体会到党改造知识分子的精神力量。

提到党改造知识分子的精神力量,还有件事情值得一提。由于地下工作的危险性与秘密性,当时我到教授支部下面3个小组去工作时,一般都在晚上,而且为保证安全,每次尽可能走不同的路线。有一次为了赶时间,我从一位生活西化、思想怪癖的张教授门前草地上穿过,他竟猛然冲出来抓住我的衣领要打我,说我不该践踏他的草地。我一向是个自尊心非常强的人,要是平时,我一定不会饶他。但当时为防止暴露,对党的事业不利,我硬是在旁人的劝说下忍气吞声地未和他计较。

5. 反搬迁、反破坏、保校保产。1949年4月21日,人民解放军百万雄师强渡长江,武汉面临着解放,中共武汉地下市委提出的任务是:反搬迁、反破坏、保卫城市,把武汉市完整无缺地交给解放军。我们教授支部在武汉大学新教协的布置下,首先参与了反迁校(国民党政权当时阴谋将武大迁往广西桂林)的宣传活动,向广大群众反复说明:在此兵荒马乱、交通困难和安全无保证的情况下,迁校将造成人力、校产的重大损失;只有将武大完整地保存下来,迎接解放,才是最好的出路。这种宣传是有一定成效的,后来只有中文系的苏雪林教授去了台湾,外文系吴宓教授去了重庆。

愈接近解放,形势愈紧张。后来我们知道,地下市委得到可靠情报,伪警备司令部稽查处制订了一个包括武大党员和进步群众300多人的黑名单,准备逃走前加以杀害。有时,我们不敢回家,就在朋友家打地铺睡觉。在此情形下,武大地下党以各外围组织为基础,把教授会、讲助会、职员联谊会、学生自治会、工友联谊会联合起来,组成安全互助团,下设警卫、联络、救护、报道4组,并按住宅区划分,将各区教职员工都组织起来。我们新教协教授支部除会员积极参加安全互助活动外,还通过教授会会员个人动员其他教职员工参加。后来直到解放,武大校内安全基本得到保障,武大也被完整地保存了下来。

6. 呼吁局部和平运动。在安全互助活动中,教授支部成员因年龄、体力等关系,所起的作用我以为会赶不上学生、职工、讲助等外围组织成员。但在呼吁局部和平运动中,我们支部却起了特殊的作用。这一运动在《武汉地下斗争回忆录》(湖北人民出版社1981年版)中未见明白述及,但我记得很清楚。临近解放,张先生(此时我虽不知他的身份,但我意识到他一定是地下市委重要负责人之一)有一天来我家对我说:"现在人民解放军快要进城,白崇禧在逃走前准备大规模破坏,我们除具体组织群众反搬迁、反破坏、保护城市外,还要大张旗鼓宣传,震慑敌人,动员群众。为此,我们正接过敌人要求和平的口号,动员地方著名民主人士张难先、李书城等人,呼吁局部和平运动,实际是给白崇禧等人施加压力,希望他们和平撤退,以便保存武汉地方元气和人民生命财产安全。但张、李等人还有些顾虑,犹豫不决。你们武汉大学教授们在社会上很有声望,也是一支呼吁局部和平运动的适当力量。"他问我有没有胆量担负此重任。我当时的确是没有时间考虑个人安全问题,毫不犹疑地答应了下来。首先在支部内讨论,梁园东支委不太积极,他建议我先去动员一位有一定进步倾向、在群众中有一定声望的老教授。虽然这位教授说过我没他儿子年龄大不应任教授会主席的话,我还是去了。但他却暗示:除非先接受他入党才行。于是,我找到与武大领导层、特别是与周鲠生校长关系较密切的新教协会员张培刚教授,和他一道先取得了几个学院院长的支持。后来我和他到周校长家去动员时,周校长正送一位客人出门。当我们说明来意后,他对我们说:"你们还在这样积极活动!刚才我送走的客人,是白崇禧的参议,他正是衔白崇禧之命来要求我制止你们这类活动的。"不过话虽如此,我们知道此时的周校长已认清形势,反对迁校,自己还决心留下来迎接解放,所以他是会默然支持我们的。于是,我就利用武汉大学教授会的名义,起草了一份《为呼吁局部和平运动告武汉市人民书》,通过工人中党的外围组织,在武汉大学印刷厂中印了出来,并在全市散发。这件事在保证将武汉市完整地交给人民解放军手中究竟起了多少作用很难说,但我们是尽了自己责任的。

现在回忆这段历史,我真希望我们的党风至少能像在地下斗争时期的党风那样。

1999 年 4 月 29 日于珞珈山

载《武汉文史资料》1999 年第 6 期

《十面埋伏》的魅力

看到《好书》(99/5 · 6)的介绍后,我买了一本张平的《十面埋伏》。由于我已经进入87岁高龄,精力、目力有所衰退,而这本书又有631页,58万字,原来是打算慢慢读的。那知开卷以后,就一发不可收。尽管每天仍然习惯性地浏览10份左右报纸,还是在3天时间内读完了这本书,由此可见这本书的魅力。

放下书后仔细想想,这本书的魅力究竟从何而来?它既不涉及儿女私情,更未描写性爱;它不追求奇险,也不玩武打戏说。总之,时下纯粹以盈利为目的的那些出版物的引诱读者的写作手法,作者都摒而未用。可是,它却被许多媒体转载,也让我这个饱经沧桑、读书不算很少的老头拿起来就放不下,其故安在?

这本书写的是一个重大案件的破案过程。作案的一方,是"两个跨地区的黑社会性质的犯罪团伙,以一个服刑人员为交汇点,形成了一个更大的带有黑社会性质的犯罪集团。这个犯罪集团已经打通了方方面面的关系,已经把自己的触角伸进了国家的行政机关、银行系统、法律部门、工矿企业、专政机构,……从而布下了一张张通天大网,在国家的各个角落进行疯狂的挖掘、蚕食、掠夺和抢劫!"(见原书第456—7页)破案的一方,则是一批刚正不阿的党政官员和见义勇为的群众。这是一场十分艰险甚至恐怖的正义与邪恶的较量,关系到国家和民族的命运。如书的"后记"所说,作者之所以选择这种"直面现实,直面社会"的题材,尽管"犹如陷入雷区,遭遇十面埋伏",但"面对着国家的改革开放,人民的艰苦卓绝;面对着泥沙俱下、人欲横流的社会现实,一位有良心的作家,首先想到的也只能是责任。"因此之故,全书的字里行间,充满着强烈的正义感,充满着激情,不断地激励着读者的社会良心,时时刻刻因那些为正义和法律尊严而作殊死搏斗的硬汉们、英雄们的处境变化而心潮澎湃；为他们的困境和危险心惊胆战，为他们的机智和勇敢欣喜敬佩，为他们的牺牲或致残而哀痛不已，为他们的胜利和成功而衷心庆贺。同时，也对那些腐败官僚和犯罪分子的贪横残暴感到无比气愤，对他们的卑鄙无耻感到十分恶心，对他们暂时逃脱法网感到极其不平，对他们得到应有惩罚感到非常高兴。总之，读这本书使人时刻想到国家、民族的命运，一则以喜，一则以惧，非一直读下去得出个结果不能自已。

除激励读者的正义感和激情外，作者的写作技巧也是值得赞扬的。他善于构造复杂的、甚至是扑朔迷离的情节，他善于制造悬念、甚至是许许多多的悬念，使人读起来往往有一种"山重水复疑无路，柳暗花明又一村"的感觉。本来你以为是坏蛋的家伙，却突然变成个好人；本来你以为是个君子的人，却忽然变成了小人。而且，这种变化十分自然，一点也不显得生硬。本来，你认为问题已经解决了，却又横生枝节，出现了一个新高潮。它避免了时下许多读物那种读前面便可以猜出后面内容的、简单平庸的毛病，而能引人入胜。

我想，以上这两个特点，就是《十面埋伏》魅力的所在。

据此，我们可以得出这样一个结论：文学读物并不一定要用描写性爱、借助武打、玩弄戏说，甚至那些荒诞不经、迎合低级趣味的内容，才能吸引广大读者；严肃的题材，只要能激起人们的强烈正义感与激情，只要写作技巧能引人入胜，是同样、甚至更能吸引广大读者的兴趣的。

1999 年 7 月 12 日于珞珈山

载 1999 年《好书》第 7、8 期合刊

千姿百态的养生之道

看到武汉某报曾登有这样的文字："医学书上指给人们的路径大致相同，但是呈现在我们面前的'健康老人'的'养生之道'，却是千姿百态的。"这句话我一直记在心里，常常使我想到那个著名的论断：实践是检验真理的唯一标准。养生之道也忌讳教条主义。

本来，每个人禀赋的遗传和所处的环境都不相同，一个人在不同时期所处的环境也不能没有变化，怎么能期望每一个人的养生之道都一样呢？当然，这不是说人们的养生之道中没有共同的因素，比如保持良好的生活习惯和正常的心态，坚持体力和脑力劳动或运动。所谓保持良好的生活习惯，就是生活有秩序，讲究清洁卫生，不抽烟，不酗酒，不赌博，不纵欲，不乱吃补品，冬不极温，夏不极凉，等等。所谓保持正常心态，就是生活上不汲汲于富贵，不作金钱、权势、物欲的奴隶；在人际关系上主张社会公平，不钩心斗角，不猜忌和计算他人，也就是人们常说的"为人不做亏心事，半夜敲门心不惊"。坚持体力和脑力劳动或运动，关键在于"坚持"，最忌一曝十寒。要坚持，也必须反对教条主义，根据环境、条件的变化，采取不同的方式。比如体力劳动，我小时候家境贫寒，无缘上学时就参加农业劳动。上学后喜欢打篮球、骑自行车，初到武汉大学教书时东湖水质好，就经常游泳，东湖水质污染后就打羽毛球，打羽毛球找不到伴时就散步。脑力劳动不独要坚持，因为脑筋"用则进，不用则退"；而且必须坚持有益于人类有益于社会的、至少是无害于社会无害于他人的脑力劳动，否则一天到晚想些歪门邪道的事，最后必然会身败名裂，岂止损害自己的身心健康。

养生之道中，除了上述共同因素外，还有许多不同因素。人们根据自己的环境和爱好，有的人练气功，有的人打太极拳，有的人从事按摩，有的人散步;有的人养金鱼种花种菜,有的人练书法或学画画;有的人长期吃素,有的人却爱吃肥肉,如此等等。把上述那些共同因素和不同因素结合起来,就使人们的养生之道千姿百态,丰富多彩。

1999 年 7 月 18 日于珞珈山
载 1999 年 8 月 7 日《武汉晚报》

白山黑水拾珠

1990年6月,长春市东北师范大学邀请我去讲学,并参加博士论文答辩。是时,我国实行改革开放政策已经10年,物质文明建设虽取得举世瞩目的成就,精神文明建设却未跟上。许多人见利忘义,贪污、腐败、荒淫、盗窃、赌博等不良现象,相当流行。交通线上,车匪路霸一时很是猖獗。我年近8旬,又无人陪伴,长途跋涉,心情多少有点紧张。特别是在天津转车时,没买到软席卧铺票,硬卧车厢人多嘈杂,空气闷热,上车后大家就抢着打开水。我争不过大家,也不想争,就坐在过道的凳子上等着。这时,我对面下铺的那位小青年前来对我说:"老教授(他大约是从送我上车的人口中知道了我的身份),我替你打开水吧。"不顾我辞谢,他就将我的茶杯拿去打来开水,并且加进了他的上好龙井茶叶。由于当时社会风气不好,我对他这种异乎寻常热情不太理解,于是留心观察,看到他提包中生活用品都比较高级,我又有点怀疑他手头何以如此宽裕。这样,我便感到对他应有所警惕,尽量避免和他打交道。哪知到了晚上,他又提议把下铺让给我,他睡我的上铺。正在我婉拒时,他已矫捷地跃上我的铺位,拿下我的行李,随即下来将自己的行李抛上我的上铺。一切安顿好以后,他下床来饮茶,和我坐在一起。当我赞扬他的雷锋精神时,他说雷锋精神固然好,但他不一定是学雷锋。于是,他向我简述了他的身世:"我姓金,是住在黑龙江中苏边境地区的朝鲜族人。父亲曾任国民党下级军官,解放后服刑。母亲无力养活几个孩子,我小学毕业后独自闯进关内。流浪到天津时,被一位具有同情心的中年女基督教徒收养,供我读完中学,并考取了山西采矿学院。后来,我完成学业在一个采煤企业任技术员,收入很不错,并成了家。但是,她自从迁居以后就不再和我联系。我知道她的为人,收养我只是为了做一件好事,并不图报。然而,我总觉得失去报答她的机会心中不安,因此就学她做人的榜样,也算是对她的报答。我每次旅行都尽量帮助老弱妇孺。"后来,他一路照顾我非常周到,使我一想起我曾怀疑他帮助我的动机来便觉心中有愧。

在东北师范大学讲学期间,我住在该校外宾招待所。所内没有为宾客洗衣的服务项目,我感到很为难。二楼女服务员赵金珠听说后,主动为我洗衣。每天衣物不仅洗得很干净,而且折叠得很整齐。按劳付酬本是天经地义的事,何况当时是个"一切向钱看"的时代! 但是,当我向她付酬时,她坚决不收,还说为长辈服务是应该的。我虽在行前买了些糖果酬她,但我深知这些糖果不可能像她的行为那样甜蜜。

讲学任务完成后,我顺便前往哈尔滨旅游。刚通过论文答辩的博士生黄仁伟和他刚通过硕士论文答辩的美丽妻子傅勇一同送我上车。大概是担心我不同意,直到开车前的一刹那,他们才告诉我,傅勇是自购车票,作为我的临时"生活秘书",全程陪同我旅游的。当时,我一方面对他们新婚燕尔就小别离感到很过意不去,一方面自然也感到意外惊喜。傅勇当时年22,较黄仁伟年轻约10岁,是看中黄的才华才决心嫁给他的。她态度娴雅,知识面颇广,谈吐脱俗,一路上照顾我很细心,使我们的旅游非常愉快。

到达哈尔滨后,经傅勇介绍,黑龙江大学任众教授自然地成为我们的东道主。任教授和我一样,解放前夕参加革命,后来从事世界史的教研工作。他为人豪爽,很有理论勇气,学术思想和对世事看法大都和我相似。黄仁伟曾是他的高足,我此前和黄仁伟也有往来。通过黄,我们早已相知,但未相识。离长春前,黄仁伟告诉我到哈尔滨后最好住在他家。因为他丧偶有年,家里只有长媳长孙,房子较宽。恰好他为我预订的旅馆正在开大会,颇不方便。见我犹豫,这位初次见面的朋友就让我和傅勇住进他家,并为我安排游程、讲学、访友等事。最令人高兴的是,我们一见如故,既不讲客套,也不觉隔阂。由于共同语言多,坦诚相见,每晚作长谈,慷慨论国事、天下事,很是痛快。

回到东北师范大学后,在读博士生黄兆群交还他为我保管的衣物时,我发现他已将我踩过黄泥、准备抛弃的一双旧布鞋洗净晒干,整旧如新,给我此次白山黑水之行添上最后一个感人的意外。

　　综观这次旅程，可以说处处是深情厚谊，一切令人满意。在武汉启程时那种多少有点紧张的心情，在归途中已变为轻松愉快。纵然社会风气不尽如人意，但我感到人间还是有真情。10 年过去了，直到如今我仍然时常怀念着小金、赵金珠、黄仁伟、傅勇、任众、黄兆群这些可感、可爱的友人，并为他们祝福。

2000 年 6 月 29 日于珞珈山

载 2000 年 9 月 6 日《长江日报》(编者曾改标题，现改回来)

我研究美国史的经历

我发表过研究美国史甘苦的文章。承蒙《书屋》编辑部的信任,让我再系统地谈谈我研究美国史的经历。我觉得《书屋》编辑部的这种意图必有其理由,所以乐于遵命。

(一)

我在清华大学和美国芝加哥大学是学社会学的,开始研究美国史并不是我自己的选择。我从中学时代起,就希望并且计划以做学问作为自己终身职业。为此,除主观条件外,还必须有客观条件。那就是要中国民富国强,社会安定。前提条件是中国必须发扬科学与民主,实现工业化、现代化,使中华民族能自立于世界民族之林。因此之故,探索中国工业化、现代化的道路,研究鸦片战争以来中国仁人志士前仆后继力图实现工业化、现代化失败的原因,就成为我学术活动的主流。1944 年底去美国芝加哥大学学习,也是带着这个问题去的。后来,通过硕士论文的写作,我发现两千余年的儒学统治,是阻碍中国社会实现工业化、现代化的极其重要的原因。这篇论文有自己的独立见解,得到一些思想比较开明的中、美学者的赞同。上世纪 90 年代初,武汉大学社会学系研究生王进及其中学同学叶巍读此论文后,认为它在今天仍有现实意义,并且提出了一个批判儒学的崭新视角,于是花了两年时间将它译为中文本,在中国人民大学出版社及该社李艳辉编审的支持下,以专著形式出版,全书 18.5 万字,题为《中国的儒学统治——既得利益抵制社会变革的典型事例》。该书出版后,受到开明学术界的好评。另外,1947 年 9 月,我到武汉大学教授社会学,承续我在硕士论文中形成的思想路线,结合当时中国的社会实际,

1948 年在上海《观察》、《时与文》,南京《世纪评论》、《大学评论》,北平《自由与批判》等报刊上发表了 30 篇文章,引起广泛的共鸣,后来选了 23 篇,得到武汉出版社的支持,出版了《黎明前的沉思与憧憬——1948 年文集》。这两件事情说明,我的社会学研究是取得初步成果的,我是开始尝到做学问的味道的。如果不受干扰,我将继续进行社会学的研究工作,有可能取得更重要的成就。但是,新中国成立后,我国"一边倒"地学习苏联,社会学教研工作被取消了。作为一个社会学工作者,我的学术生涯不得不暂时中断,并不由自主地离开了学校。一直到 1964 年,武汉大学响应党中央的号召成立了美国史研究室,从未忘情于学术研究的我,打听到我有可能参加这个工作,于是积极申请回到武汉大学,这就是我开始研究美国史的原因。也就是说,尽管我当时对研究美国史的重要意义有较清楚的认识,也不无兴趣,但我研究美国史是当时的客观条件决定的。

(二)

我的美国史研究工作开始于 1964 年 4 月,大体上可以说是开始酝酿"文化大革命"的时代,因此面临着三个问题。一是缺乏切实可用的图书资料,我们能够得到的图书资料大都是受过苏联教条主义的影响的。二是我对自己时间和精力的运用不能自己作主;开始半年,我们还能为美国史研究做一些准备工作,但到 10 月,我便被调到农村去参加"四清"运动,直到 1965 年 5 月才回到学校。此后一年,我研究美国黑人运动史,撰写出《二次世界大战后美国黑人运动简史》讲义,并应《光明日报》之约,写成《黑人暴力斗争理论的发展》一文(因时局变化,该报只寄来清样,未正式发表)。从 1966 年 5 月到 1972 年,我奉命参加"文化大革命"运动,美国史研究只能是在业余时间偶尔干点私活。从 1973 年到 1978 年底,我又奉命从事世界史、地区史和国别史以及联合国文献的翻译工作;这些工作虽然多少对美国史研究有点铺垫作用,但到底不是美国史研究。因此这 13 年,对于我这个美国史研究工作者来说,乃是大好年华虚度。第三个问题是,当时我研究美国史,经常感到一种"紧跟"的负担。美国史中哪些部分可以研究,哪些部分不可以研究;美国历史发展进程遵循什么规律;美国历史上人物和事件应如何评价等等,都是要有指示、尤其是最高指示作根据的。违反或背离这种根据,不独研究成果不能问世,而且会招引批判甚至祸灾。因此,除紧跟经典著作、《人民日报》、《红旗》杂志等报刊外,还得经常打听关于美国的事务最近有什么最高指示,发了什么最新文件,以便找来阅读,作为紧跟的根据,否则寸步难行。一般说,当时研究美国史,特别是现当代美国史的研究,似乎是存在一个公式的。从经济方面说,是经济危机日益频繁而严重,几近崩溃;从政治方面说,是实行资产阶级假民主,实际是欺骗、压迫广大人民群众,阶级斗争愈来愈尖锐,政权很不稳;从社会方面说,是机会不平等,人情冷漠,富者骄奢淫佚,贫者无家可归;从文化方面说,是粗俗浅陋,腐朽堕落;从对外关系说,是侵略扩张,失道寡助。因此之故,美国的综合国力是日益下降,世界的格局是东风压倒西风。总之,美国正如列宁说的是一个"腐朽的、垂死的帝国主义"国家。当时的美国史研究,要摆脱这个公式的束缚是极其困难的,也是很危险的。现在想来,由于有这种"紧跟"的负担,当时即使我能自己作主支配自己的时间与精力,我也是不可能在美国史研究中作出真正成绩的。

(三)

我的美国史研究的春天,开始于上世纪70年代末。这个春天是怎么来的呢? 上面提到的那个美国史研究的公式,是和列宁的名著《帝国主义是资本主义的最高阶段》(简称《帝国主义论》)有关的。新中国不是以马列主义、毛泽东思想作为治国的指导思想吗? 因此之故,列宁这本书中的所有论点都被认为是绝对正确的;既然这本书中说美国在19、20世纪之交已进入帝国主义阶段,而帝国主义又是"腐朽的、垂死的资本主义",那么人们研究20世纪美国史,就不能不得出"美国是个腐朽的、垂死的帝国主义国家"的结论。但是,1972年美国尼克松总统访华后,中美关系日渐松动,特别是1979年元旦中美正式建交后,两国各个领域的交流和人员往来日益频繁,国外关于美国和美国史的图书资料源源进入中国,许多中国人、特别是青年人,甚至个别老资格的中共领导干部,从实际接触中感受到、认识到:当代美国还不能说是已经"腐朽的、垂死的国家",而是"腐而不朽,垂而不死",甚至还有相当强的生命力。第二次世界大战以后,美国虽然还是不断出现经济危机,但总的趋势是经济不断高涨,是世界上两个超级大国之一。这种官方书面上的美国和日益扩大的人民群众心目中的美国的鲜明对照,使我感到,冲破"左"倾教条主义的束缚,根据美国历史发展的实际来研究美国史,这种学术活动是会越来越有市场的。

另一方面,1978年,"实践是检验真理的唯一标准"这篇具有划时代意义论文的发表,和改革开放政策的理论与实践,又给我根据美国历史发展的实际研究美国史提供了机会和平台。从1977年8月8日到次年4月22日,邓小平4次谆谆告诫国人,一定要重视科学和教育,否则四个现代化便是空谈。他还要求制订出具体计划予以落实。在这种形势下,1978年夏在天津召开的史学规划座谈会建议:成立美国史研究会和编写《美国史》的问题,由武汉大学和南开大学牵个头。据此,1979年4月21—26日,在武汉大学召开了中国美国史研究会筹备会。1979年1月,被控制使用多年后受命主持武大美国史研究室工作的我,负责主持了这次会议。会上,关于编写《美国史》的问题,与会者达成三点共识:①美国是世界上两个超级大国之一,在国际事务中具有重大影响,全面地、理性地、与时俱进地认识和对待美国,对我国四个现代化事业有着巨大的作用和意义,这种形势,使得编写一套能够帮助国人科学地、深入地、系统地了解美国历史和现状的《美国史》,成为迫切的需要;②从当时情况看,我国没有一个学术单位有能力编写出这样一套《美国史》,但把各有关单位的力量统一组织起来联合攻关,是有可能的,这种组织工作交给即将成立的中国美国史研究会负责;③成立由北京大学、南开大学、吉林师范大学(后改名东北师范大学)、四川大学、武汉大学、南京大学有关教师组成的编写《美国通史》的班子(后来北大、川大和南京大学退出了,华东师大加入了),并选举杨生茂、刘绪贻任总主编。同年11月29日,中国美国史研究会正式成立,我被选为副理事长兼秘书长,实际上负起了组织编写工作的责任。后来因情况变化,我还不得不负起主编和主撰《美国通史》第5卷《富兰克林·D.罗斯福时代,1929—1945》和第6卷《战后美国史,1945—2000》的任务。

现在总结起来看,大体上可以说,在同僚和学生的协助下,我的美国史研究取得了一定的成绩。从1979至2006年,我一共发表了美国史论文和其他文章 76 篇,译文 3 篇。1983 年,中国社会科学出版社出版了我主持翻译的《一九〇〇年以来的美国史》(上、中、下 3 册),中国美国史研究会印行了我主持翻译的《新政》。1984 年,湖南人民出版社出版了我与刘末合译的《被通缉的女人》(美国黑人女英雄塔布曼传)。1984—1987 年,武汉大学出版社出版了我主编的《美国现代史丛书》3 种。1987 年,湖北人民出版社出版了我主编主撰的《当代美国总统与社会——现代美国社会发展简史》。1988 年,该社又出版了我主译并总校的《注视未来——乔治·布什自传》。这两本书引起了相当广泛的影响,据说美国有 4 份华文报纸为后一本书的出版发了消息(我手头只有纽约《联合日报》剪报),老布什总统还给我写了感谢信。1988 年,武汉大学出版社还出版了我和刘末合译的美、苏学者合著的《资本主义、社会主义与和平共处》一书。1989 年,人民出版社出版了我主编并参加撰写的《战后美国史,1945—1986》。1990 年,北京商务印书馆出版了我主持翻译的《多难的旅程——40 年代至 80 年代初美国政治生活史》。1993 年,该馆又出版了我协助朱鸿恩翻译并由我总校的《罗斯福与新政(一九三二——一九四〇年)》。1994 年,人民出版社出版了李存训协助我撰写的《富兰克林·D. 罗斯福时代,1929—1945》。2001 年,中国社会科学出版社出版了我所著的《20 世纪 30 年代以来美国史论丛》。1989—2001 年,人民出版社出版了我与杨生茂任总主编的六卷本《美国通史丛书》(《富兰克林·D. 罗斯福时代》和《战后美国史》收入该丛书作为第 5、6 两卷)。2002 年,中国社会科学出版社出版了我和李世洞共同主编的《美国研究词典》,人民出版社出版了我编撰的《战后美国史》增订本《战后美国史,1945—2000》。同年,人民出版社以这个增订本《战后美国史》作为第 6 卷,并请《美国通史丛书》其他各卷负责人对原书作了必要的修订,出版了共约 300 万字的六卷本《美国通史》。2005 年,这套《美国通史》又由中国出版集团选入"中国文库",由人民出版社再版。

这套《美国通史》在学术上有什么贡献呢?我们全体参加编写人员,从制订编写这套书的计划起,就不断探讨这个问题。结合此前我国美国史研究中存在的不足,我们逐渐认识到,我们必须使这套书具有以下 5 个特点。首先,既要以马克思主义作为指导思想,又要克服"左"的教条主义,并结合美国历史实际进行实事求是的论述;要写出中国美国史著作的特点,体现中国美国史研究的最新水平。其次,要理论联系实际,纠正一些流行的对美国历史的错误和模糊认识;既要借鉴美国一些对我国有益的经验,又要消除人们对美国存有的某些不切合实际的幻想。第三,要冲破虽未公开宣布但实际存在的第二次世界大战后时期的界限,不能像以往美国史出版物那样只写到二战结束时止,以帮助读者更好地了解当今的美国。第四,要全面论述美国历史,不能只写成简单而片面的政治、经济史。第五,要运用比较丰富而新颖的资料,要附有全面扼要的外文参考书目和便利读者的索引。我们全体编写人员在写作过程中是力图体现这些特点的,但究竟做到什么程度,当然只能由读者作出判断。

从我个人来说,我在学术上是否作出过什么贡献呢? 外界的评论很多,大都过誉。比如黄安年、任东来、杨玉圣 3 位教授说:刘绪贻先生"在中国美国史研究的学科规划、队伍组织、人才培养、著书立说、翻译介绍等诸方面,贡献彰著,德高望重。"①朱庭光、武文军两位研究员认为,我的美国史研究可以自成一个流派②。这都是我不敢当的。

具体而言,我做了以下一些工作。

(一)我和同僚、研究生一起冲破了"二次世界大战"后这个禁区。因为经典作家没有人对二战后资本主义作过系统的学术论证,人们难以找到"根据",改革开放以前出版的我国学者写的世界史和国别史,没有一本敢写到二战后的(个别美国史著作略为涉及 20 世纪 50 年代初)。1979年起,我就陆续发表二战后美国黑人运动史的论文。1980 年,我接受了主编并参加撰写《战后美国史》的任务。从此,除我自己发表涉及战后美国史论文外,还鼓励同僚和指导研究生发表了一系列从杜鲁门到里根总统时期的美国史论文。这样,就如中国世界现代史研究会理事长齐世荣教授 1984 年 4 月 5 日来信所说:"现代史、尤其是战后的当代史,一向列为禁区,无人敢碰,您在这方面做了许多工作,很值得我学习。"的确,不仅

---

① 　黄安年等主编:《美国史研究与学术创新》"编者前言"第 1 页,中国法制出版社
2003 年版。

② 　朱庭光:《对美国史研究的一点建议》,《世界史研究动态》1985 年第 1 期;武文军:
《祝刘绪贻先生八十寿辰》(1993 年 4 月 29 日)。

美国史研究的战后禁区,就是世界史研究的战后禁区,从此便被冲破了。

(二)我成功地为罗斯福"新政"翻了案。解放以来、特别是 1960 年以来,我国史学界大都对罗斯福"新政"持否定态度。有的书说:"从罗斯福新政的主要内容可以看出,新政完全代表着美国垄断资本的利益。"①有的文章说:"新政摧残了人民民主权利。"②又有的文章说:"罗斯福新政与其他形形色色资产阶级克服危机的办法一样,结果是以彻底失败而告终的。"③我查阅了许多有关资料,了解到这些论断大都是"左"倾教条主义影响下的产物,与罗斯福实行"新政"的史实并不相符。比如,罗斯福"新政"是在 1939 年暂时告一段落的。这一年,美国的工业生产比 1932 年增长了 60%;按 1958 年美元计算,这一年美国的国民生产总值从 1933 年的 1415 亿美元增长到 2094 亿美元。按人口平均可以自由支配的个人收入,从 1933 年的 893 美元,增加到 1940 年的 1259 美元。垄断资本利润也增加了。因此,从 1981 年起,我就不断地发表文章,为罗斯福"新政"翻案,将它的作用定位如下:罗斯福"新政"是在美国垄断资本主义的基本矛盾发展到顶点、使它面临崩溃之时,迅速地、大规模地向非法西斯式的国家垄断资本主义过渡,在保存资本主义民主的前提下,局部改变生产关系,限制垄断资本主义阻碍生产力发展的某些因素,在一定程度上改善中、小资产阶级和广大劳动人民的政治经济处境,缓和了阶级斗争,基本上克服了 1929—1933 年美国最严重的经济危机,延长并加强了美国垄断资本主义制度。大约到 1987 年我主编的《当代美国总统与社会》一书问世后,我国美国史和世界史的出版物中,就再也难以看到否定、特别是彻底否定罗斯福"新政"的论点了。

(三)我提出了两个新概念。根据上述我对罗斯福"新政"作用的定位,罗斯福"新政"作为一种国家垄断资本主义,它既不同于列宁论述的只对资本家、银行家有利而对工人、农民有害的国家垄断资本主义,④也

---

① 北京大学历史系:《简明世界史》(现代部分)第 155 页,人民出版社 1979 年版。

② 陈玉珩:《关于罗斯福的评论问题——批判世界现代史教学中关于评价罗斯福的错误观点》,《合肥师范学院学报》1960 年第 4 期。

③ 顾学顺:《罗斯福新政的反动实质》,《历史教学》1960 年 6 月号。

④ 请参阅拙著:《富兰克林·D.罗斯福时代》第 202 页,人民出版社 2002 年版。

不同于对内专制独裁、对外扩张侵略的法西斯式的军事国家垄断资本主义，而是一种西方学者称为"福利国家"的国家垄断资本主义，我称之为罗斯福"新政"式的国家垄断资本主义。这个新概念已被一些美国史和世界史出版物所沿用。其次，我认为20世纪30年代经济大危机以来，特别是二次世界大战以后，虽然仍然是列宁在《帝国主义论》中说的"帝国主义和无产阶级革命的时代"，但因私人垄断资本主义已转变为国家垄断资本主义，它已不是一般的帝国主义和无产阶级革命的时代，而是帝国主义时代中的国家垄断资本主义和无产阶级革命的时代；从这个时代起，世界现代史中的许多现象，如果不考虑到国家垄断资本主义引起的变化，是不可能认识和阐述清楚的。这个时代新概念的成立就意味着列宁时代概念的过时，所以有勇气接受的人还不多。

（四）我提出了两条垄断资本主义发展的新规律。一条是：垄断资本主义在其基本矛盾发展到顶点、使它面临崩溃之时，要挽救它并延长它的生命，有一种、而且只有一种办法。这就是大力加强向国家垄断资本主义的过渡，但这种国家垄断资本主义必须有别于法西斯式的国家垄断资本主义，而是要在保存资产阶级民主的前提下，局部改变资本主义生产方式内部的生产关系，限制私人垄断资本主义的某些弊病，在一定程度上改善中、小资产阶级和广大劳动人民的政治经济处境，以便适度减轻资本主义基本矛盾的作用，缓和阶级斗争。另一条是：罗斯福"新政"式国家垄断资本主义可以暂时克服垄断资本主义最严重经济危机并延长垄断资本主义生命到一个相当长时期，但是，这种大规模赤字财政政策必然引起通货膨胀，而且由于资本主义的基本矛盾仍然存在，生产停滞的危机也不能避免，两者相互作用的结果，必然引起更加难以克服的新型经济危机——滞胀。①

（五）我发展了马克思主义关于阶级斗争原理和列宁关于垄断资本主义亦即帝国主义的理论。我认为，马克思主义、列宁主义作为一个学术思想体系，要从总体上发展它们，谈何容易，但在个别问题上有所发展，只要本着与时俱进的精神，密切结合历史发展的实际，并不是不可能的。比

---

① 关于这两条规律的论证，请参阅刘绪贻主编：《当代美国总统与社会——现代美国社会发展简史》第22—49页，湖北人民出版社1987年版。

如,在 19 世纪(主要是 40 至 70 年代)马克思、恩格斯所写的一些著作中,"工人变成了机器的单纯的附属品",他们大都"几乎得不到或完全得不到保障去免除极度的贫困","国家不管他们,甚至把他们一脚踢开";资产阶级则尽量榨取剩余价值,一般只习惯于原始的工业专制主义——延长工时,压低工资,加强劳动强度,进行血腥镇压。因此,无产阶级与资产阶级之间的斗争,便成为一种"你死我活的斗争。"随着无产阶级的逐渐强大和日益觉醒,马克思在 1867 年出版的《资本论》中说:"资本主义私有制的丧钟就要敲响了。剥夺者就要被剥夺了。"[1]恩格斯在 1847 年末写的《共产主义原理》中说:"共产主义革命发展得较快或较慢,要看这个国家是否工业较发达,财富积累较多,以及生产力较高而定。因此,在德国实现共产主义革命最慢最困难,在英国最快最容易。"[2]后来,列宁、斯大林也一再宣布资本主义制度就要灭亡。但是,二次世界大战后爬上资本主义世界霸主宝座的美国,工业、财富、生产力高度发展,为什么没有像经典作家们预言的那样,出现"剥夺者被剥夺"的革命呢? 我认为这个问题是可以从美国垄断资本主义的发展变化中找到答案的;找到答案也就发展了马克思主义的阶级斗争原理。后来,我通过钻研经典作家、经济学家们关于垄断资本主义发展史、特别是美国垄断资本主义发展史的论著,了解到二次世界大战以后,特别是到了上世纪 60 年代,美国早已从一般或私人垄断资本主义转变为国家垄断资本主义,工人阶级大多数已成为中产阶级,不再是机器的单纯附属品,不再是活不下去;资产阶级由于主客观条件的变化,对工人阶级也尽量不用《共产党宣言》中说的"公开的、无耻的、直接的、露骨的剥削"方法,而是一方面提供更有吸引力的工作环境,一方面微妙地迎合工人的自我意识,把两者结合起来。这样,无产阶级与资产阶级之间虽然仍有矛盾和斗争,但已不是"你死我活的斗争",而是"争取活得更好些的斗争"。这种斗争的目的,不再是推翻资产阶级的统治,而是改善无产阶级的政治、经济、社会地位。因此,就出现了工人运动和社会主义运动的低潮。

---

[1] 《马克思恩格斯全集》第 23 卷,第 831—832 页。

[2] 《马克思恩格斯选集》第 1 卷,第 221 页。

以上所述,就是我对马克思主义阶级斗争原理的发展。① 我是怎样发展列宁帝国主义亦即垄断资本主义的理论的呢? 列宁在论述第一次世界大战期间一般垄断资本主义转变为国家垄断资本主义时,认为工人、农民将受到更严重压迫和剥削,资本家将获得比战前更高的利润。这样的国家垄断资本主义,当然会加剧资本主义的基本矛盾,加速社会主义的到来。但是,后来资本主义世界的历史发展并非如此。我从罗斯福"新政"的研究入手,发现罗斯福"新政"式的国家垄断资本主义不同于列宁看到的国家垄断资本主义,也不同于德、意、日的军事国家垄断资本主义,它能减轻资本主义的基本矛盾,缓和资本主义社会阶级斗争,延长并加强垄断资本主义;目前,各发达资本主义国家实行的,基本上都是罗斯福"新政"式的国家垄断资本主义。这就是我对列宁帝国主义理论的发展。② 总之,如不少评论者所说,我对列宁逝世后美国垄断资本主义发展史的研究是有独创见解的,但这种见解是否正确,则有待于读者判断和时间考验。

如果可以说我的美国史研究取得了一定的成绩,那么原因是什么呢? 我以为有以下几点。首先是时间和精力有了保证。从 1979 年 1 月到 2002 年,特别是 1987 年离休以后,我放弃了一切节假日,这 24 年来,我所有的时间和精力,都用在了美国史研究上。近 4 年来,我虽然热心于探讨民主和法治问题,反对儒学糟粕,但也没有放弃对美国史的关注。要是像以往那样对自己时间和精力的运用不能自己作主,那是很难做出成绩的。其次是要对学术工作有正确的认识;做学问是为了追求真理,增长知识,是为了对国家、对人民,甚至对人类有益处,决不能计较个人得失。这样才能具有学术勇气,敢于反对"左"倾教条主义。第三是要进行学术交流,扩大学术视野。我不独感到我原来对社会学、文化人类学的学习和研究对我的美国史研究有些帮助,我特别觉得我对经济学著作的学习和研究,对我的美国史研究具有重要的作用。另外,我和美国一些著名美国史学家的交往,我到美国的访学和研究,我参加的有关国际学术会议,不仅使我获得许

---

① 对此问题的详细论证,请参阅拙著:《20 世纪 30 年代以来美国史论丛》导论:战后美国社会阶级斗争新探,中国社会科学出版社 2001 年版。

② 详细论证请参阅刘绪贻、李存训著:《富兰克林·D. 罗斯福时代》第 5 章第 5 节:"新政"的根本作用与历史地位,人民出版社 2002 年版。

多有用的图书资料(包括第一手资料),而且得以借鉴许多性质不同国家的美国史学家的研究方法和成果,这对我扩大学术视野是极为有益的,也彻底改变了以往那种闭关自守、唯我正确的有害的为学之道。

(四)

最后谈谈我研究美国史得到的主要支持和帮助以及遇到的主要阻力。1978 年,"实践是检验真理的唯一标准"和"解放思想,实事求是,团结一致向前看"两篇文献发表后,尽管"左"倾教条主义的势力仍然雄厚,但逐渐有些比较开明的编辑、报刊、出版机构受到影响,愿意并敢于出来反对"左"倾教条主义,打破长期思想僵化的局面了。这就是支持和阻碍我的美国史研究的社会基础。1979 年,我承担编写《富兰克林·罗斯福时代》一书任务后,经过一段时间的摸索,认为先把罗斯福"新政"的历史研究清楚,是写好这段美国史的关键。于是,我在和两位同僚拟订全书详细提纲的同时,还重点研究罗斯福"新政"。但到 1980 年我又接受编写《战后美国史》的任务时,除"初生牛犊不怕虎"的研究生外,愿意和敢于和我合作的同僚只剩一人。这也难怪,大家对闯禁区心有余悸嘛。1981年 5 月,我试写出第一篇为罗斯福"新政"翻案的论文《罗斯福"新政"对延长垄断资本主义生命的作用》,在《历史教学》编辑部和杨生茂教授支持下,于同年 9 月问世,没有引起什么波澜。这年 11 月,我又写出一篇观点更加鲜明的、为罗斯福"新政"翻案的论文《罗斯福"新政"的历史地位》,12 月寄《世界历史》,久久不见动静。1982 年 6 月,《历史研究》严四光编辑读此文后为该刊约稿,但不知何故,后来又毁约。直到 1983 年,《世界历史》朱庭光主编向我详细了解情况后,此文才在是年该刊第 2 期刊出。此文发表后,引起较广泛共鸣,有些出版物全文转载。但是,由于此文对于"新政"的看法,和中国美国史研究会理事长黄绍湘教授美国史著作中对于"新政"的看法很不相同,她就写了《开创美国史研究的新局面》①和《开创我国美

---

① 载北京三联书店 1983 年版的《美国史论文集》(1981—1983)。

国史研究新局面的浅见》①两文,对我的观点进行批驳。1985 年,《世界历史》又先后发表了我和黄先生的争鸣文章。本来,学术争鸣应该是很正常的事情,对发展学术有好处。但是,可能由于支持我的观点的人较多,黄先生就不再遵循学术争论的正途,却写信给她的朋友、当时中央政治局宋平常委告了我的状,说我把中国美国史研究会领导得脱离了马克思主义的轨道。宋平同志将此告状信批转给当时中国社会科学院院长处理,该院长又将信批转给该院所属世界历史研究所,也就中国美国史研究会的挂靠单位。该所虽然并不支持黄先生告状信(尽管黄是该所研究人员),但它顶不住那么大的政治压力,只好将中国美国史研究会秘书处转到南开大学去了事。

另一个重大阻力也很有来头。解放初年,武汉市是直辖市,李尔重任武汉市委宣传部长,杨文祥是其下属,我任市总工会宣传部长,彼此相识。1983 年 1 月 14 日,杨约我往见卸任河北省长回武汉市定居的原湖北省委书记李尔重,说是他想与我合作研究当代资本主义问题,但在后来的谈话中,当我提到罗斯福"新政"曾有助于美国工会运动这一铁的史实②时,他却没让我把话说完,就疾言厉色地打断我说:"这个问题英国《大宪章》运动时就解决了。罗斯福是个垄断资产阶级代言人,他还会帮助美国工会运动?"结果当然是不欢而散。后来我想,我们党内虽然有范文澜、李锐、顾准等这样一些真正的学者,但也有些老革命做学问忽视"真理愈辩愈明"原理,自以为真理在握,唯我正确,听不得不同意见。英国《大宪章》运动解决的主要是君主必须受宪法、法律约束的问题,罗斯福"新政"解决的主要是工人不受资本家约束自己组织工会的问题,两者根本不是一回事,怎么能扯在一起? 罗斯福总统是垄断资产阶级代言人,作为一个研究美国史多年的老学者,这点常识当然用不着别人提醒,但是,根据"具体问题具体分析"的马克思主义原则,罗斯福这个垄断资产阶级代言人,其解决垄断资本主义危机的办法,是可以和其他垄断资产阶级代言人的办

---

①　载《历史研究》1984 年第 1 期。

②　请参阅拙文:《罗斯福"新政"、劳工运动与劳方、资方、国家间的关系》,载《美国研究》1992 年第 2 期。

法不同的。这个问题，我已在我的不少美国史著作中提醒读者了，此处不赘。据此情况，我乃请杨文祥转告李尔重前省长：过去你是市委宣传部长，我是市工会宣传部长，根据下级服从上级的原则，你的话我理解的执行，不理解的也执行。于今是合作做学术研究，你怎么能"一言堂"呢？这样，合作研究当代资本主义的事当然是不可能了。但后来李尔重前省长还是抓住我的美国史研究不放。现举两例。1989 年，我经《湖北日报》理论部一再要求接受了采访，当我"论当代资本主义新特点"的谈话 2 月23 日在该报"理论周刊"151 期发表后，当时任湖北省顾问委员会副主任的李尔重前省长在列席湖北省委常委会时发言说：刘绪贻在《湖北日报》发表的言论是反马克思主义的。1995 年 5 月 12 日，《长江日报》周末版在头版头条发表了拙文《罗斯福与中国抗日战争》，他又在湖北省委、省人委联合召开的学术讨论会上发言说：武汉大学有个刘绪贻，他说美国罗斯福总统是个民主总统，帮助过中国抗日战争，我说他是胡说八道。实际上，说罗斯福总统是民主总统不独斯大林在 1946 年论述过，中共《新华日报》1945 年悼念罗斯福逝世的社论题目就是《民主巨星的陨落》；至于罗斯福帮助过中国抗日战争，这是目前我国世界史学界公认的事实。但是，作为一位前省委书记、前省长，他还是有机会在一个重要的所谓学术会议上点名批评一位老学者"胡说八道"！

　　第三种阻力来自我工作的单位。现举数例。1983 年 11 月 16 日，我在武汉大学校庆纪念会上以《世界现代史体系中的一个重大问题》为题作了学术报告，很受欢迎，但因其中我提出列宁的"帝国主义和无产阶级革命的时代"这种时代概念已经过时，二战后应称为"国家垄断资本主义和无产阶级革命的时代"，我所在系总支书记和系主任于 12 月 8 日、10日、19 日 3 次来我家劝我不要发表此文。他们可能是出于好心，怕我犯错误，但其为我研究美国史的阻力，则是不争的事实。1983 年，我接到美国洛克菲勒基金会和两位著名美国史学家的邀请，准备 1984 年 6 月去意大利的贝拉焦参加一个名为"外国人心目中的美国史"国际学术会议。为此，我写了一篇准备提交会议的论文《美国垄断资本主义发展史与马列主义》。根据当时规定，这种论文如未公开发表，就必须由作者所在单位党组织审批。由于我投往的《历史研究》迟迟不发表此文，我就提交给武汉大学党委审查。但是,武大党委审查了4个月却毫无消息。经我催促,武大党委办公室才答复道:此文有悖于列宁的帝国主义理论,请慎重处理(大意)。这种模棱两可的答复,真令我啼笑皆非。1985至1993年,我所在的系总支硬是迫使我的几位不大驯服但具有很大研究学问潜力的研究生,一个也没有留下,使得我们一度在国内美国史学界很有地位的美国史研究室后继无人,不得不解体。

不过幸运的是,时代究竟有些不同了。阻力虽然很大,支持和帮助的力量也不小。黄教授的告状信尽管使中国美国史研究会的秘书处搬了家,但我研究罗斯福"新政"的各种论文,还是在《世界历史》、《历史研究》、《美国研究》、《世界史研究动态》等重要刊物上源源问世,中国社会科学出版社还在2001年出版拙著《20世纪30年代以来美国史论丛》,集中发表了我研究"新政"的20篇论文。李尔重前省长严词攻击的我的两篇文章不独未作废,后来我还不断继续发挥此两文论点,得到各有关出版物的支持。一再被劝阻发表的《世界现代史体系中的一个重大问题》一文,1984年第5期《世界历史》还作为头条论文,加了编者按予以发表,引起很大反响。《美国垄断资本主义发展史与马列主义》一文,虽被当时武大党委委婉地否定,但我1983年12月寄往上海《社会科学》杂志后,该刊于1984年第2期即予以发表。《兰州学刊》还于1984年第3期发表了我大加扩充篇幅的《美国垄断资本主义与马列主义》。特别值得提出的是,由资深编审邓蜀生任责任编辑的《美国通史丛书》和《美国通史》,基本上容纳了我所有的美国史研究成果。从我个人来说,尽管多次被穿过小鞋,受到暗箭的伤害,但终没有被强大阻力吓倒,坚持将我认为正确的研究成果全部写入《美国通史》之中,这是我老来觉得差堪告慰、可以无愧于心的一件事情。2002年以来,我将可以自己支配的全部时间与精力,转用于跟着党中央呼吁加强民主与法治,反对儒学糟粕,但往往感到阻力太大,难以克服,这是几年来令我一直很焦急、很难安心的事。

2007年1月11日于珞珈山求索斋

载2007年第2期《书屋》

西南联合大学的奇迹

西南联合大学由北京大学、清华大学和南开大学联合组成，它继承了"五四"和"一二·九"运动光荣传统和3校严肃认真的学风，在短短的8年中取得了辉煌的成就，是中国教育史上一颗灿烂的明星。

它创造的奇迹，是和它闪耀着亮丽光辉的办学精神分不开的。这种办学精神，我想大体可以用以下10个字来概括：爱国、民主、科学、艰苦、团结。以爱国而言，首先，西南联大人相信中国国格和中华民族的潜力，认为抗日战争必将取得最后的胜利。如陈岱孙先生所说，这是正义的战争、民族的战争、哀兵的战争。西南联大校歌中有这样一段话："千秋耻，终当雪，中兴业，须人杰，便一成三户，壮怀难折。多难殷忧新国运，动心忍性希前哲，待驱除仇寇复神东，还燕碣。"其次，西南联大师生一方面刻苦认真地教和学，为将来的"中兴业"培备"人杰"，一方面又积极宣传抗日，参加各种抗战活动。在没有读到毕业的约5000名同学中，许多人是投笔从戎了，记录在案的便有1129人。

以民主而论，主要表现为学术思想自由、学校管理民主和反对国民党政府的专制统治。西南联大教师上课一般不用统一教材，而是阐发各自的学术见解。任何见解，不论中外，不论古今，不论左中右，都可以在课堂讲授，也可以在课外做讲演。但是，必须听取其他教师及同学的不同意见。有的时候，教师们就某个学术问题召开座谈会进行辩论，但即使争论得面红耳赤，并不妨害友情。同时，也有教师去听其他教师的课。学生对老师，无论课内课外，都可以提问，并与老师辩论。曾经有一个同学不同意授课教授的观点，宁可放弃学分，也不再听这位教授的课。但这位教授很大度，同意该生不听课，只要在学期结束时交一份合格的课程论文就行。后来，这位同学交了一份反对老师观点的课程论文，因质量较好，竟得到教授高分。还有一位教授,因有较多同学反对他的观点,他经过一番苦思后,竟放弃了前一段时间讲课内容,从头讲起。此外,为保证学术思想自由,西南联大主张通才教育,讲究启发式教学法,反对灌输式教学法;转系自由,一二年级基本不定系;图书馆的书库,不仅对教师、研究生开放,对本科生也开放。在领导、管理体制方面,学校设校务委员会,由原北大校长蒋梦麟、南开校长张伯苓、清华校长梅贻琦、教务长、总务长、训导长、5 院(文、法、理、工、师范)院长和若干教授代表组成,教务等 3 长及 5 院院长均由教授兼任,不设副职。校务委员会设常务委员会,由蒋、张、梅组成。蒋、张年龄资历虽较梅为高,但均有兼职,张还长居重庆,所以公推较年轻有为的梅贻琦为常务委员会主席。蒋、张放手并鼓励梅大胆负责,梅尊重蒋、张,遇重大事件必与蒋、张协商,所以 3 人合作非常融洽,常委会工作顺利,效率高。校务委员会外,还设有教授会,由全体教授和副教授组成,其职责为:审议教学、研究工作和学风的改进方案,学生成绩的审核及学位的授予,向校委会提建议及处理常委会主席或校委会交议事项等。教授会虽是咨询性机构,但其决议很有权威性,一般都得到施行。另外还有各种常设的或临时的专门委员会,负责对学校的各种专项事务进行调查研究,写出调查材料和供校领导选择采用的方案。院以下各系系主任也由教授兼任,不设副职。学校专职行政人员不足 200 人,其社会地位低于教学人员。所以,西南联大既无党派领导,也没有官本位体制,学校能按高等教育规律自主办学。对学生管理,除学籍管理和学业管理极严外,主要采取学生自治方针。学校训导处(西南联大原无训导处,经国民政府教育部一再督促,始于 1939 年 11 月 7 日设立)婉拒了国民党的"党团委托任务",其工作大纲规定:"本校训导方法注重积极的引导,行动的实践。对于学生之训练与管理,注重自治的启发与同情之处置。"大体上说,在不违反校规及法律的前提下,西南联大对学生的管理,主要是通过学生自治会、学生社团和学生的各种自主活动进行的。

西南联大虽然对教与学的质量的要求高而严,但决不主张把学生培养成"两耳不闻窗外事"的书呆子,而是鼓励学生关心国事、天下事。因此,西南联大师生大都抱有"天下兴亡,匹夫有责"的信念,教书读书不忘救国,救国不忘教书读书。他们举办各种报告会、座谈会、辩论会,出版各种报刊(当时西南联大教师办有《今日评论》、《当代评论》、《战国策》等刊物,学生办有许多壁报,也有刊物),议论时政,臧否人物,意气风发地引领着社会进步。1941年,他们通过游行示威、请愿等方式,在全国广大师生和人民支持下,把贪污腐败的国民党政府行政院长孔祥熙赶下了台。1945年抗战胜利后,他们又发动了波及全国的反专制、反内战的一二·一民主运动,使西南联大"内树学术自由之规模,外来民主堡垒之称号。"

以科学而论,主要表现为尊重学术,尊重真理。为了学术和真理,西南联大人"富贵不能淫,贫贱不能移,威武不能屈"。西南联大教师一般都不愿做官,而乐于在教学之余,在艰苦的条件下,孜孜不倦地从事学术研究,并且取得了重大成就。联大师生,不论贫富、贵贱、资历、权位,谁愈有学问,愈掌握真理,谁就愈受人尊敬。官僚和党棍,在西南联大绝无容身之地。国民党CC派系曾要求派人来任训导长,就遭到拒绝。蒋梦麟虽做过国民政府教育部长,但他远不如陈寅恪、冯友兰、闻一多、吴有训、周培源、华罗庚等学术大师受人尊敬。刘文典虽有学问,但因受云南一位土司收买,便遭到联大师生鄙夷,失去了西南联大的教授职位。梅贻琦不得已接受了国民党中央委员名义,但这个头衔对他来说完全是形同虚设。他对国民政府所谓"部定"办学方针和教学规则是能顶就顶,不能顶就阳奉阴违;对国民党开除闻一多等进步教授的一再示意,一直拖延不理。他深信强权和说教是极有害于科学事业的,西南联大师生大都支持和拥护他的这种信念。

以艰苦而论,首先应提到湘黔滇旅行团。1938年2月,当长沙临时大学准备迁滇时,280位同学和11位教师,不顾当时西南地区旅途可能遭遇瘴气、土匪、食宿不济等艰险,作了充分吃苦的打算,决心徒步入滇。他们从2月19日起程,风餐露宿,4月28日始抵昆明。历时68天,全程1671公里,步行达1300公里。他们的这一壮举,给西南联大师生面对艰苦环境提供了好榜样。1938年5月4日,西南联大正式上课。国难当头,百事草创,一切条件的确很不像样。同学们吃的是混有稗子、沙子甚至鼠屎的"八宝饭",穿的是破旧衣裳,住的是不避风雨的简陋宿舍。就是这种艰苦生活,大多数人还要靠打工才能维持。他们有的人当中、小学教师或家庭教师,有的人当售货员或会计,有的人当校对或打字员,还有的人打午炮或发警报。教师们的生计，比同学们的也好不了多少。以教授兼常务委员会主席的梅贻琦为例。他家经常吃不起蔬菜，只用辣椒拌饭吃；有时能吃到菠菜豆腐汤，大家就很满意了。为了贴补家用，梅夫人只好经常制作糕点、打毛线衣和围巾等出售，还摆过地摊。梅先生儿子梅祖彦的眼镜跌坏了，严重影响学习，却长期未能再配。闻一多教授刻图章、兼中学教师贴补家用的故事，广为人知。实际上，绝大多数西南联大的教师，仅仅靠工资是不能维持生活的。至于教学条件，图书、资料、仪器、教室、实验室、实习工厂、图书馆等等，都是凑合着用，也可说是捉襟见肘。从我较为熟悉的文、法学院情况看，由于重要参考书的复本少，图书馆开门时，总是拥挤不堪；由于图书馆容量有限，许多同学都是到附近茶馆内去看书、做作业或者讨论问题，称为"泡茶馆"。

　　1938 年 9 月 13 日（一说为 28 日），日寇飞机首袭昆明。这就更增强了西南联大师生的艰苦程度。自此以后，直到 1941 年 12 月 7 日美国陈纳德率中国空军美志愿大队（以后中国媒体习称为"飞虎队"）进驻昆明，西南联大师生不得不经常跑警报，正常的教学秩序被打乱，每天上午 8 时至下午 4 时，往往得跑往郊区，在乱坟之间上课、备课、做作业。教师们的家大都迁往郊区，增加了他们到城内上课的往返之劳。除时间、精力损失外，还有财产和几条人命的损失。

　　所幸的是，所有这些艰难困苦，并没有打掉西南联大人的士气。除极个别人或去跑单帮赚钱，或叹息穷途末路外，绝大多数人都是意气昂扬而工作踏实地致力于"雪千秋耻"的事业和作"中兴人杰"的准备工作。难怪林语堂 1943 年 12 月路过西南联大时，禁不住赞叹道："联大的师生物质上不得了，精神上了不得。"

　　以团结而论，西南联大确实树立了一个很好的榜样。当时，除西南联合大学外，还有西北联合大学、东南联合大学。但是，后两个大学联合不久便解体了，只有西南联大融合无间，善始善终。其所以如此，有主观、客观两方面的条件。原来 3 校校长的办学思想基本相同，而且胸襟都比较开阔，彼此能相互信任，精诚合作。由于历史原因，3 校教师大都或相识，或相知，或有师友之情，有合作的基础。因此，3 校联合以后，能熔 3 校优良传统于一炉，彼此尊重，互相切磋，通力合作，把西南联大办成一个当时中国最优秀的大学。当然,这种成就的取得,是全体西南联大人努力的结果,但不少人认为,梅贻琦先生在其中起了重要的作用,这也是事实。梅先生不独具有办好大学的理论素养和实践经验,而且克勤克俭,任劳任怨。更重要的是,他大公无私的精神令人悦服。比如,一到昆明,他就将清华配给他的专用汽车捐给了西南联大,他外出办事,近则步行,远则搭便车;无便车可搭,仍靠双腿。他家境虽然困难,但教育部发给西南联大学生的补助金,他从来不让自己在联大读书的4个子女申请。不过,遇到公益捐助或救济困难同事与同学时,他却总是"身先士卒",慷慨大方。又比如,当时3校一方面联合办学,一方面各校名义仍然存在,而且有各自事业。清华利用工学院暂时闲置设备从事生产,以盈余补助同仁生活,此事本与他校无关,但梅先生念及大家同处困境,年终时发给所有他校成员每人相当于一个月工资补贴。西南联大3校中,论经费和设备,清华份额较大。从世俗眼光看,清华吃了亏。但在梅先生领导下,却使包括我在内的西南联大人都无此感觉。这真是不容易的事。

除上述办学精神外,西南联大的师资力量特别雄厚。1942年,有教授177人,占全校工作人员总数的22.3%(美国麻省理工学院1940年的这一比例为22.0%),其中有一批各学术领域的大师,他们占解放前中央研究院院士的32.1%。在这些大师招引下,西南联大招考的本科生和研究生,都是当时全国最优秀的学生。因此,西南联大从1938年5月4日上课起,到1946年5月4日宣布结束,不过短短8年,却在成为闻名中外的民主堡垒的同时,更在教学和科学研究工作中取得了辉煌的成就。入校受教者8000余人,毕业生2522人。许多人后来都成为"中兴业"的"人杰",还有约1000人在海外成为各行各业的佼佼者。1955—1957年间,中国科学院选出的学部委员190人,西南联大校友就有118人,占总数的62.1%";1991—1992年间补选中青年学部委员210人,西南联大校友仍有14人当选。另据清华大学校友联络处1996年3月统计,中国科学院1955—1995年间,7次共选聘学部委员、院士815人(含外籍院士14人),其中西南联大和清华校友就有256人(含外籍院士4人),占总数的31.4%;中国工程院1994、1995年共选聘院士312人,其中西南联大和清华校友有64人,占总数的20.5%;中国科学院哲学社会科学部1955、

1957 年共选聘学部委员 64 人,其中西南联大和清华校友有 18 人,占总数的 28.1% 。(《清华校友通讯》复 33 期,清华大学出版社 1996 年版,第 104 页)西南联大培养的杰出校友不胜枚举,我们这里仅举一些特例,比如获得诺贝尔物理学奖的杨振宁、李政道,"两弹元勋"邓稼先,核武器专家朱光亚,半导体专家黄昆,数理逻辑学家王浩,气象学家叶笃正,创建三元流动通用理论的气动热力学家吴仲华,使我国返回式卫星居世界前列的卫星总设计师王希季,我国中远程火箭总设计师屠守锷,在美国最早参加电子计算机的开发者陈同章,享誉美国的政治学家邹谠、历史学家何炳棣,作家汪曾棋,诗人穆旦等。除育人外,如朱光亚所说:"西南联大在科学研究工作上也作出了令人注目的成绩,在国内外各类学术期刊上发表论文数百篇,出版了若干很有影响的学术专著,而且师生们还结合社会需要,包括抗战的需要,进行工程技术和其他应用学科的研究或调查研究,取得不少成果。"(《清华校友通讯》复 36 期,第 129 页)

在了解到西南联大创造的这种奇迹后,美国弗吉尼亚大学历史学教授易社强(John lsrael)花了 15 年时间进行调查研究,写出了一本 700 页的西南联大校史,题名为《联大——在战争与革命里的一所中国大学》。他在记者王达采访他时说:"西南联大是中国历史上最有意思的一所大学,在最艰苦的条件下,保存了最完好的教育方式,培养出了最优秀的人才,最值得人们研究了。"2006 年 11 月 28 日《中国青年报》头版有个报道:温总理向大学校长求教如何培养更多杰出人才。我看了那些校长提出的建议,把它们和西南联大的办学经验一比较,感到都不大满意。我想,要是温总理"不耻下问",问到我这个在大学里呆了 50 多年并和大学打了 8 年交道的老教授,我将向他建议:请认真研究一下易社强认为最值得研究的西南联大办学精神与经验。

2007 年 1 月 22 日于珞珈山

载 2008 年 3 月《社会科学论坛》

复 子 婧

亲爱的子婧：

    我怀着喜悦、疼爱和敬佩的心情，前后将你前天的电子邮件读了3次。我觉得这封信增加了我们爷孙间的理解与沟通，而且写得既有思想、又有感情，文字也流畅，读起来感到舒服和兴奋，是一封值得长期保存的信，我已下载珍藏。

    初认识你们时，我也模糊地意识到你和晓悦有所不同。她的特点似乎是热情奔放，乐于任事助人，像一团火。这样，作出判断有时就可能是由于"情不自禁"，而非深思熟虑的结果。你比较冷静、矜持、审慎，但当时我并不理解。这次读你的信，才知道你是"觉得那种没有经过深思熟虑的表态，对于我们身处环境中的人们和对自己都是一种不负责任。"我认为，你这种审慎作判断，"三思而后行"的为人处世态度是很好的，也是值得我学习的。

    你信中提到，到报社以后看到的一些状况令你感到震惊和痛苦，而且深知"即使我们能够觉察的真相"也非常有限。读了这段话，我既感到高兴，又感到担心。高兴的是，你是一个具有高度敏感的、有洞察力的、既关心世道人心又有悲天悯人情怀的青年；而且你还提到，虽然知道学生步入社会时总会遇到许多障碍，但你不愿融入社会的惯常思维中，而希望自己保持勇气和清醒，即使被说成是一个不适应社会的失败案例，也不让心里的理想让步。这是多么的可爱和可敬，这不正是我在《知识分子的特殊使命》(载 1998 年 2 月 14 日《长江日报》)那篇文章中赞许的敢于承担特殊使命的知识青年吗？我真感到有你这样一位孙女而自豪呵！我担心的是，青年人抱着这样一种高尚的态度处世作人，不独会遇到许多障碍，甚至危机四伏，难于防范。根据我所见所闻，绝大多数这种青年有两种命运。一种命运是：尽管他（或她）表现得"富贵不能淫，贫贱不能移，威武不能屈"，但终于会碰得头破血流，命运坎坷。顾准就是一例，田家英大抵也是。这种人可说是凤毛麟角。另一种命运是：经过一段时间拼搏，实在招架不住，只好让自己的理想让步，转而融入社会惯常思维，同流合污，为自己的名利地位做个顺民。这样的人满目皆是。也有极个别类似这样的青年人机会凑巧，能成就一番事业的，我认为美国小罗斯福总统时代的霍普金斯就是这样的人。在中国，包拯似乎勉强算得一个。你们江西王安石只是开了个头。也许还有另一种类型。有的青年人在入世前抱着一种高尚的为人处世态度，在进入社会后，了解到社会的险恶，表面上装作随波逐流，骨子里坚持理想，待机而动，以实现自己抱负。这种人似乎也不是很多。从以上几种类型的比例看，一个抱有崇高的为人处世态度的青年人进入社会后，要想不遭遇艰难险阻，坚持理想而又生活美满，事业有成，是很不多见的。所以我不能不担心。

关于"十年新政"的事，虽然我希望有个好结果，但你不必太介意。因为如我前信所说，你当前的首要任务，是在实习工作中做出成绩，最好是突出的成绩，是在坚持理想的前提下取得的突出的成绩。为了完成这个首要任务，即使等到实习工作结束以后再开始从事"十年新政"的撰写工作，也是可以的。我虽然认识你的时间不长，但我完全相信如你所说，你是"一个愿意努力和严格正直的人。"

写完了以上这些，好像要放松一下情绪，放下汉王笔，望着窗外，风和日丽，万象更新，真的感到春天来了。前天去邮局取稿费，校医院左侧的重辦红樱花已经开放。我路过时，不禁一再停下来欣赏。当时，我真有些羡慕唐人崔护，他领略了"人面桃花相映红"的美景。而你却远在羊城，使我无缘欣赏"人面樱花相映红"的快乐。子婧，我真想念你呵！你想念爷爷吗？

呵呵！还有件事想让你知道。上月 25 日《北京日报》发表的拙文《论统一思想的可能性》，责编将题目改成了《辨析一个习惯性提法》。该文发表后，到现在为止，我了解到的，已有《报刊文摘》、《中国简报》、《文摘报》3 家报纸转载。再谈了。祝

进步、康乐。

爷爷绪贻　2008 年 3 月 9 日 11 时 3 刻

第 三 辑
怀 人 篇

在社会缝隙里自得其乐的美国人

1984年我到美国讲学和做研究工作,在旧金山逗留期间,美国朋友介绍我认识了一些颇具特点并能体现美国社会特色的美国人。下面谈的就是其中两位。

戴尔·埃里克森是一位白人男子,中村幸子是一位日裔妇女。两人都已年届40,还没有安身立命的职业,却有深刻执着的癖好。戴尔喜欢画画,但画未成名,不能靠画画为生;中村幸子喜欢哑舞,但舞未成家,不能靠跳舞生活。

他们告诉我,他们的生活方式介乎资本主义与社会主义之间。他们一群朋友一共80人,有白人,有各种少数民族,有已婚的,有未婚的,有同居的。他们合伙买下一座旧仓库,自己动手,隔成80个单间,每人住一间。大家选举一个管理委员会,负责这个集体的正常运行;谁退出去,谁住进来,都要经过管理委员会批准。大伙出钱维持这座公共住宅的安全、清洁和修理等;劳务由住户承担,但有报酬。

戴尔在这座公共住宅开电梯、打扫清洁,中村幸子在一个激进派民主党地方组织机构中当办事员。他们适当控制自己的劳动时间,只要赚得足够维持生活的工资就行,以便节省下时间从事他们喜爱的绘画和舞蹈。

戴尔未婚,中村幸子24岁时结过婚,不久就离异了。他们相识两载,现已同居。他们没有孩子,也没考虑到要孩子。

据请我和他们共进晚餐的一对美国青年夫妇告诉我:他们都是受过良好教育的人,60年代还参加过激进青年运动。但是,现在他们没有什么远大的抱负,也不汲汲于创造自己光明的前途。他们也没有考虑到结婚,培养继承他们的后代。他们似乎看透了人生,对美国社会的剧烈竞争感到厌倦。他们要求于社会的不多,他们也没想到为社会尽多大责任。

总之,他们对成家立业、在美国社会里扎下根来看得很淡,只满足于并未给他们带来荣誉与金钱的绘画与跳舞。他们是站在美国社会主流之外的人,他们在纷扰喧嚣的美国社会中保留着自己的一块小天地。

我想,作为高度发达的资本主义社会的成员,一般美国人是不能忘情于"成家",而是非常热心于"立业"的,要不然,美国社会便不能继续运行。但是,为了维持社会秩序,安抚少数不热心于成家立业的人,美国社会也愿意(而且又有能力)保留一些避风港,或者"现代隐居地",让他们在社会的缝隙里自得其乐。

我在这里遥祝戴尔和中村幸子无恙!

1990 年 7 月 5 日于珞珈山

载 1990 年 7 月 15 日《长江日报》

情比桃花潭水深

——忆丰子恺先生

我和丰子恺先生不曾相识，但从中学时代起便十分喜爱先生的画，觉其潇洒清新，意趣天然。从 1935 高中毕业那年起，却和先生结下一段因缘，至今半个多世纪经常思念，铭感无尽。

1935 至 1937 那几年对我来说，真是运交华盖，灾难重重。从国家来看，日本帝国主义在占领我东北热河、实现其征服"支那"的第一步骤后，1935 年又积极策划华北五省地方自治，冀图逐步实现其占领全中国的野心。亡国之祸，迫在眉睫。从家庭来说，执教小学的父亲于 1934 年逝世，弟妹俱失学，我亦几不能读完最后一年高中。1935 年考取北京大学，却因阮郎羞涩而却步。1936 年考取清华大学公费生，1937 年又因国难公费暂停，学业几乎中断。从个人来说，1935 年幸遇一红颜知己，却因时势艰难，家庭变故，几致"他生未卜此生休"。

在这"屋漏又遭连夜雨"的年月，大约是在 1935—1936 年间，我偶然在《中学生》杂志上看到丰子恺先生一副题名《朝曦》的画。画面上一棵劲松，一片蓝色的湖水，湖外一轮初生的红日。松树上有个鸟巢，巢里飞出几只小鸟，向着红日展翅。湖上一只小船，船上几个活泼的儿童，奋桨划向红日。整个画面生气盎然，显得前程无限，给人以希望，鼓舞人前进。

这幅画虽非徐悲鸿的骏马、梵高的向日葵，但却深深打动我的心。我把它剪下来贴在寝室墙上，早晨起来看它几眼，往往能使我整日精神振奋；晚上睡前看它几眼，往往能使我梦境安宁。我真记不清有多少次它在我痛苦失望之时给我带来安慰和向往！

1937 年暑假我匆匆南下，这幅画留在清华园。不意"七·七"事变，使我再也无缘见到它。1938 年我随清华负笈昆明，偶然在报上看到丰子恺先生流寓贵州玉屏县。我怀着试一试的心情给他写了一封信，叙述我对那幅画的深情、那幅画对我的意义，以及我失去那幅画的怅惘之情。当时，丰子恺先生是一位著名画家，我只是一个普通穷大学生，自觉云泥之隔，无龙鳞骥尾可以攀附，虽然听说先生平易近人，民胞物与，但也未敢肯定他会给我这个陌生青年回信。然而出我意料，时过不久，我就接到先生从玉屏给我寄来的一幅题名《天空任鸟飞》的新画。画面上一个凉台，凉台上一个儿童打开鸟笼放走一只小鸟。我体会先生的意思是劝我胸襟坦荡，既可以搏击长空，扶摇九万里，又可以寄迹山林，悠然自得；不要作茧自缚，自寻烦恼。

这幅画我珍藏了 30 多年，可惜 1968 年被毁于红卫兵无情之手。

李太白诗云："桃花潭水深千尺，不及汪伦送我情。"李白是当时著名诗人，汪伦置酒饯别，是为了表示钦仰尊重，这是常情，然而太白却道他情深千尺，有似桃花潭水。丰先生是著名画家，却如此关怀我这个素昧平生的一般大学生，这种人间情，其深岂是桃花潭水可比？

而今我已年近 8 旬，虽然著译事繁，但对青年朋友来信，无不作答。青年朋友们有时说几句感谢的话，我常常想到他们应该感谢丰先生给我树立的榜样。

　　　　　　　　　　　　　　1990 年 8 月 10 日于珞珈山
　　　　　　　　　　　　　　载 1991 年 4 月 2 日《光明日报》

冰心生活情趣

冰心老人的一生,不独热爱祖国、热爱儿童、热爱自然;锦心绣口,写出人间真、善、美;道德情操,堪称一代楷模,而且具有丰富多彩的高雅生活情趣。这里谈谈我接触到的一些事例。

1.1939 年夏、秋之间,我因搜集大学毕业论文资料,住在云南呈贡县城。城内一个小阜上,有座独立别墅,清爽朴素,吴文藻教授和冰心夫妇就住在这里。由于吴先生是我的业师,我有幸多次拜访这座别墅。

青少年时代,我就在国文课本上读过冰心先生的优美散文,阅读过关于她的文章,听到过关于她的传说,对她心仪已久,常想象其为人。大约是第一次到她家,在她书房窗台上看到一个小花瓶,既不名贵,也不豪华,而是以竹木为原料的手工制品,但小巧玲珑,十分雅致。瓶的一侧,有一行清秀小字,写的是易安居士词句:帘卷西风,人比黄花瘦。冰心先生当时年约三十八九。体态清癯,淡妆素裹,清标照人,活脱出一幅文学书籍插图中李清照画像。面临这新木焕香别墅,这绮窗,这雅致花瓶,这"西风人瘦"题词,联想到易安居士词与文(如《金石录后序》)中跃动着的高雅生活情趣,使我铭刻在心,至今如在目前。

2. 呈贡县城内有座文庙,当时清华大学著名社会学家陈达教授主持的国情普查研究所就设在其中。庙既年久失修,抗战期间经费又困难。然而研究人员工作生活条件虽艰苦,士气却仍高昂。这里也有冰心先生一份情意。大约是 1941 年春节,她给研究所每人送了一幅春联。有位从美国回来不久的年轻教授尚属单身,暗地里爱上了南开大学一位姓赵的女同学,碍于师生关系,未敢坦率表达。冰心送他的对联是:一间东倒西歪屋;住个千锤百炼人。横批是:怀璧居。这里用"怀璧归赵"故事多么贴切,多么自然而又多么富于情趣!这春联又多么丰富了抗战年代在困难环境中坚持研究工作的一小群穷知识分子的生活!

3. 1940年我自清华毕业后到重庆工作,冰心夫妇不久也到了重庆。有一次,一个记者向冰心先生谈到吴文藻教授"做官"的问题。冰心笑道:那算什么官呀!但是,她不说"官不大"、"官很小",也不重复人们常说的"芝麻官",却说"那官只有豆儿大"。第二天,我就在重庆报纸上看到一个饶有趣味的标题:《谢冰心夫婿一官如豆》。真有意思!要是说"谢冰心夫婿官不大"、"官很小"或"官如芝麻",都不会像"一官如豆"那样新鲜俏皮,逗人玩味。

4. 冰心先生到重庆后,记不清楚从什么时候起,重庆《大公报》上就出现了她一系列"关于女人"的含蕴生活哲理的散文。其中有一篇谈到妇女对待自己身后丈夫续娶的问题,我的印象特别深刻。她一反常人之情,认为妇女应当欢迎自己死后丈夫续娶。因为,妇女如果爱自己丈夫,就应当关心自己死后丈夫幸福。据说,福建先贤林则徐女儿英年早逝,曾遗留给丈夫及女儿如下一联:我别良人去矣!大丈夫何患无妻,若他年重结丝罗,莫对新妻谈旧妇;汝从严父诫哉!小妮子终当有母,倘异日得蒙抚养,须知继母即亲娘。此联是否真实,冰心先生是否知其同乡有此联,我未考。总之,这种对生死、恋爱、婚姻的豁达胸襟,则异曲同工,高人一等。

5. 近年看到一则冰心先生为友人梁实秋庆寿的致词:"无论男人女人,一个人应像一朵花;花宜有色、香、味,人宜有才、情、趣。三者缺一,便不能成为一个好的朋友。我的朋友中,男人只有实秋最像一朵花。"座中男客闻之,愤然不平。冰心笑道:"诸君稍安勿噪,我还没说完哩。实秋虽像一朵花,乃是一朵鸡冠花;而且尚未培植成功,实秋仍需努力。"我读这故事,简直像读《世说新语》。

我和冰心先生接触不是很多,所知有限;有些事记忆模糊,未敢信笔。但想先生博闻强记,文思如潮,格调高雅,出语不凡,一定还有许多轶事趣闻值得记述。其生活内容之丰富,岂是一些大款、大腕、大亨所能望其项背!

1993年7月6日于珞珈山

1993年7月29日发表于纽约《侨报》

国运艰危时几位清华教授轶事

"七·七"事变前一年,我在北京(时称北平)清华大学读书,当时中华民族处于生死存亡历史关头,一二·九学生运动的波涛经常在清华园回旋激荡。学校的一些著名教授,虽然对共产党的抗日救亡政策体会不同,表现形式不一,但他们的拳拳爱国之心,都是非常坚定的。

陈寅恪教授学识渊博,学风严谨,对学生要求也非常严格。据说有一位大学一年级上陈先生国文课的同学,自命不凡,对陈先生给他作文评为60分不大服气,婉转地向陈先生陈词。陈先生说,"及了格就不错嘛!"当时我们传说这个故事时,只觉得这是陈先生自己水平高,对学生要求也高,绝没有人把他的这种要求和国民党为破坏学生运动要求学生死读书的诡计加以联系。至于陈先生是否认为严格要求学生也是一种爱国方式,那我们就不知道了。

朱自清先生当时不大参加政治活动,也不自诩教书教人。但有一次,一位同学在作业中写了这样一首诗:春来儿女作春游,春尽飞花逐水流;寄语王孙齐努力,明春再伴女儿游。朱先生阅后很反感,写下批语,大意是:年纪轻轻,不宜如此轻薄为文。

西安事变后,共产党领导下的一派学生和站在国民党一边的学生,斗争很激烈。当时,共产党领导的一派学生出于义愤,大都主张杀蒋,而且认为蒋一定会被杀。有的师生虽然根据当时国内国际形势认为不应杀蒋,否则于抗日不利,但一般都不敢或不愿明言。于是,闻一多先生出来说话了,他力主要抗日便不能杀蒋,因为只有全中国人民团结起来才能有效地抗日。他讲话时情绪激昂,最后劝诫那些坚决主张杀蒋的同学们说,"要知道清华园不只是你们的,也是我们的。"

闻先生似是自己站出来讲话的,有些教授则是同学们请出来表态的。

有一次,我参加了一个学生团体主办的讨论会,讨论的主题就是应如何以及会怎样对待蒋介石。著名左派教授张申府和著名非左派教授冯友兰都被邀请发言。张先生情绪激烈,他发言的核心内容是:蒋介石应该杀,而且一定会被杀。他的这种态度,多少在我们预料之中。冯先生发言的态度和内容,则有些出乎我的意料,而且给我以极其深刻的印象,至今如在眼前。他的态度异常平静,好像当时震惊世界的西安事变和全国人民激烈争论的问题,也没有使他大动感情。他发言像他讲课和写书那样,非常从容,但逻辑性很强。发言的核心内容,则恰与张先生的相反,认为不应杀蒋,蒋也决不会被杀。当时我只觉得,他能如此平静而条分缕析地讲出许多感情激动的学生很不愿听的意见,真不容易。事后证明,冯先生的预测是与历史事实相符的,而张先生的预测则是错的。这次经历使我认识到,即使动机再好,感情冲动也往往导致错误;只有冷静的理智分析,才能更接近真理。

1995 年 1 月 20 日于珞珈山

载 1995 年 2 月 22 日《武汉晚报》

可遇而不可求的真诚友谊

——忆格特曼教授夫妇

早就听说赫伯特·格特曼（Herbert G. Gutman）教授的大名了。原来我只知道他是美国劳工史三大学派最新一派的代表人物，他的代表作《工业化过程中美国的劳动、文化与社会》（*Work, Culture and Society in Industrializing America*）与英国史学家 E. P. 汤普森（Edward P. Thompson）的名著《英国工人阶级的形成》（*Making of the English Working Class*）齐名，在美国史学界受到高度重视。后来陆续了解到，有些史学家认为，格特曼教授对阶级、种族、宗教、意识形态的深刻分析，使他超脱了传统的社会史，必将引起对美国历史重大的再评价；他即将出版的关于美国工人社会史的著作，很可能会取代支配美国整整三代劳工史学家的康芒斯学派的美国劳工史。

1984 年 10 月 27 日，格特曼教授随美国的"美国学代表团"访问武汉大学，并赠新书一批，我们初次见了面。他的热情、诚恳和对中国的友好态度，给我留下深刻的印象。他一再邀请我不久后去美国讲学并做研究工作时，到纽约他那里去作客。我到美国后，他又向我的美国朋友、东道主——威斯康星大学（麦迪逊）斯坦利·柯特勒（Stanley I. Kutler）教授打听到我去纽约的时间和住处。我到纽约后，他又一再打电话到我住处，约我到他家晚餐。

12 月 15 日傍晚，他在家下厨，他的夫人朱迪丝·玛娜（Judith Mana）驱车来接。她是一位颇有成就的摄影学家，除专业性著作外，还是莫里逊、康马杰、洛克腾堡（Morison, Commager, Leuchtenburg）合著《美利坚共和国的成长》（*The Growth of the American Republic*）这一史学名著的插图顾问。格特曼夫妇住在纽约郊区一个小山坡上，环境极为清幽。室内装饰高雅明快,颇有书卷气,也有历史气息。我们开始的谈话涉及中美两国的文化、史学研究和史学工作者的友谊,但格特曼教授似乎很想尽快落实到他如何才能对我国美国史研究工作提供一些具体帮助上。他说他在武汉大学访问时,我的一位研究生提出的问题很有分量,给他留下深刻印象,但也发现这位研究生阅读美国史书范围不广。我当时是中国美国史研究会副理事长兼秘书长,他告诉我,我们研究会需要什么书籍、资料,可以写信给他。我说,我们中国人讲究礼尚往来,当我们得到美国朋友的赠书时,往往感到无以为报,因为我们的书一般是用中文写的,而美国朋友大都不懂中文,我们还不了礼,于心不安。于是,他以征询的目光望着夫人说,我看这花不了多少钱,我们是可以办到的。是晚,他们夫妇赠书数种。当我接到他那本《工业化过程中美国的劳动、文化与社会》时,我随便说道:太感谢了,这正是我的同事王锦瑭托我代买的书。言者无心,听者有意,他立即又拿来一本,写上"赠王教授"的字样。

从他家回来后,我只想到这是一个美好友谊的夜晚,永远值得回忆。但对他谈的给我们提供有关美国史书籍、资料的事,以为不过是谈谈而已,不能太认真,因为我也的确遇见过只是嘴甜的美国朋友。

12月17日,美国各学术团体理事会主席威廉·沃德(William Ward)教授约我晚宴,格特曼教授也在座,并向沃德教授提出建议,资助我们撰写《美国通史》的主编们及主要作者于1985年年中访问美国,由美国方面邀请一批史学家提供咨询意见,并补充资料。

12月19日,哥伦比亚大学历史学系教授、近年来崭露头角的进步史学家埃里克·福纳(Eric Foner),应格特曼教授之请,电话约我共进午餐,并赠其著作两种,还陪我到旧书店帮我选购图书。

12月21日,格特曼教授再约我共进午餐,并和他共同致力于"美国工人阶级史规划"研究工作的同事们会面。这一次,他又郑重其事地具体提出给我国美国史研究人员提供图书资料的问题。他说,"你不必担心经费和耗费时间的问题。这件事我一个人是做不好的,但是我可以组织一些人来做。我会根据你们国家美国史研究工作者提出的具体研究课题和要求,组织有关人员提出参考图书资料和目录,并将其中主要的复印寄赠。如果我收到这类信件3至5封,我便可以向有关基金会申请经费补助。你尽管放心好了。"谈话结束后,他又带我去纽约市图书馆会见他的夫人。她拿出一本1983年出版的、她任插图顾问的史学名著《美利坚共和国的成长》修订缩写本相赠。

临别之时,不胜依依。

我万万没有想到,正当我满怀希望地祝愿我们的友谊日益增长、并和他共同着手开展他给我国美国史学界提供图书资料计划时,忽然传来噩耗,格特曼教授于1985年7月21日因心脏病逝世。这是美国史学界的重大损失,也是中美人民和史学界友谊的损失。

10年过去了。我和格特曼教授虽然相识时间不长,但对这位异国友人的热情诚实、豁达大度及其对我国人民的友谊,经久难忘。我衷心地希望格特曼教授的事业后继有人,格特曼夫人健康长寿,事业日进,生活幸福。

1995年1月24日于珞珈山
载1995年2月20日《长江日报》

冰心与她的"傻姑爷"

　　30 年代末我选读过吴文藻教授的文化人类学,因而有幸得识心仪已久的著名文学家谢冰心先生。后来,我听到和读到的冰心谈及她与吴文藻婚恋生活的故事,辑录起来,浑似一串珍珠,阅览之时,总不禁令人忆起李清照、赵明诚夫妇归来堂斗茶的高情雅趣。

　　1923 年,吴文藻和谢冰心分别从清华和燕京毕业,碰巧于同年 8 月 17 日同乘美国邮轮杰克逊号赴美留学。先期赴美的吴姓女同学写信让冰心在船上找她的弟弟、另一清华同学吴卓。冰心托燕京同学许地山寻找,许却阴差阳错地找来了吴文藻。冰心只好将错就错,请吴文藻参加他们正在玩的游戏,后来又一同倚在船栏上看海闲谈。吴文藻问冰心到美国想学什么,冰心说自然是文学,并说想选读一些 19 世纪英国诗人的课程,吴就列举几本著名的英、美评论家评论英国 19 世纪著名诗人拜伦和雪莱的书,问冰心是否看过,冰心说没有。当时,冰心的诗集《繁星》和小说集《超人》已经出版,是个颇有名气的青年女作家,船上认识的朋友(当时船上有不少后来成为名家的清华留学生)都只知献殷勤,说些"久仰"、"久仰"之类的奉承话。吴文藻却独出奇兵,严肃地对冰心说:"如果你不趁在国外的时间,多看一些课外书,那么这次到美国就是白来了。"冰心初闻此言,不免感到深深的刺痛,但一转念又觉得这是从未听过的逆耳忠言。吴文藻的奇兵建功了。

　　吴文藻酷爱读书、买书。到美国后,每逢买到一本文学书籍,看过以后就寄给冰心。冰心一收到书便赶紧看,看完就向吴谈心得体会。据说冰心像看老师指定的参考书一样认真。

　　吴文藻虽然表面严肃,少说奉承话,但为了接近冰心并取得她的好感,还是十分肯下工夫的。1925 年春,冰心曾寄给吴一张入场卷,请他看自己和梁实秋、顾毓琇、闻一多、熊佛西等人为美国人组织演出的《琵琶记》。他因功课太忙实在走不开,回信向冰心道了歉。但据冰心说:"剧后的第二天,到我的休息处……来看我的几个男同学之中就有他。"同年夏天,冰心独自到康奈尔大学的暑期学校补习法文,却发现吴文藻也去了,同样也是补习法文,真是"心有灵犀一点通"。而且,这个暑期学校里没有别的中国学生,因此在那个风景如画的大学城内,他俩几乎每天课后都在一起游山玩水;每晚从图书馆出来,还坐在石阶上闲聊,头上不是明月,就是繁星。秋天,吴文藻寄给冰心一大盒很讲究的信纸,上面印有冰心姓名的缩写英文字母。据冰心说,吴文藻自己几乎是天天写信,星期日就寄快递,因为当时美国邮局星期天是不发平信的。

　　1929年6月15日,同在燕京大学教书的他俩在该校举行了极简单的婚礼,招待客人费用只用去34元。而且他们的新婚之夜别开生面,避开一切人情世故,是在北平西郊大觉寺一间空房里度过的。临时洞房里除自己带去的两张帆布床外,只有一张3条腿的小桌。多么浪漫的两人世界!

　　冰心在美读书时,曾给父母寄回两张照片以慰远念。1930年冰心母亲逝世后,吴先生便从岳丈那里把一张较大的要来放在自己书桌上。冰心问他:"你真的每天要看一眼呢,还只是一种摆设?"吴先生说:"我当然每天要看。"有一天吴先生上课去了,冰心将影星阮玲玉的照片换进相框里。过了几天,吴先生也没有理会,冰心于是提醒他:"你看桌上的相片是谁的?"他才笑着把相片换了下来。

　　搬进新居后,在一个阳光灿烂的春天上午,冰心和吴先生母亲等人都在楼前赏花。老夫人让冰心把吴先生从书房里唤来共赏。吴先生站在丁香树前,大概心还在书本上,目光有些茫然,像应酬似地问冰心:"这是什么花?"冰心忍住笑答道:"这是香丁。"吴先生点点头说:"啊,香丁。"大家听了都不禁哑然失笑。

　　又有一次,吴先生随冰心到北京城内去看岳父。冰心让吴先生上街去为孩子买点心——萨其马。由于孩子平时不会说萨其马,一般只说"马"。吴先生到了点心铺,也只说买"马"。另外,冰心还让吴先生买一件双丝葛的夹袍面子送父亲。吴先生到了绸布店却说要买"羽毛纱"。

幸亏那个店平日和谢家相熟,就打电话问冰心:"你要买一丈多的羽毛纱做什么?"冰心家的人听了都大笑起来。冰心就说:"他真是个傻姑爷。"冰心父亲笑道:"这傻姑爷可不是我替你挑的。"

抗日战争开始以后,冰心夫妇到了云南,住在呈贡县城内。有一次,清华大学梅贻琦校长(这时是西南联大实际负责人)到他们家度周末,冰心就把上面那些故事写成一首宝塔诗,把"一腔怨气"发泄在清华身上。诗曰:

马

香丁

羽毛纱

样样都差

傻姑爷到家

说起真是笑话

教育原来在清华

梅校长笑着在下面加了两句:

冰心女士眼力不佳

书呆子怎配得交际花

当时在座清华同学都笑得很得意,冰心又只好自己承认是"作法自毙"。

1995 年 10 月 7 日于珞珈山

载 1995 年 11 月 18 日《楚天周末》

自称"湖北佬"的世界著名作家聂华苓

人世间往往有一些巧遇，令人欣喜，值得纪念。我以两棵平凡的小草换来著名美籍华裔作家聂华苓两朵又香又甜的玫瑰，就是一系列巧遇的结果。

1979年以来，我碰巧被选为中国社会学会理事（后改聘顾问）和湖北省社会学会会长、名誉会长，因而有幸结识不少有志于社会学研究的青年人，其中王进在武汉大学读本科生和研究生期间，和他的一位朋友恰好有兴趣将我的一本英文社会学著作译成中文本，而在王进得到机会去美国艾奥瓦大学念博士学位时，我又成为他的推荐人之一，于是我们成为忘年之交。王进到艾奥瓦大学后，该校退休教授聂华苓因丈夫逝世，住房宽大，很想找一对来自故乡武汉的年轻夫妇为伴，恰好王进夫妇都是武汉人。王进从大洋彼岸给我来信提到这一机遇时，很是激动，我也为他们高兴，并通过他们寄给聂华苓我写的两篇有关冰心和丰子恺的散文。不意聂华苓这位武汉老乡反应很是积极，立即给我寄来她的一本长篇小说《青山外，水长流》和散文集《黑色，黑色，最美丽的颜色》。拜读之后，感到文中的语言和情节真是锦心绣口、动人心弦；也感到我这是抛砖引玉，"用两棵平凡的小草换来两朵又香又甜的玫瑰花"。这样，就引发了我进一步了解这位享誉环球的"湖北佬"的兴致。

坎坷身世

1980年4月18日，正在中国访问的聂华苓，应中国作家协会的邀请，在北京全国政治协商会议礼堂"漫谈台湾和海外文学"，她的第一句话便是："我是个湖北佬。"

1925 年 1 月 11 日,聂华苓出生于湖北应山县,祖父是清朝举人,他比较开明,曾参加过声讨袁世凯的斗争。父亲隶属桂系,长期赋闲在家。聂华苓的童年是在汉口度过的。半封建半殖民地社会在她幼小心中留下可怕的阴影。她 8 岁时祖母去世,10 岁时父亲“偏偏……在贵州当了不大的官。红军长征经过那里……就把他当蒋家人办理了。”(见所著《三十年后——归人札记》)12 岁进武昌省第一女中读书,13 岁时,爆发了“七·七”事变,她只好和母亲弟妹一起逃往宜昌附近散发着“火药、霉气、血腥、太阳、干草混合气味”的三斗坪。途中小船遇险,几遭不测。在三斗坪时,住在一个大地主家里,封建家庭以至社会的腐烂气息压抑着她向往个性解放的心灵。14 岁时,独自一人去恩施上湖北联合中学,一路上爬高山、吃粗粮、睡泥地,还提心吊胆地怕遇上坏人。在校时生活很不安定,像“打游击”;她长一身疮,还常患疟疾。1938 年武汉沦陷,宜昌吃紧,她又逃往四川,考上了设在长寿县的国立第十二中学。毕业时,她很想去昆明进西南联合大学,但既无足够路费,又发疟疾,只好就近考进了中央大学外文系,靠当家教勉强维持生活,1948 年毕业。

因为父亲被红军“处理”,加上国民党的欺骗宣传,她对中国共产党一直感到恐惧,对国民党存有幻想。所以,1949 年南京解放前夕,她随家人去了台湾,旋即被介绍到国民党头面人物雷震创办的《自由中国》杂志社工作。由于这个杂志积极反对蒋介石政府的贪污腐化和集权统治,强烈要求大刀阔斧地改造国民党,遭到国民党的迫害,使它处于风雨飘摇之中。1960 年,杂志被封,雷震入狱。穷得连一枝自来水笔也买不起,需要在业余时间教夜校、从事著译多挣钱才能勉强养活一家人的聂华苓(除母亲弟妹外,由于第一次不幸婚姻,她还得独自抚养两个女儿),既失了业,又受到国民党御用文人攻击和国民党特务的监视,连和朋友通信的自由也被剥夺了。1962 年,虽然得到主持正义人士的帮助,到台湾大学和东海大学教书,但受攻击和监视的困境依然如故。次年,在一次酒会上,她认识了到台湾访问的美国著名诗人保罗·安格尔(Paul Engle),这才在安格尔和一些朋友的帮助下,于 1964 年冲破国民党特务的监视,到了美国,在艾奥瓦大学作家工作室当顾问,成为安格尔的得力助手,1971 年与安格尔结为夫妇。

聂华苓的前 40 年就是这样度过的。所以她在《苓子是我吗?》一文中说:"我从小就没有安全感,觉得自己随时会变成孤孤伶伶的一个人","觉得人生真是什么也把握不住",总是感到"与生命同在的那份寂寞"。

搏击长空

聂华苓虽然遭遇很多不幸和困难,但她是个很有抱负的人,总"担心在平庸中度过一生"。诚如阎纯德在《小说家聂华苓》中所说,"她与人奋斗,与环境奋斗,风里、雨里、白茫茫的雪地上,通往图书馆的道路上,都有她奔忙的足迹;书架上、墙角边,堆放着各种中外书籍,她不停地写作;在火车上,在飞机上也不例外,写信,发电报,处理各种事情。"香港诗人何达也说"她是一个能创造奇迹的人。"的确,她的生平,表明她意志坚强,才华出众,所以能冲破牢笼,搏击长空,在文学事业上如此,在思想、品格上也是如此。

在文学方面,聂华苓回忆说:"我在中学大学就喜欢写文章,在南京还用笔名远思发表过几篇短文。"为了积累资料,她保存着厚厚的笔记本,把从母亲那儿听来的故事,写成提纲。初到《自由中国》工作时,只负责保管文件。后来,雷震发现她能够创作,便请她负责杂志的文艺栏。1953年,除短篇外,她的中篇小说《葛藤》出版,雷震乃正式邀请她参加该刊编辑委员会。由于她工作出色,不久便成为该刊 3 位骨干编辑之一。1959年,她的短篇小说集《翡翠猫》和译著《德莫福夫人》问世。次年,又出版了长篇小说《失去的金铃子》(到 1980 年已出第 5 版)和译著《美国短篇小说集》。因此,台湾大学冒着风险,聘她为副教授,在台大和东海大学教创作。1963 年,她的短篇小说集《一朵小白花》和两种中译英著作 *The Purse*(《钱袋》)与 *Eight Stories*(《8 篇小说》)分别在台湾和香港出版。那时她虽然仍不免受到国民党御用文人谩骂和特务监视,却成为"台湾文坛上一颗光芒四射的彗星,在许多读者的思想中留下了灿烂的烙印"。

不仅如此,她还对台湾文学事业作出了重要贡献。因为她到《自由中国》杂志初期,台湾文坛几乎是清一色的反共八股,很难看到一篇反共框框以外的纯作品。一些以反共作品出名的作家把持着台湾文坛,非反共作品很难找到发表的地方。因此,由她负责文艺栏的《自由中国》,坚决拒刊反共八股文章。郭衣洞(即后来以杂文而声名大噪的柏杨)的第一篇讽刺小说就是在《自由中国》上登出的。聂华苓说:"那时的台湾有人叫做'文化沙漠',写作的人一下子和30—40年代的中国文学传统切断了,新的一代还没有开始摸索,成熟的文艺作品很难得。有时收到清新可喜但有瑕疵的作品,我就和作者一再通信讨论,一同将稿子修改润饰登出;目前台湾有几位有名作家就是那样子开始发表作品的。"聂华苓在台湾文学事业的发展上,可以说起着相当关键性的作用。

1966年,聂华苓正式受聘于艾奥瓦大学,但仍受到一定歧视。她除出色地完成教学与科研任务外,还提出一个非常大胆而极有价值的设想——国际协作计划。这个计划的内容是:每年从世界各国邀请数十位作家到艾奥瓦大学来,为他们提供写作和交流活动的条件,在美国(主要是艾奥瓦大学)住几个月;让他们带着本民族文化和地方特色相聚在一起,心无芥蒂,超越国家与历史的界限,就文学等问题真诚自由地交换思想,相互取长补短,扩大视野与胸襟,增进友谊。在安格尔的帮助下,聂华苓从私人与企业募得300多万美元基金,并使该计划成为艾奥瓦大学学术活动的组成部分,由安格尔和她共同主持(1977年安格尔退休后由她主持)。从1967年起,到1984年,有500多位世界各国作家到艾奥瓦环境幽雅舒适的五月花公寓,各自度过100多个令人难忘的、净化情感、升华思想的日日夜夜。中国大陆被邀请的作家有丁玲、王蒙、萧乾、艾青、陈明、毕朔望等多人。由于他们夫妇主持这一计划对世界和平与人类进步作出贡献,1977年,世界各国300多名作家提名他们为诺贝尔和平奖金的候选人。倡议书里说:"安格尔夫妇是实现国际合作梦想的一个独特的文学组织的建筑师。在艺术史上,从没有一对夫妇这样无私地献身于一个伟大的梦想。"

聂华苓虽然为国际写作计划花费了大量的时间和精力,但她的创作和译著仍陆续问世。先后出版了《梦谷集》、《遣悲怀》、《桑青与桃红》、《毛泽东诗集》(英译本)、《沈从文评传》、《王大年的几件喜事》、《台湾轶事》、《三十年后》、《爱荷华(即艾奥瓦)札记》、《百花文学》、《黑色,黑色,最美丽的颜色》、《青山外、水长流》等著作。1980—1985年间,她的著作在国内出版达 7 种之多。她的作品还先后被译成英文、意大利文、葡萄牙文、波兰文、匈牙利文、罗马尼亚文、希伯来文、克罗地亚文在各国发表。

与她向文学长空搏击的同时,聂华苓的思想也不断升华。童年、少年和青年时代,中国半殖民地半封建社会给予她的折磨和痛苦,激起了她的爱国思想和争取民主自由的初步愿望。但是,当时她的思想境界似乎还不能说很高。30—40 年代间在四川长寿县读高中时,她自己说:"至于我的理想呢,我只想当一名邮务员,赚点钱养家。"在大学读书时,她借柳风莲(《桑青与桃红》中主要角色)之口说:她的兴趣是"打走日本人,回老家,养老母,吃得饱,穿得暖";是个"不左不右,不红不白,有良知的爱国青年。"到台湾《自由中国》工作后,她逐渐变成一个反对集权、争取民主自由的坚强战士。

《自由中国》里那些最激怒国民党集权势力的文章,聂华苓都参加过最后定稿。而且,当时台湾的那种恐怖统治,也没有迫使她动摇拒登反共八股文学作品和不参加国民党组织的作家协会的决心。不过,她这时的思想升华,还只是出于对国民党"恨铁不成钢",没有认识到新中国的成立是符合中华民族和中国人民的根本利益的。所以她只是怀着一种没有出路的流落心情,写她的游子悲歌。到东海大学任教后,她抓住机会偷偷地阅读鲁迅作品和大陆作品,逐渐认识到旧中国有彻底改造的必要。到了美国后,她发现美国也不是人间天堂,"是一个'可怕的自由'世界",使得美国作家没有使命感,没有社会意识,局限在自己塑造的独立王国中。但是,她在那里可以睁着眼睛看海峡两边的社会,使她视野开阔了,心情冷静了,逐渐明白了几十年来国民党向她宣传的"共匪"是些什么人;特别是 1970 年她和安格尔合作翻译《毛泽东诗集》,看了不少有关中国革命的书,研究了中国近现代史,这才使她思想起了质的变化,超越父亲被"处理"的个人恩怨,对新中国有了更深刻的认识。后来,她访问 7、8 个亚洲国家,心里有个比较。她说:"到这时,我对新中国从怨到爱这个重新认识历史的过程才算完成。"

这还不是她思想升华的止境。她历次访问中国大陆时,还热情地提出了繁荣中国文艺创作、加强社会主义民主、完善社会主义制度的意见。另一方面,她提出并主持国际写作计划,乃是为了促进全人类的相互理解、同情和进步,是为了世界和平与幸福。她在憧憬着一个四海一家的天下。

心系故国

聂华苓家住在美国艾奥瓦城的一个小山上,山下是艾奥瓦河,她总是"把它当作家乡的一条河"。她对长城"魂牵梦萦"。她梦见和描写九龙壁,说"那是一股不可救药的怀乡病。"她觉得"中国语言变化多,音乐美,意象丰富。"她说作家像鱼,本土是水,鱼都离不开水;"作家的根在本土,我的根在中国"。1978 年,她怀着迫切的心情,第一次带着洋姑爷和两个女儿回到了祖国。在广州到武汉的火车上她说:"广州的泥土黑,湖南的泥土红,湖北的泥土逐渐变成了黄色。黑土也好,红土也好,黄土也好——反正是中国的泥土,叫人看着就觉得很亲。"她说走在武汉的大街上,就好像朝"圣"似的。她游东湖时听工人、学生唱歌,说是"我们听到的新中国音乐总是叫人很兴奋。"她在北京访问并会见冰心、曹禺、夏衍、艾青、姚雪垠等人后说:"20 余年后的今天,我在人生和创作上都走了一段曲折的路,都经历了一次又一次的蜕变。离开中国愈久愈远,我也就愈'中国',回归本土文化传统的渴望也就愈强烈";"作为一个人和创作者,我都是'浪子回头',是从实际生活、创作中一步步悟过来的。"

80 年代初访问北京外国语学院时,聂华苓给同学们临别赠言说:"做中国人值得自豪。"现在我们可以对聂华苓说:我们也以有你这位"湖北佬"和"武汉女儿"而感到自豪,你再一次有力地证明了"唯楚有才"这句老话。最后道一声:天涯怀想,诸希珍重。

1996 年 1 月 10 日于珞珈山

载 1996 年第 2 期《武汉春秋》

马约翰教授轶事

马约翰教授是我的母校清华大学的体育教师,也是我的体育老师。

只要是清华学生,没有人谈起马约翰教授来不感到深深的敬爱和怀念。许多清华校友认为自己其所以能"为祖国健康地服务 50 年",是大大得益于马老师的教导。清华大学以"体育好"著称,与马老师长期主持体育教学工作分不开。他的业绩与流风余韵,对新中国体育事业的发展也是有相当影响的。

马教授对体育事业具有崇高的理想、饱满热情、认真精神、渊博知识、高超技能和有实效的教学方法。1927 年毕业的一位清华老校友张报说,马老师是一位具有吸引力的体育教师,能够使原来不喜欢不重视体育的学生爱上体育。我认为马老师是一位真正的体育家,和我接触到的某些自己也不把体育当作重要事业看待的体育教师迥然不同,他不仅能使学生通过体育活动增进健康,还学会做有益于社会的人,他的轶事很多,这里仅举几例以飨读者。

马教授 1914 年初到清华时,原是教化学和英语的。但当时学校正缺少一位主管体育的老师,因为他从小爱好体育,而又一向有志于洗刷中国被称为"东亚病夫"的耻辱,认识到发展体育事业的重要意义,便毅然决然地改了行。若干年后,清华的体育工作声誉日著,马先生也名望日隆。但是,1928 年罗家伦来任清华校长时,因受旧思想影响,轻视体育,将马先生职称从教授降为主任训练员(一说为教员),而且大大降低了他的工资。不少教授为马先生抱不平,劝他辞职。马先生说,我是为教育青年、为发展体育事业担任此职的,不是为名为利。他既未辞职,也丝毫未影响他的工作热情。后来又一次,马先生率清华足球队到天津去参加比赛,得了冠军,给学校带来了荣誉。回校时受到同学们热烈欢迎,一面放鞭炮,一面将他从西校门抬进了校内。罗家伦在清华耳濡目染，渐渐提高了对体育工作的认识，同时看到广大师生对马先生的敬爱，才恢复了他的职称和原薪。

马先生初主持清华体育教学工作时，为了改变旧社会某些学校名义上设有体育课而实际并不认真的情况，对有关体育教学的各种规定是非常严格的。每天除晨操外，一到下午4至6时，宿舍、图书馆等处全部上锁，所有学生必须到操场、体育馆锻炼。到1936年我进清华时，虽不锁图书馆和寝室，但同学们进行体育锻炼的风气已形成。学生毕业或赴国外留学，体育必须及格。后来成为著名文学史家、诗人、红学家的吴宓教授，学生时代虽然学习成绩优秀，却因跳远达不到12英尺标准，被拖延了半年才出国留学。

马教授虽重视体育技能和体育比赛，而且清华的体育比赛成绩在高等学校中一直很突出，但更重视的还是身体、精神、意志的锻炼，现为美国麻省理工学院著名教授、美国科学院院士林家翘先生在校时，门门功课全优，就是身体较弱。在马先生教导下，他坚持锻炼，风雨无阻，健康状况日益好转。马先生给他的体育课成绩打了"优"，有人不服气。先生说：技能和速度对体育当然重要，但更重要的是身体、精神、意志的锻炼；林的技能虽然差些，速度慢些，但他在身体、精神、意志方面的锻炼是无愧于"优"的。

马教授对生理学的造诣很深，所以他是根据不同对象采取不同教学内容与方法的；不独对男生和女生有区别，对身体强的和体弱的有区别，对健康的和有病的也有区别（对有病学生设有"病号体育活动小组"进行专门教学）。有位1952年入学的吴克平同学，从小养成一种弯背的习惯。有一次，马教授热情地将他拉进体育馆，先教他做俯卧撑，再教他拉扩胸器，然后又教他几节体操，还风趣地对他说："以后再见你弯背，就打你屁股。"

马教授在体育教学中重视公平竞争（fair play）和运动员精神（Sportsmanship）。他要求同学在体育比赛中要光明正大、不玩小动作；要尊重对方；要胜不骄、败不馁；要坚持到底。他重视同学们养成良好的生活习惯和卫生习惯，除告诫学生不抽烟、不酗酒、不随地吐痰、按时作息等以外，有时睡在地上示范,告诉同学怎样养成良好的睡眠姿态,还重视学生养成乐观向上,奋发有为的精神,不要在面临严峻的现实时表示屈服。

有同学问到马教授何以健康长寿,他答说:"运动加愉快。"所以,他经常考虑如何才能使大家愉快的问题。1947年校庆时,马先生提出一个体育项目:骑驴子打球。驴子身上挂了许多铃,走起来丁丁当当。驾驭驴子打球是很不容易的。你要它跑,它偏不跑;即使跑,也只向前跑,不会前后左右转。因此,驴子和球往往各奔东西,惹得观众大笑不止。

1996 年 1 月 30 日于珞珈山

载 1996 年 8 月 16 日《中国体育报》

敢将橼笔续《离骚》

——记诗人聂绀弩

我和著名诗人聂绀弩缘悭一面,谈论他和他的诗并不适宜。其所以写这篇小文,就像朱正、侯井天两人主动为他的诗集作注和胡乔木主动为他的诗集作序一样,是由于十分喜爱他的人品和诗歌的缘故。

"生不需入万户侯"

聂绀弩,1903 年 1 月 28 日(农历除夕)生于湖北京山县城十字街。他 7 岁前开始在半私塾半新学的京山县小学读书,聪颖好学,启蒙不久就能作对联,被其师孙镜称为"神童";8 岁写文章,为同学之冠。19 岁时任国民党讨伐北洋军阀的"东路讨贼军"前敌总指挥部秘书处文书。同年赴南洋群岛,并在新加坡的《新国民日报》发表拥护孙中山的文章,驳斥拥护陈炯明立场的当地《南铎报》,文名初播海外。1923 年到仰光编《觉民日报》,读了《新青年》和许多新书,大开眼界。1924 年回国考入黄埔军校第二期,翌年参加国共合作的第一次东征,任海陆丰农民运动讲习所教官。东征胜利后回广州,后去苏联考入莫斯科中山大学。1927 年回国,1928 年在南京任国民党中央通讯社副主任。1931 年"九·一八"事变后,因反对蒋介石政府不抵抗政策,组织文艺青年反日会,受到国民党反动派的监视,乃逃亡上海,参加左翼作家联盟。1933 年编辑上海《中华日报》副刊《动向》,得与鲁迅、茅盾、丁玲等人交往。次年加入中国共产党。1936 年,和鲁迅、胡风、萧军、萧红等编辑出版《海燕》杂志。1938 年任新四军文化委员会委员兼秘书,1939—1947 年在各地主编杂志,并编辑各种报纸副刊,写了大量战斗性强的文章。1948 年春到香港,为《文汇报》、

《大公报》写文章。国民党特务头子康泽被我军俘获时,他在香港发表《记康泽》一文,还发表了著名小说《天壤》以及许多杂文,轰动了香港与海外文坛,一时之间,各报竞相转载。新中国成立后,他历任中南区文教委员会委员、中国作家协会理事兼古典文学部副部长、香港《文汇报》总主笔、人民文学出版社副总编辑兼古典部主任、中国文字改革委员会委员。

聂绀弩很早投身革命,他参加革命只是为了国家和人民,只是因为真正相信马克思主义,而不是为了做官。20 年代与他在黄埔军校第二期和莫斯科中山大学的同学中,许多人后来成为国民党显要,但是他对那位"老校长"蒋介石有一种本能的反感,对整个黑暗的官场也不屑一顾,所以从来不愿以此为进身之阶。姚锡佩在《杂文大家聂绀弩的坎坷路》中说,"那时,凡进过黄埔军校和莫斯科中山大学的国民党员,只要向蒋介石表示忠诚,即可飞黄腾达。对此聂绀弩焉能不知? 然而他竟一直未领国民党证,也未在黄埔同学会登记。当他的同学谷正纲、王陆一、郑介民、康泽等一个个爬到蒋介石身边,成为炙手可热的权贵时,绀弩的心依然是淡淡的。他有自己的人生准则,诚如后来在《钓台》诗中所云:'昔时朋友今日帝,你占朝廷我占山'。"而且他之"占山",也如他后来在"麦垛"诗中所说,是为了"天下人民无冻馁"。

聂绀弩和党和国家一些领导人建立了密切的同志关系和友谊。他在莫斯科中山大学时,同学中有邓小平、张闻天等人。在新四军工作时,他不独和陈毅谈诗,陈毅和张茜的结合还是他做的"大媒";陈毅给张茜的第一封情书就是他和丘东平一起送到张茜手中的。聂绀弩对周恩来总理有特殊的私人感情。1924 年在黄埔军校相识,在以后的生活和斗争中,每到关键时都有幸得到周恩来的指点和帮助。周恩来戏称绀弩为"妹夫",因周颖(聂之夫人)的姐姐周濂与邓颖超同学,情同姐妹。但是,聂绀弩从来不为个人的事利用这些关系。他的一生,诚如他在"代答"一诗中所说,"生不需人万户侯"。

"暮色苍茫立劲松"

聂绀弩平生笃信马克思主义。即使在缧绁之中,他仍勤读《毛泽东选集》,将《资本论》第一卷读了10遍,其余各卷读了三四遍;并赠青年难友诗曰:"赠君毛泽东思想,要从灵魂深处降。"他的朋友吴祖光称他为"纯纯粹粹的马克思主义者",胡乔木称他"对革命前途始终抱有信心","思想改造可得一百分"。但是,这样一个真正的革命者,50年代中期起的命运却十分坎坷。从1955年"肃反"到1957年"反右"期间,他被诬为"胡风分子"、"反革命分子"、"右派集团"首领,后又被错划为右派,于1958年7月底被遣送去北大荒劳动改造。是年初冬,又因烧炕失慎,被诬为右派故意纵火,坐牢数月。他有诗自嘲曰:"请看天上九头鸟,化作田间三脚猫。"(三脚猫谓不会办事的人)

1962年初,聂绀弩虽然回到北京,并于同年摘掉"右派"帽子。但是,人是回来了,工作却没有安排。他报效无门,乃南游鄂、粤,正如他在答谢朋友们问询诗中所说:"尚留微命信天游"。他还在"六十"自寿诗中描写自己当时处境是:"西风瘦马追前梦,明日梅花忆故寒。"

实际上,作为一个从青年时代起就忧国忧民的马克思主义者,聂绀弩是不会只"追前梦"、"忆故寒"的。梁羽生在他的《杂记聂绀弩》一文中说,"聂绀弩诗文的大胆,的确是令人咋舌的。'文革'前他在北京养病,写了一首'颐和园'的诗,借古喻今。诗中道:'吾民易有观音土,太后难无万寿山'。当时江青尚未如后来之得势,但已作威作福,每游颐和园就要把游人赶走。此诗写在大饥荒之后、'文革'之前,'太后'指谁,凡人皆知了"。"文化大革命"初,他还写了一首更大胆的"没字碑"诗骂江青,诗云:"天后陵前没字碑,荡妇妄题一首诗:'暗照则天而则之',东施效颦人尽嗤,岂汝称孤道寡时?骑虎难下终需下,君问归期未有期!"据冯亦代回忆,大约是1966年4月10日,中共中央批准了《林彪同志委托江青同志召开的部队文艺工作座谈会纪要》后,他和聂绀弩最后一次在王府井大街一小饭馆吃饭,聂"喝了几杯酒,便大谈林彪、江青,说江青是个妖物,今后一定会把中国弄成翻江倒海了,林彪则是个鸦片鬼。这时街上叫卖晚报,我们买了一份,上面是第一次看见打倒彭、罗、陆、杨的消息。他看了之后,对同座的黄苗子和我说,以后不要去找他,少出门,言谈小心,日子会越来越难过的。他的话不幸而言中了。"

聂绀弩这样公开表示义愤,"四人帮"当然不能容忍。1967年1月25

日,聂被捕判处无期徒刑,在北京和山西坐牢 9 年又 8 个月,1976 年 10 月才出狱。出狱时被折磨得形容枯槁。他在理发店面对镜子大惊失色,这镜子里人不人鬼不鬼的,是他聂绀弩吗?心里蓦然冒出两句诗:"十年暌隔先生面,千里重逢异物惊"。"异物惊",惊为异物也。

更令他悲痛的是,出狱以后,得知他唯一的、钟爱的女儿海燕一月前自杀了,他马上病倒,住进了医院。一代革命文豪,老境竟如斯!不过,不管是 3 年劳改,还是 10 年牢狱,即使冤重如山,他却从来没有认错。其实,他没有错。1979 年 3 月 10 日由北京市高级人民法院撤消了聂绀弩无期徒刑原判,宣告无罪。同年 4 月 7 日由人民出版社改正错划右派,恢复党籍、级别和名誉,1980 年被选为全国政协委员。他在短期内整理出版了一批自己的文集、诗集、小说集,发表了一批高质量古典文学书评和感人至深的怀人念旧文章。

"平生自省无他短",表现出铁骨铮铮,所以他能在"八十"生日诗中问心无愧地唱道:"居家不在垂杨柳,暮色苍茫立劲松。"

千古诗坛"绀弩体"

聂绀弩早年受"五四"新文化运动影响,多写新诗,还有点看不起旧诗。不过似乎喜欢他新诗的人并不很多。30、40 年代他以杂文著称。夏衍曾作评价,认为鲁迅之后,中国杂文当推绀弩为第一人。胡乔木称"绀弩同志是当代不可多得的杂文家,这有他的《聂绀弩杂文集》为证。"50 年代起,绀弩研究古典小说,晚年卓有成就,是一位名副其实的古典小说研究家。他的小说也很驰名。但是,最有特色、成就最高的,也许还是人称"绀弩体"的旧体诗。

1958 年去北大荒劳改前,聂也写过旧诗,但数量很有限,大量写旧体诗是从去北大荒劳改后开始的。1981 年,他在为他的诗集《散宜生诗》写的自序中说:"1959 年某月,我在北大荒八五零农场第五队劳动,一天夜晚,正准备睡觉了,指导员忽然来宣布,要每人都做诗,说是上级指示,全国一样,无论什么人都做诗。……几十年前,学过一点旧诗的格律,……不过不曾正式做过。……这回领导要做诗,不知怎么一来,忽然想起做旧诗来了……于是这一夜,我第一次写劳动……交了一首七言古体长诗。第二天领导宣布我做了 32 首诗——以 4 句为一首,这首古风,有 32 个 4 句。……如果有所谓奉命文学或遵命文学,我的旧诗,开始时就是这种文学。"

他还说,在北大荒主要写古风,回京之后,才一边学一边写律诗,"从玩票到下海","弄假成真"。后来,他的诗逐渐在朋友间传开。虽是旧体,却大有创新。1981 年,香港野草社出版了他名为《三草》(包括《北荒草》、《赠答草》和《南山草》)的旧体诗集。1982 年人民文学出版社出版了他的《散宜生诗》(增加了《第四草》),1986 年又出增订、注释本。1992 年,上海学林出版社出版他新、旧诗全收的《聂绀弩诗全编》。此后济南侯井天自费出版其注释的《聂绀弩旧体诗全编》,开印了 3 次。

1982 年人民文学出版社出版《散宜生诗》之前,胡乔木从胡绳、李慎之等处看到聂诗,大为赞赏,并主动提出为之作序。他在序中称《散宜生诗》是"以热血和微笑留给我们的一株奇花——它的特色也许是过去、现在、将来诗史上独一无二的。"近 10 余年来,聂的旧体诗传诵海内外,好评如潮。他晚年以旧体诗声震文坛,其成就达到了罕见的高度;1988 年 11 月在广东三水县召开的第二次全国当代诗词研讨会上,许多同志对聂诗分外推崇,说他创造了难以模仿的"绀弩体"。

"绀弩体"旧诗的主要特点,在于它的新奇,在于它的变俗为雅,在于它为时代作证,在于它真切感人,在于它对革命的信念,在于它以天下为己任的胸襟。

由于聂绀弩在创作新体旧诗方面取得如此辉煌的成就,当今诗坛有的人将他比屈原,将他旧体诗比《离骚》。尽管这种比拟是否恰当还要经受历史的考验,但在当代已经产生深远的影响。

1996 年 8 月 25 日于珞珈山

载 1998 年第 4 期《武汉春秋》

真正的马克思主义者

——我所认识的李达校长

我虽然在解放后认识了李达校长，但只限于在公开场合的几次一般交往。我对他的了解，大都是由间接的渠道得来。但是，有些事情给我的印象非常深刻，使我有充分的理由相信，李达校长是个真正的马克思主义者。

只有真正的马克思主义者，才能在任何情况下坚持马克思主义

1947年9月，我应聘到武汉大学讲授社会学，根据当时我的思想状况和当时形势，我觉得自己完全有责任给学生介绍一些马克思主义的知识，尽可能引导他们按照人民利益的需要走上正途。但是，在当时白色恐怖极其严重、马克思主义著作难找，而且即使找到也不能公开，自己这方面知识又很贫乏的情形下，介绍马克思主义知识，谈何容易！不过，我总在想办法、等机会。

大约是1948年初的一天，我到汉口车站路一家旧书店去看书，偶然发现一本李达著《社会学大纲》，翻开阅读一阵，不禁喜出望外。原来，这正是我梦寐以求的一本书，书名虽题为《社会学大纲》，而内容则是历史唯物主义。作者的这个办法实在太好了！因为列宁认为只有历史唯物主义才是科学的社会学，把论述历史唯物主义的书称为《社会学大纲》，是名副其实。不过，当时国民党统治区学术界一般说没有这种知识，他们只知道从欧、美引进孔德一系的社会学，这种社会学无害甚至有利于国民党的统治，所以书名叫《社会学大纲》，就可以找机会走进大学的课堂和图

书馆。我想，李达这部书虽然是根据当时特定环境宣传马克思主义的一种妙法，但也好像是为我当时的需要而写的。我把这本书买了回来，后来又促使法学院图书馆买了五六部。于是，我不动声色地将这部书列为选修社会学的学生的必读参考书，并规定为期终考试的部分内容。这样，选修社会学的150多个学生就非读一点马克思主义哲学不可。

不久，便有少数学生反对我的这种做法，他们反对的理由是功课重，没时间读这一大套参考书。但是，反对的只是那些平日反对进步学运的学生。我硬着头皮顶住了。但到期终考试时，他们来势汹汹，闹着要罢考。我泰然自若地坚持不让步。后来在进步同学的支持下，他们只好老老实实地参加考试，还不得不答历史唯物主义方面的问题。

这件事，不仅使我初步系统地涉猎了马克思主义哲学，还促使我进一步了解李达校长坚持马克思主义的非凡事迹。后来我才逐渐知道，自从1919年起直到他逝世为止，他学习和宣传马克思主义真是鞠躬尽瘁，死而后已。举例说吧，1920年他主编党的秘密刊物《共产党》月刊，一个小小亭子间就是编辑部，文稿随时有被查抄没收的危险，经费没有保证，最困难时他一个人要担负起从写稿到发行的全部工作。1923年上半年，他因与陈独秀意见不合而脱党，但仍继续受毛泽东之托任湖南自修大学学长，并主编《新时代》月刊，宣传马列主义，培养党的干部。同年11月，湖南自修大学和《新时代》被军阀赵恒惕封闭，他到湖南公立政法学校任教，讲授马克思主义社会学，并将讲稿于1926年以《现代社会学》为名出版。1927年"马日事变"后，他受到通缉，潜往上海避居在法租界一个偏僻的弄堂里，虽然家中有时被不速之客骚扰、抄家，但他仍夜以继日地撰写、翻译马克思主义文章，还与友人创办昆仑书店，出版进步书籍。有一次到暨南大学讲课，竟遭特务殴打，右上臂骨折，出院后他每天早晨持一竹竿练习上举，并对家人说：反动派想打断我的右臂，让我不能拿笔，放下宣传马列武器，办不到！1932至1937年，他在国民党白色恐怖统治下，在北平各大学一面运用各种课程宣传马克思主义，一面猛烈抨击蒋政权的卖国投降政策，并于1937年5月在上海自费秘密出版了《社会学大纲》。1941年他在中山大学任教时，因坚持宣传马列主义，被国民党教育部电令解聘，失业后回乡困居，曾遭日寇搜捕，几死于荒山之中。但1947

年初经地下党组织介绍到湖南大学任教时,他仍然是个铮铮铁骨的马克思主义者。学校当局为了不让他宣传马克思主义,分配他一门新课——法理学,使他来不及用马克思主义观点编新教材。为此,他一个暑假没离开过板凳,屁股都坐烂了,不能坐凳子,用扁担当凳子坐着继续写,终于写成了一本马克思主义的《法理学大纲》。

解放前夕,他应邀到北平参加政治协商会议,毛泽东百忙中在家里热情地接待了他,两人长谈一夜,并留他在自己床上歇宿。毛泽东还告诉他:虽然早年离开党组织是个错误,但 20 余年来坚持马克思主义阵地,可以重新入党,不要候补期,自己愿意作他的历史证明人。这样,他很快就获得了新的政治生命。自此以后,毛泽东对他在生活上、工作上给予了无微不至的关怀。不过,这种非常的知遇之恩,并没有使他忘记马克思主义的原则。1958 年夏天,毛泽东支持了湖北省鄂城县委"人有多大胆,地有多高产"这个错误口号,李达便与他争论得面红耳赤,终于使毛泽东承认了在这个问题上的错误。

1961 年,他回自己家乡实地考察后,向中共湖南省委和中央写了报告,认为 1959 年彭德怀同志在庐山会议上提出的意见是对的。1962 年冬,他患脑溢血和心力衰竭病,经抢救才转危为安,医生对他严重警告,不能再写东西。但他"阳奉阴违",仍然艰难地继续撰写《唯物辩证法大纲》。类似以上举的这样的例子是很多的,我们这里不再举了。结论是:这样贫贱不能移、富贵不能淫、威武不能屈地坚持马克思主义,才是真正的坚持。俗话说,真金不怕火烧,真正的马克思主义者才能够经受住各种严峻的考验。

真正的马克思主义者必须坚持并发展马克思主义

李达校长认为马克思主义是一种发展的科学;要保持马克思主义的生命力,就必须不断地发展马克思主义。1961 年,他接受毛泽东交给的任务修改出版《社会学大纲》时,感到这本书是 20 余年前写的,没有概括新的历史经验和研究成果,没有反映现代科学的重大成果与社会主义建设经验,没有批判当代错误思潮。因此,虽然年高病多体弱,他仍然决定重写一部马克思主义哲学教科书,并在这部计划编写的书的上半部(1978年人民出版社出版的《唯物辩证法大纲》)第473页中指出:理论认识"只有同实践紧密联系,仔细倾听实践的呼声,才能不断地汲取新的经验,随着实践的发展而发展,不致停留在原有的地方,变成枯槁的东西"。

"文化大革命"中,使我震动极大并留下极深印象的是李达校长反对"顶峰"论的事迹,更是他坚持"马克思主义必须不断发展"这一论点的鲜明标志。实际上,无论从理论上或实践上,对于真正的马克思主义者而言,这早已是非常明确的问题,只有那些"为稻粱谋"而著书为文、那些知识贫乏而又刚愎自用、那些随风倒、那些以权力代替真理的假马克思主义者,才会拘泥于经典作家在某些特定时间、地点做出的个别论断。恩格斯在《反杜林论》中说,"人们在生产和交换时所处的条件,各个国家各不相同,而在每一个国家里,各个世纪又各不相同。因此,政治经济学不可能对一切国家和一切历史时代都是一样的。"马克思1842年在致达·奥本海姆信中也说过同样道理的话:"正确的理论必须结合具体情况并根据现有条件加以阐明和发挥。"列宁也强调这个道理,"马克思主义者必须考虑生动的实际生活,必须考虑现实的确切事实,而不应抱住昨天的理论不放。"

马克思、恩格斯还非常担心后代人把他们的学说当作教条。马克思说,"我们的任务不是推断未来和宣布一些适合将来任何时候的一劳永逸的决定。"恩格斯说,谁要是想"猎取最后的终极的真理,猎取真正的、根本不变的真理,那么他是不会有什么收获的,除非是一些陈词滥调和老生常谈。"

由此可见,经典作家们说得非常明白,他们的学说是需要不断发展的。从实践上看也是如此。现在我们回顾一下,当教条主义在我国盛行、一直发展到"两个凡是"论的那一段日子里,如邓小平所说,"从1958到1978年的20年里,农民和工人的收入增加很少,生活水平很低,整整20年,生产力没有多大发展。"这样建设社会主义,显然是违反马克思主义关于建设社会主义是为了解放和发展生产力的原理的。是邓小平否定了"两个凡是"论,提倡并领导实行改革开放政策,发展了马克思主义,我国的经济发展才取得了举世瞩目的成就。

　　所以我们说,坚决而忠诚地服膺与实践马克思主义的李达是个真正的马克思主义者。

真正的马克思主义者是无所畏惧的

　　前面我们已经提了一下李达校长是一位威武不屈的坚持马克思主义的战士,这里再专门谈一谈他在这方面的突出表现。

　　为什么我们说真正的马克思主义者是无所畏惧的呢?我想这主要是因为:所谓真正的马克思主义者,乃是这样一种人,他真正认识到马克思主义是一种科学的为人民群众谋利益、为争取全人类幸福前途的思想体系,是一种崇高的理想,是值得志士仁人为之献身并愿意为之献身的事业。李达是有这种认识的。当然,他还认识到要实现这种最终目标,首先要争取以马克思主义为指导思想的中国革命的成功,并愿意为之献身。既然生命都可以献出,还何惧之有!所以,从他1919年献身马克思主义事业起,直到全中国解放的30年间,他面对的是蛮横凶狠的日本帝国主义、中国军阀、拥有中统和军统两大特务系统的蒋政权以及扶蒋反共的美帝国主义,他经受的是驱逐、困厄、失业、疾病、歧视、威胁、殴打以至杀头危险,然而他都等闲视之。这是何等的气魄!

　　全国解放后,从50年代后期起直到逝世前的10余年间,他又面临着强大的极左思潮和"四人帮"的威胁和迫害。然而,除我们前面提到的为彭德怀同志叫屈和对毛泽东犯颜直谏外,他还拒绝过批判杨献珍的"合二而一"论,否定过康生的"辩证法只有一条规律"说,抵制过林彪的学习马克思主义的"捷径"论。不过,最能体现他作为一个真正马克思主义者的"无所畏惧"精神的,还是他抵制"顶峰"论的事迹。"1966年3月,他指着一个印有'顶峰'提法的材料对他的编书助手说:'什么顶峰?马列主义、毛泽东思想不发展了吗?这不合乎唯物辩证法嘛!'当时有人提醒他说:'这是林×××说的呵!'李达断然回答说:'我知道是他说的。不管是哪个说的,不合乎辩证法,我不同意!'"这又是何等气魄!试想,当时有多少自命为马克思主义者的人,敢于这样无所畏惧地直言不讳地保卫马克思主义呢?说来惭愧,我自己就没这种胆量。这件事后来传出去了,当时炙手可热的康生、林彪都公开点了李达的名,他也就戴上了"毛泽东思想的最凶恶的敌人"的帽子。"从 1966 年 5 月 10 日起,李达同志就被'勒令'停止编书,交代'罪行',完全失去了人身自由。6 月 3 日,向全校宣布揪出了一个以李达为头子的'武大三家村'……接着,各个报纸、电台,连篇累牍地公布李达的'罪行',发表'揭批'李达的文稿;十几万人被组织来武大,'愤怒声讨'李达。李达同志随时被押到大会小会上去批斗、辱骂、审讯、罚跪。"如果李达不是个真正的马克思主义者,他也许会由于贪生而一时顶不住,仗着自己与毛泽东的关系,暂时认错,将来有机会再声辩。但他毕竟是个真正的马克思主义者,"在这种不堪忍受的摧残、侮辱和折磨下,他丝毫没有屈服,决不'认罪'。对那种栽诬陷害的'批斗',他一条一条地据理驳斥。"最后,他终于被康生和"四人帮"折磨得为马克思主义献出了宝贵的生命。我看,说他的这种业绩"动天地、泣鬼神"也不为过吧!

1996 年 12 月 26 日于求索斋

载 2007 年第 2 期《武汉大学学报》(人文科学版)

国际书缘

1981 年 8 月 1 日,我偶然收到一位素昧平生的美籍德裔教授的赠书。这本书的修订版是中美联合公报——《上海公报》发表的 1972 年出版、1973 年寄出的,中间还经过两位与我素不相识的学人之手。这真是:万里书缘一线牵。这根友谊之线是亲情、学者情怀和地缘情纺成的。

寄书的教授名卡尔·丁·阿恩特,其父爱德华·路易斯·阿恩特也是一位教授,同时是一位虔诚的路德派基督教徒。他虽然不能宽容共产主义者反对《圣经》旨意,但认为共产主义是一种积极的力量。为了传教,他于本世纪早期前来武汉,1929 年逝世后葬于汉口。卡尔及其弟爱德华都在武汉出生,并且居住了数年。后来,卡尔·阿恩特成为一位语言学教授,兴趣甚广,著作甚丰。由于怀念他的父亲和他的出生地,他极想把这本献给他父亲的史学著作赠给中国的一个研究美国历史的机构或学者,而且最好是在武汉地区的。《上海公报》发表后,1973 年他把这本出版不久的新书寄给美国历史协会(美国最有影响的一个历史学家组织)的名誉秘书长 P. L. 沃德,请他利用职务之便为他寻找一个赠书的适当对象。

1979 年元旦,中美正式建交,同日我出任武汉大学美国史研究室主任。不久,沃德拜托一位访美的、研究美国学的中国学者朱传一先生将该书带到北京,朱先生根据作者的意愿把这本书寄给了我。

这本书名为《乔治·拉普的和谐社(1785—1847)》。乔治·拉普1757 年生于德国,出身平民,由于受宗教改革和启蒙运动的影响,对当时正统教会的组织僵化、形式主义的宗教仪式和学院派牧师深深不满,主张自由解释《圣经》,教徒个人直接与上帝交流,强调德操清正,广行义举。他自称也被人称为先知,在自己家里传教,信从者有 200 多个家庭,成为路德教会的分离派。因不见容于当时的正统教会和政府,他于 1803 年带着儿子和一小批友人前往美国,计划在那里找到一个永久居住地,等待基督复临,建立一个千禧年天国。后来,他的信徒陆续迁美,在宾夕法尼亚州和印第安那州先后建成三个"和谐社"。这是一种以宗教共产主义为思想基础的公社,也有人称之为共产主义的神权国家。它有自己的组织章程,由乔治·拉普根据他及其信徒对《圣经》的解释实行家长式的统治。他深受社员敬爱,一般说社员过着平等、自由而比较富裕的生活,直到 1847 年拉普逝世。

据此书作者阿恩特教授说,19 世纪上半叶美国曾经存在过这种公社200 多个。除宗教共产主义公社外,还有按空想社会主义者罗伯特·欧文、夏尔·傅立叶及其他乌托邦主义者的思想建立的公社。这是由于当时美国建国不久,特别崇尚思想自由,提倡建立各式样理想社会的人的思想和行为,都能得到宽容;同时,当时美国地广人稀,欢迎移民前往开发。不过,所有这些公社并没有融入美国社会主流,后来都消失了。然而作为一个美国史研究者,我通过阿恩特教授的赠书了解到美国历史上一个有趣的插曲。

卡尔·阿恩特教授接到我的感谢信后,他的弟弟爱德华于 1981 年 9月来访,又带来他哥哥的四本赠书,他回到美国后来信,说是想写一本纪念他父亲的书,而上次在武汉访问与他父亲的工作与生活有关的遗迹时,因武汉变化太大,他收获很小,很想再来一次,请求我帮助他找一位导游,他愿付导游费。我回信说,我有一位研究生生长于武汉市,英语听说能力都强,愿作他导游,不要导游费,只希望他赠送几本有关尼克松总统内政政策的新书。后来,爱德华·阿恩特得到一个很满意的导游,我的研究生也在他赠书的帮助下写出一份很不错的硕士论文。

这段国际书缘至此告一段落,但我还是时常想念着爱德华·阿恩特先生为他父亲写的传记是否已圆满完成并出版。

1997 年 7 月 16 日于珞珈山

载 1997 年 8 月 3 日《长江日报》

与储安平缘悭一面

1947 年暑假我从美国回来，到上海就读到储安平主编的《观察》杂志，很是喜欢，以后几乎每期必读。暑假后我到武汉大学教书，年底写了《知识生活的偏向》一文，寄给素不相识的储先生，并附去一信，谈了我对中国当时一些问题的想法。他不独即时而热情地回信鼓励我把这些想法写出来，同时还在 1948 年 1 月 3 日出版的《观察》上发表了该文。自此以后，除上文外，这一年我在《观察》上还发表了《狭路相逢》、《风雅里的悲剧》、《退无以守、进必以战》等 12 篇文章。该刊"文化与生活"栏，几全是拙作。

也许是由于这些文章说出了解放前夕中国广大人民群众、特别是知识分子的心里话，我陆续收到了数十封读者来信，其中大学生来信最多，也有留学生，还有国民党政府底层行政人员、中下级军官，甚至有寄身佛门的和尚。

大约是 1948—1949 年间，由于这些文章具有一定影响，储安平先生来信征求我的意见，问是否愿意将这些文章结集为一本小册子，作为《观察丛书》之一，与费孝通先生《乡土中国》等书一起出版。因当时我已参加中共领导下的地下工作，有些顾虑，婉言谢绝了。

从这一年余的接触中，除体会到他的办刊宗旨外，我还对他的某些特点具有很深刻的印象，比如作者来信，他都亲自回复，而且及时；作者来稿，他都亲自处理，能用的及时发表，不愿用的即时退稿；作者稿费，都由他及时签发汇寄。又比如，他十分尊重作者，只要是他同意刊发的文章，从不改动一字，不以自己的意志强加于作者；作者将他退稿的文章在其他杂志发表，他毫无芥蒂。我未同意将我的文章结集列入《观察丛书》，他也完全理解。

　　我和储安平先生始终缘悭一面。解放以后，储先生和《观察》都迁到了北京。大约是 1950 年 8 月我第一次到北京出差，就急着去拜访他，但未见到他，只在他的办公室留了一张条子；可能是 1951 年，他在前往参加土改的旅途中来看我，适我不在，他也只在我的办公桌上留了一张条子。我所保存的他给我的所有信札，在"文革"中都被红卫兵搜劫去毁了。对此两事，每每忆及，不禁怅然。

1998 年 10 月 25 日于珞珈山

载 1998 年 11 月 9 日《长江日报》

深切怀念丁则民教授

　　自从客岁听到老友丁则民教授的病情比较严重的时候起,我就一直放心不下。20余年的交情,使我深深感到他是一个人品、学识都值得敬爱的朋友。我一直希望他吉人天相,贵恙早痊,继续为我国美国史研究作出重要贡献,甚至在明年美国史研究会年会上再次相逢,同室畅叙(以往年会期间,则民有打鼾习惯,我能睡,会议秘书处常将我俩安排在一个房间住)。不意造化不仁,乱点生死簿,让本应寿享期颐的一位优秀学者过早地离我们而去。噩耗传来,至感悲痛,也引起我深切的怀念。

　　我是1979年4月下旬在武汉大学召开的中国美国史研究会筹备会上初识丁则民教授的。同年12月初,我们又在武汉市举行的世界史学术交流会暨世界现代史研究会和美国史研究会成立会上相遇,并同被选为中国美国史研究会理事和副理事长(我还兼任秘书长)。自此以后,我们一直合作得很和谐、愉快,而且是很有成果的。据我所知,这22年来丁则民教授在美国史研究工作中作出了三大重要贡献。首先是逐步建立起一个有相当规模的、能够出人才和成果的研究机构。在他的倡导和主持下,1979年1月成立了吉林师范大学(后改为东北师范大学)美国史研究室。在他的领导下,这个研究室不断发展,增添了图书资料,提高了研究人员水平,出了成果,在国内甚至美国的美国史学界逐步扩大影响。于是,到1986—1987年间,水到渠成,又在他的主持下,美国史研究室升格为东北师范大学美国研究所,成为我国高等学校少数几个重要的美国研究机构之一。其次是在美国史研究工作中取得了重大成果。改革开放以前,我国的美国史研究是很薄弱的,尤其是美国专题史的研究,更是薄弱。丁则民教授带领他的研究生重点研究美国西进运动史(西部开发史)、19世纪后期史(从自由资本主义向垄断资本主义过渡史)、西部以至全国城市发展史,取得了显著成绩。不仅发表了一系列论文,还出版过很有分量的著作,比如丁则民主编的《美国内战和镀金时代》(人民出版社 1990 年版)、王旭著《美国西海岸大城市研究》(东北师范大学出版社 1994 年版)、黄仁伟著《美国西部农业资本主义土地关系的演进》等等。这些著作不仅独树一帜,而且对我国的现代化和西部大开发事业也是很可借鉴的。第三是培养了一批有水平的、有些还是高质量的研究生。据统计,丁则民教授一共培养了 13 位博士生、约 20 位硕士生。在博士生中,黄仁伟、王旭、戴超武、黄兆群等教授都是很出色的,不仅都有像样的著作出版,而且都是我国美国史学界的骨干,潜力很大。

丁则民教授其所以能取得这些重要成绩,是和他做人、为学的态度有关的。他热爱祖国,总把自己的教研工作和祖国的命运联系在一起,从对祖国繁荣富强的希冀中,为自己的事业汲取了无穷的力量。他的学风师道,都严肃正派。重视学术规范,反对轻率虚假。他的这种优点,从他写字的态度很好地反映了出来。他无论写什么东西,都用正楷,一笔不苟。我保留了他几乎所有给我的信件,都是如此;他的学生也告诉我,丁老师决不宽容他们潦草的字迹。不过在日常生活中,丁则民教授对他的学生是很爱护的,师生的关系是很融洽、亲密的,简直像一家人一样。根据以上情况,所以我认为,国家教育委员会授予丁则民教授以全国优秀教师称号,他获得曾宪梓教育奖,都是名实相符的。

除以上所述外,在我们 20 余年的交往中,有两件事对我印象特别深刻,历久难忘。第一件事是,在我任中国美国史研究会秘书长期间,他对我和研究会的工作的支持是诚挚无私的。凡是研究会倡导的活动,比如编写《美国通史》丛书,编写《美国史论文集》(一)、(二),出版《美国史译丛》,为编写美国历史协会和美国马萨诸塞大学(阿默斯特)历史系合编《1945—1980 年美国以外世界各国美国史研究指南》中国部分收集资料,制定美国史图书目录等等,他都尽可能保质保量带头完成任务,使新成立的中国美国史研究会能比较顺利地开展工作。第二件事是,我有一次对"规律"一词的表述不准确,他不是明哲保身地打圆场,而是坦率地提出纠正意见,使我感到他不是一位泛泛之交,而是一位值得深交的诤友。当然,除这两件事外,他请我到东北师范大学讲学并参加博士论文答辩那一次,他和他的学生对我亲切而温情的接待,也是令我难以忘怀的。

安息吧,好友! 我们将永远记住你。

2001 年 3 月 8 日于珞珈山

载 2001 年第 1 期《美国史研究通讯》

桃李无言　下自成蹊

——忆清华大学梅贻琦校长

梅贻琦先生一生是个忠心耿耿的清华人。1909 年考取清华第一批留美生。回国后,1915 年到清华学校任教,1926 年兼任清华大学教务长,1931 到 1948 年任清华大学的校长,1950 年起在美国管理清华基金,后来又负责筹建台湾省的新竹清华大学,直至逝世。我 1936 年考进清华,1940 年毕业。在此期间,我虽然没有和梅先生直接接触并打交道,但多年以来,他那温文尔雅的身影,深沉、严肃而又慈祥的风度,一直留在我的记忆中。1947 年以来,我在大学生活和工作了 40 余年,所见、所闻、所读、所感、所思,使我日益清楚地认识到:梅先生是一个很理想的、非常难得的大学校长,很值得当大学校长的人们学习。

本文的目的,不是全面评价梅校长,只想从一个侧面看看他领导清华取得辉煌成就的原因。梅先生的一个显著而广为人知的特点是:自幼沉默寡言。据其夫人韩咏华女士说,当他们订婚的消息被她的同学陶履辛听到后,急忙跑来对她说:"告诉你,梅贻琦可是不爱说话的呀。"她答道:"豁出去了,他说多少算多少吧!"婚后有一次,梅先生夫妇、友人卫菊峰夫妇及梅先生幼弟贻宝同车外出。一路上贻宝高谈阔论,滔滔不绝。卫夫人说:"贻宝啊,怎么校长不说话,你那么多话,你和校长匀匀不好吗?"梅先生慢腾腾地说:"总得有说的听的,都说谁听呢?"梅先生的这种特点,是和他的人品、他在清华大学建立的领导体制,以及他领导清华大学和西南联合大学取得的突出成就,有内在的、深层次的联系的。

沉默寡言所体现的人品

梅先生的沉默寡言,也许和他的性格和生活习惯有关,但更是他的修养和人品使然。根据他的亲朋学生等的记录和回忆,他说话很少有以下一些原因。首先,他认为世间事物都是很复杂的,而人们的知识有限,要全面而正确地认识它们并非易事,轻率发言容易出错。所以,梅先生和那些几乎天天对什么问题都发表讲话的领导人不同,他即使在不得不发言时,也很少下断然的结论。有位校友对此写了一首打油诗:"大概或者也许是,不过我们不敢说,可是学校总以为,恐怕仿佛不见得。"记述梅先生说话少而慢的例子很多,我这里举出叶公超教授的一段回忆。当年清华领导层得到消息,华北军政头目宋哲元准备派兵到清华园逮捕从事救亡活动的爱国学生领袖,形势十分紧急,叶和陈岱孙、冯友兰、张奚若、叶企孙等教授到梅家商量对策。大家说了许多话后,等梅先生发言达两三分钟之久,他却一言不发。经冯先生催促,他仍不开口。叶先生实在忍不住了,便问道:"校长,你是没有意见而不说话,还是在想着而不说话?"梅先生过了几秒钟才答道:"我在想,现在我们要阻止他们来是不可能的,我们现在只可以想想如何减少他们来了之后的骚动。"接着大家提了一些问题,梅先生一一作答,并对校内安排作出最后决定。叶先生评论道:梅先生说话慢,"往往是因为要得到一个结论后他才说话。这种习惯是怎么来的,我没考据过,梅太太可能比较清楚。因为说话慢,所以他总是说话最少;因为说话少,所以他的错误也极少。"有一次叶先生听陈寅恪先生说:"假使一个政府的法令,可以和梅先生说话那样谨严,那样少,那个政府就是最理想的。"

其次,梅先生坚持"时然后言,言必有中"、有物甚至有趣。北京大学郑天挺教授说:"先生不喜多说话,但偶一发言,总是简单扼要,条理分明,而且有风趣。"清华校友张静愚说:梅校长寡言慎行,无论何时何地,他都不轻易发言,甚至与友好知己相处,亦是如此;但当某种场合,势非有他发言不可,则又能款款而谈,畅达己意,言中有物,风趣横溢。先生亲密助手蔡麟笔说:先生恂恂严谨,与人交,言常讷讷,更不说客套敷衍话;然每出一言,字字真恳;而且不言则已,每言则简明中肯,并富幽默感。

第三,梅先生习惯于少说多做,以身作则,说了就一定做到。清华吴泽霖教授说,从1915年先生到清华学校任教起,他就十分热心但毫不声张地做一些对自己来说吃力不讨好、但对教育事业非常有益的工作。他每晚7至9时辅导中学部学生自习,他给学生开设以前沿科学为主要内容的各种讲座,他主持关于教育事业的辩论会,他在1915至1926年间担任过25种校内外社会公益工作职务。据陈岱孙、叶公超、赵赓扬等校友回忆,创建台湾省新竹清华大学的过程,更显出先生的这种优良品质。上世纪50年代先生在美国掌管清华基金时,叶公超曾要求他把该基金用于台湾省。他说,他不愿把清华基金在台湾去盖大房子,做表面工作;要等他想出更好用法才到台湾去。后来他想出了在台湾长期发展科学研究工作的计划。陈岱孙先生是这样叙述此计划的。"1954年他开始计划同台湾科技学术机构合作,从事原子科学研究工作。从1955年起,相继筹建了原子科学研究所、化学研究所和应用物理研究所。在这几个研究所的基础上终于发展成近代大学的规模。"不过先生在世时,一直拒绝"大学"称号,只是在他逝世后才改称大学。这就是现在的新竹清华大学。蔡麟笔在描述先生创建这所大学时的情况说:梅先生办学,从不创立口号,更不写空洞的计划,只是不声不响地做,脚踏实地地做;拿原子能研究所来说吧,由开始筹备到原子炉安装完成,选址、建房、订购、运输、筹款、招生、聘教师等,真不知梅先生花了多少心血,默默地在那里埋头苦干,从不抱怨,也从不向外宣传。赵赓扬说:1955年先生创办台湾的清华大学时,不独决策工作,甚至学校所有仪器,都经他亲自拣选,或绘图订做,连图书馆、教务处的图章和钢印,都是他亲手设计绘图的,招考新生的弥封编号也是他编制的。当然这些情况局外人一无所知。先生不仅少说多做,甚至只做不说;而且一经说出,就要做到。他1931年12月3日就任清华大学校长时的就职演说,不像某些人那样乱吹什么要创建世界第一流大学,只简明扼要地列出5条目的和办法。但据研究清华校史的黄延复等校友的研究,先生对此次演说的基本思想"终生奉行不渝,而且随着实践的不断发展而不断加以充实、完善。使他和他的志同道合的同事一起,在短短的五六年间,在清华创造了一度'黄金时代'。"以身作则是少说多做或不说只做的一种体现。不仅清华人,凡是了解梅先生的人都承认:先生的一生是以身作则的典范;他不独自己以身作则,还要求清华所有师生在学校、在社会上都以身作则。

第四,先生廉洁奉公,自奉极俭,从不计较个人名利得失。1931年任校长后,"如何办好清华"就成为他生活的全部内容,"连吃饭时也想着学校的问题",为保持学校的宁静和安全,有时亲自巡逻校园直至深夜,他取消了校长原有的一些特权,不再让学校为他家中工人付工资和电话费,并拒绝领取校长住宅包括手纸在内的一切日用物品的免费供应。他不讲排场,学校办事机构比当时教育部规定的还要精简。校、院、系各级领导人都不设副职,图书馆长由社会学系潘光旦主任兼任。各系都不设专职办事人员。教师与学生人数大体为1∶6,非教学人员与教学人员及学生数大体为1∶7。

抗日战争期间,他兼任西南联合大学校务委员会常务委员会主席;除清华校务外,又在物质条件极差、情况极其复杂的处境下担负起建设西南联大的艰巨任务。宵衣旰食,任劳任怨。而且一到昆明,就将校长专用汽车交给学校公用,外出办事,近则步行,远则搭便车,无便车可搭亦无怨言;遇警报时,就和师生一起跑到学校后面小山上,躲在乱坟之间。1941年7月,先生和两位同事因公从重庆返回昆明,订了飞机票,后因有搭乘邮政汽车的机会,为给学校节省200余元,就把飞机票退了。作为两个著名大学的校长,他家生活十分清苦,"经常吃的是白饭拌辣椒,没有青菜,有时吃菠菜豆腐汤,大家就很高兴了。"为贴补家用,他的夫人和一些教授夫人一道,制作帽子、围巾、糕点,自己拿到市上去销售。先生儿子祖彦学习必不可少的眼镜跌坏了,长期无钱重购。但是,即使在这种情况下,教育部发给西南联大学生的补助金,梅先生却不让4个在该校读书的子女申请;西南联大的福利,3个常委也不享受。1951年,先生在美组织清华纽约办事处,只用一位半时助理,在华美协进会辟一间办公室,自己支薪每月300美元,生活捉襟见肘。1955年回台湾创建新竹清华大学初期,他始终不肯为办事处和他的书房买沙发,只用藤椅,把钱节省下来购买图书、设备和聘请教授;几乎每夜办公到凌晨两三点钟才睡觉。不过,梅先生虽然自奉极俭,却绝不吝啬;他乐善好施超乎常人,经常支付各种名目捐助,从办义务教育到赈灾济难,从救济困难职工学生到营救被捕同学,每次都"身先士卒"。在昆明期间,清华大学利用工学院暂时闲置设备建立清华服务社,从事生产,以盈余补助清华同人生活。此事本与外校无关,梅先生却念及联大、北大、南开同人同处困境,年终赠给他们每人相当于一月工资的补贴。

西南联大3校中,论经费和设备,清华比其他两校优裕。从世俗眼光看来,清华吃了亏,但在梅先生领导下,却能使3校同人几乎都无此感觉。这是当时西北联合大学、东南联合大学不久即解体,而西南联合大学团结合作并取得重大成就的主要原因。由于先生对清华校务和中国民族教育事业作出的重大贡献,1940年9月,在昆明的清华师生为他服务清华25周年举行了一次公祝会。他致答词时说:"清华这几十年的进展,不是而亦不能是某个人的缘故。……京戏里有一种角色叫'王帽',他每出场总是王冠整齐,仪仗森严,文武将官,前呼后拥,像煞有介事。其实会看戏的绝不注意这正中端坐的'王帽',因为好戏通常并不是由他唱的。他只是因为运气好,搭在一个好班子里,那么人家对这台戏叫好的,他亦觉得'与有荣焉'而已。"梅校长就是这样一个"无我"的人。

第五,先生办学高瞻远瞩,深谋远虑,不强求近功。他沉默寡言,和他把时间与精力都用在学习新知识、思考问题以及发展清华的事业上有关。先生秘书赵康扬在回忆文章中提到:"先生不(大)写文章,少讲演,但平时看书的范围很广,除最新物理、工程等书报都经常研读以外,本来四书烂熟,五经时常引用,史地、社会科学的基础一点儿也不忽略。最忙的时候,床头仍有英文《读者文摘》与王国维的《观堂集林》。他学识丰富,见解卓越,与许多科的专门学人都能谈得拢。"1931年就任清华校长时,国难当头,学潮澎湃,每遇难解问题,常"深居简出,有时一天有时两三天,苦思焦虑,忍辱负重地设法解决。"因为他一心一意想把清华办好,而又好学多思,知识广泛而新颖,所以他才能想到而且筹划出一个现代大学的正确发展方向。这是那些把主要心思花在评先进、评职称、住好房子、长工资的大学校长们绝对做不到的。他深谋远虑的事例很多。初长清华时,他就提出大学必须有大师,后来清华的大师辈出;"七七"事变以前,他将清华的珍贵图书仪器南运,预先在长沙兴建校舍,并在南昌建立航空研究所,在长沙建立金属研究所和无线电研究所;抗战期间,他知难而进,在昆明维持 5 个特种研究所,恢复清华研究院,继续实行教师休假进修制度,招考清华留美公费生,为抗战胜利后的建设事业储备人才;复员前,他早就为战后清华的扩充和发展制定了周密而可行的计划;台湾省新竹清华大学的建立,也是他在美国管理清华基金时事先筹划好的。

强调大学必须有大师

　　清华校友傅任敢谓梅校长"办教育的出发点是爱"。他爱国家、爱学校、爱教师、爱学生。我这里略微谈谈梅校长爱国家事例,重点谈他爱教师爱大师的问题。1931 年梅校长就职演说谈了 5 个问题,其中之一便是"我不能不谈一谈国事。"他劝清华师生"致力学术,造成有用人才,将来为国家服务。"曾任清华工学院院长的施嘉炀说:梅校长在创办各学科研究所时,特别积极筹办与国防有关的研究所;在昆明期间,虽然经济极度困难,梅校长仍积极设法继续派遣留美公费生,1942 年招考的 13 个专业中,就有 10 个是国防及工程建设迫切需要的;1938 年春,为配合国家训练机械化部队,在梅先生倡导下,清华机械系 2、3、4 年级学生大多数都参加交辎学校受训;1939 年 2 月,又在电机系附设电讯专修科,培养抗战所需电讯人才;1943 年除为盟军培训翻译人员外,还让自己子女和西南联大学生一道参加青年远征军。至于爱教师爱大师,则是广为人知的梅校长办大学的重要思想。当然,梅校长爱教师不是无原则的,而是和他爱国家、爱学校、爱学生紧密相关的。1926 年他任清华教务长时,原清华学校(1925 年增设大学部)所聘教师有一些不适于在大学任教,他便逐渐辞退。

　　他所爱的是称职的教师,特别强调的是大学必须有大师。他在 1931 年的就职演说中即提出:"所谓大学者,非谓有大楼之谓也,有大师之谓也。"后来又一再强调:"师资为大学第一要素,吾人知之甚切,故亦图之至急";"大学之良窳,几乎全系于师资与设备充实与否,而师资为尤要";"吾人应努力奔赴之第一事,盖为师资之充实。"因此,虽然此前清华师资队伍已有一定规模,但在他任校长后又多方礼聘,一时之间,使有识之士闻风景从。仅从 1932 至 1937 年,应聘进清华的国内外名师就近 70 人,其中有闻一多、雷海宗、萧公权、庄前鼎、顾毓绣、刘仙洲、赵凤阶、沈履、赵访熊、倪俊、李仪祉、夏翔、冯景兰、张荫麟、陈之迈、李达、李辑祥、彭光钦、戴芳澜、吴晗、吴达元、潘光旦、沈有鼎、唐兰、任之恭、洪绂、张捷迁、段祖澜、霍秉权、赵以炳、杨业治、李景汉、王信忠、贺麟、洪绅、邵循正、段学复、张岱年、齐思和、陈省身、陈梦家、孟昭英以及美国的维纳(Norbert Wiener)和华敦德(Frank Wattendorf)、法国的哈达玛(Jacques Hardamart)、日本的原田淑人等。

梅校长不独重视大师,而且能吸引大师,这是和他的胸襟、气量有关的。当他作为物理学教授时,本已显示出大师风采,担任校长后,他就忘记这些,只是千方百计地、不拘一格地为清华寻求和培养大师。没有进过大学的华罗庚,入学考试时英语成绩极差的吴晗,数学成绩极差的钱钟书,都是在他任校长时引进清华的。他绝无现在某些大学校长的"官本位"思想,他不摆校长架子,不谋求校长特权;他不怕别人超过自己,从来不与大师们争荣誉,认为校长的职责是为大师服务的,是为清华出大师创造条件的;他视大师们的成就和光荣为己有,只要清华出大师、出学术成果、出优秀学生,他宁可克勤克俭,屈己尊师,默默无闻。如李长之校友所说:"我几乎不大想到有位校长。"

民主治校

论述、怀念和赞颂清华民主治校的文章很多。我以为,对这个问题讲得最全面、准确而真实的,是陈岱孙教授的《三四十年代清华大学校务领导体制和前校长梅贻琦》一文。我这里主要根据此文谈一谈梅校长的民主治校。民主治校,原是上世纪 20 年代末 30 年代初清华师生争取学术民主自由、抗拒政治控制的产物,是梅先生任校长前就有基础的。但他任校长后发展和巩固了这种体制,这就和他的人品和办学思想有关系。他不以权谋私,所以完全不担心削弱校长的权力,"作风民主,学校大事率多征询教师意见,这也和他的谦虚平和的性格有关";他"相信广大教师是有办好清华的共同事业心的"；他希望"保留清华这一块净土"，认为"一个以教育学术民主自由为号召的校内管理体制，在抵抗和缓和外部政治派系势力的侵入和控制上也许能起到作用。"

这个体制的组织基础是教授会、评议会和校务会议。教授会由全体正副教授组成，其权限为：审议教学及研究事业改进和学风改进方案；学生成绩的审核及学位的授予；建议于评议会的事项及由校长或评议会交议的事项；互选评议员。教授会不常开会，但对校内发生大事主动过问。教授会由校长（无校长时由执行校长职务的校务会议）召集和主持，但教授会成员可自行建议集会。评议会是这个体制的核心，实际上是教授会的常务机构。由校长、教务长、秘书长、各学院院长及教授互选的评议员（比当然成员多1人）组成，而各学院院长则由教授会从教授中推荐，教务长习惯上也从教授中聘任。评议会是学校最高决策、立法和审议机构，其职权为：议决学校的重要章制、基建及其他重要设备；审议预决算；议决学院学系的设立或废止，选派留学生计划和经费分配；议决校长和教授会交议的事项。在法定地位上，评议会是校长的咨询机构，但因校长是评议会主席，其他校务会议成员都是评议会当然成员，评议会的决议对学校各级行政领导具有一定约束力。校务会议由校长主持，并由教务长、秘书长和各学院院长参加，是行政的审议机构，主要职能为：议决一切通常校务行政事宜；协调各学院、学系间的问题等。梅校长在主持上述3会时，总是尽量听取大家的发言和争论，自己则一言不发，最后秉公作结，一般都得到大家的尊重。

这种民主治校体制，从上世纪30年代中期起，被人们称为"教授治校"。其实清华自己并未明确提出此口号。不过，它确是一种行之有效的体制，因为办大学主要是研究学术和培养人才，如邓小平所说，这类事情是应该尊重专业人员意见的。直到1948年止，清华一直实行这种体制，西南联大也基本实行这种体制。它有利于防止校领导的独断专行、暗箱操作和决策错误，有助于端正学风、提高教学和科研水平、防止各种不正之风。清华和西南联大取得的辉煌成就，证明这种民主治校的体制是值得维护和推广的。

坚持学术自由

梅先生办学,一贯主张学术自由,对不同思想兼容并蓄。1941 年 4 月,他在《清华学报》第 13 卷第 1 期发表《大学一解》一文,引宋人胡瑗之言曰:"若夫学者,则无所不思,无所不言,以其无责,可以行其志也。"又谓办大学宗旨之一"在新民",即"化民成俗,近悦远怀",而"若自新民之需要言之,则学术自由之重要,更有不言而自明者在。新民之大业也,非旦夕可期也。既非旦夕可期,则与此种事业最有关系之大学教育,与从事于此种教育之人,其所以自处之地位,势不能不超越几分现实,其注意之所集中,势不能为一时一地之所限止,其所期望之成就,势不能为若干可以计日而待之近功。职是之故,其'无所不思'之中,必有一部分为不合时宜之思,其'无所不言'之中,亦必有一部分不合时宜之言;亦正惟其所思所言,不尽合时宜,乃或不合于将来,而新文化之因素胥于是生,进步之机缘,胥于是启,而新民之大业,亦胥于是奠其基矣。"先生是这样说的,也是这样力行的。清华所聘教授,有服膺儒学的,有自由主义者,也有马克思主义者。我在清华读书时,教师之间、学生和教师之间平等讨论问题的现象,大家已习以为常;各种讲座、讲演、讨论会经常不断;各种各样的书都可以看。所以学生的学术视野比较宽广,思想很活跃。

梅先生不相信共产主义,但他从不以自己的意志和意见强加于人。1933 年冯友兰先生从苏联观光归来,大讲苏维埃政权的优越性,谓"苏俄实为进步之国家,所谓唯物史观,吾等决不应轻视,因有绝对真理存于其中。"1936 年 2 月 29 日,数千名反动军警入校捕人,许多上了黑名单的革命学生,在梅校长和教授们的掩护下,无一人被捕。同年 9 月我进清华后,中共地下组织领导的学生运动十分活跃,梅校长从不干涉,而且予以必要的保护。梅先生不独不以自己意见强加于人,而且反对国民党政府干涉学校的学术思想自由。西南联大期间,蒋介石政权颁布一系列规章制度,要求"教育界要齐一趋向,集中目标",并在联大建立国民党直属联大支部、三青团直属分团部和训导处。还规定院长以上行政负责人必须加入国民党,企图"以党治校。"梅先生作为联大校务委员会主席,虽然被迫参加国民党,并被擢升为中央委员,但如黄延复校友等所说:"在教育方针、课程安排、民主管理、学术自由等方面,他则坚决和师生站在一边进行必要的斗争和抵制。……对于国民党当局迫害进步师生的种种要求,他基本上没有采纳。1944 年,重庆当局曾暗示联大解聘闻一多等教授,梅贻琦根本不予理睬。一些'部订'教学上的规章制度,也由于广大师生的抵制和反对,有些流于形式,有些'变通执行'。总之,与其他学校相比,联大始终保持为一所民主自由空气较浓的学府。特别是后期,联大发展成为'民主堡垒',同样也与梅贻琦的开明思想有关。"抗战胜利复员后,1948 年 8 月 18、19 两日,国民党的特刑庭连续给清华发送两份拘提名单,梅贻琦校长使用巧计通知名单上的全体学生悄悄离开了学校。

梅先生不仅坚持学术自由,他还反对教学上的灌输式,主张启发式。他说:"自我智能之认识,此即在智力不甚平庸之学子亦不易为之,故必有执教之人为之启发、为之指引,而执教者之最大能事,亦即至此而尽,过此即须学子自为探索,非执教者所得而助长也。"他主张发挥学生潜能,开发学生智力,反对教师包办代替;他要求学生有独到见解,能砥柱中流,而不是人云亦云,随波逐浪。这是完全不同于现时高校那种"上课记笔记,下课抄笔记,考试背笔记"、要求学生按教鞭思考的教学方法的。对大学本科的培养目标,他要求通才与专才并重,但以通才为主。他主张大学生对自然科学、社会科学和人文科学都有所准备;"分而言之,则对每门有充分之了解,合而言之,则于三者之间,能识其会通之所在,而恍然于宇宙之大,品类之多,历史之久,文教之繁,要必有其一以贯之之道,要必有其相为因缘与依倚之理,此则所谓通也。"他担心专才知识片面,往往一叶障目,盲人摸象,思想局限而僵化,对事物不能全面而辩证地理解,触类旁通,难以充分开发出自己智力。

梅校长这种坚持学术自由的主张,人们认为对清华和西南联大出学术、出人才,无疑是具有显著作用的。

综观梅校长的一生,一方面,他寡言慎行,谦和恬淡,无固无我,默默奉献。他领导清华和西南联大好像"无为而治",但"天何言哉,四时行焉,百物生焉。"通过与他寡言慎行性格有紧密内在联系的一些办学原则和措施如尊重大师、民主治校、坚持学术自由等等,他领导清华和西南联大取得的杰出学术成果,培养的优秀人才,建立的严谨学风,对新中国现代化建设事业作出的贡献,是有目共睹的。如清华校友刘兆吉听说,在他逝世20多年以后,"无论在地球的任何一个角落,只要有清华人落脚,就必然有集会来悼念他、颂扬他,他是永远活在清华人的心中的。"我以为,当前如果想把我们的大学办成世界第一流大学,梅校长的办学思想、方针、原则和措施,仍然是大学校长们学习的极其重要的榜样。

2002 年 6 月 12 日于武昌放鹰台畔

载 2003 年第 2 期《黄河》

脊梁·榜样·校正仪

——读李锐

近些时来，我读了李锐在中共十六大发言《关于我国政治体制改革的建议》，看了凤凰电视台对李锐的采访，重新摘要读了《李锐诗文自选集》和《李锐论说文选》两书，禁不住想写篇短文，谈谈对这位资深革命学者的钦敬。

上世纪 30 年代中期，李锐在武汉大学读书时，就参加了"一二·九"学生运动，曾任武汉市秘密学联负责人。1937 年参加中国共产党，1939 年到延安，1942 年"抢救运动"中曾被打成特务，投入监狱。但他始终对社会主义事业忠心耿耿，以国家和人民的利益为重，敢于直言，不计较个人得失。下面举几个显著例子。

1. 从 1953 年起，水利部、特别是长江水利委员会及其负责人林一山，就以各种方式向毛泽东和党中央建议，尽快上马三峡工程。1955 年底，国务院一次谈到三峡工程的会议上，众口一词认为应尽快动工，李锐却从当时国情实际出发，认为为时尚早，提出反对意见。但到 1956 年夏，毛泽东在《水调歌头·游泳》一词中写道："更立西江石壁，截断巫山云雨，高峡出平湖。神女应无恙，当惊世界殊。"表示了他对三峡工程的兴趣。于是，同年 9 月间，如李锐所说："当时真是'山雨欲来风满楼'，似乎三峡工程很快就要上马了。"可是李锐仍然一再写文章反对。1958 年南宁会议是一次反反冒进的会议。会上，由于反冒进，周总理挨了批评，陈云受到攻击，气氛很紧张。然而，当李锐受命到会与林一山共同论证三峡工程是否应尽快上马时，即使毛泽东秘书田家英等人为他捏了一把汗，他还是据理力争，坚持自己的意见。这一次，幸亏毛泽东同意了他的意见，并任命他兼任自己的秘书。此后，从 1958 年 7 月到 1959 年 3 月，他不顾毛泽东对"大跃进"的热情,给他写了3封劝其降温的信。

2.1959年7—8月庐山会议期间,当毛泽东倚其崇高威望,专断地、错误地扭转会议进程,从反"左"变为反对右倾机会主义,批斗"彭(德怀)黄(克诚)张(闻天)周(小舟)反党集团"时,李锐根据当时"三面红旗"造成的对国计民生的严重损害和广大人民群众的意见,即使在毛主席找胡乔木、周小舟、周惠、田家英和他谈话、启发他们不要倒向彭德怀一边以后,他仍然坚持认为彭给毛的信精神是好的。其结果,他受到批判,被定为"彭黄张周反党集团"成员,撤销一切职务,开除党籍,下放劳动。

3.1967年8月间,李锐在安徽磨子潭水电站劳动,北京一个专案组几个人,持中央办公厅和公安部介绍信找到他,要他交代同胡乔木、吴冷西和田家英的关系,并说专案组组长是周总理。他不顾当时自己待罪之身,却说:毛主席周围的人最危险的,不是他们3个人,而是陈伯达,并举出事例以资证明。当时,陈伯达是中央文革小组组长,红得发紫,权倾一时,摸这个老虎屁股,当然是要担极大风险的。果然,1967年11月11日,一架专机将他从安徽送到北京,关进秦城监狱8年,几至送命,但是他在狱中给任何人写"证明材料"时,还是秉笔直书,从不为开脱自己着想。

1979年李锐平反,回到北京复职。虽然20年来,他由于为了人民、国家和党的利益坚持真理、敢说真话,被打成右倾机会主义分子,被撤销一切职务,被开除出党,妻子和他离婚,坐牢8年,但他并不后悔,而且"旧性犹在"。他完全同意邓小平领导下实行的改革开放大业,而且也像邓小平一样认为,对这一大业有右的和"左"的两方面干扰,但最主要的、根深蒂固的还是"左"。因此,为了改革开放大业的顺利进行,必须反"左"和防"左"。但是,"左"的理论和路线其所以顽固不化,是由于许多人在历史惯性力量的作用下,认为"左"主观上是革命的,动机是好的,犯错误不过是方法问题,不会有任何危险;而对被视为右倾错误,则认为是立场问题,照例会受重大处分。所以,社会上就存在一种"右倾危险,'左'倾保险,'左'比右好"的、庸俗的传统观念。只有不计较个人得失,完全为人民和国家利益着想的人,才有勇气反"左"。李锐就是这样的人。改革开放以来,他不独在工作中反"左",而且写了大量文章,从理论上反"左"和防"左"。离休以后,仍然乐此不疲。1997年他80岁时列席中共十五大,就提出了长篇书面发言：《关于防"左"的感想和意见》。为了邓小平提出的三个"有利于"，他不独指出了毛泽东、特别是晚年毛泽东的"左"倾错误，也指出了其他经典作家这方面的错误。除全面反"左"外，他特别强调反专制、加强社会主义民主和法制。在前面提到的中共十六大上的发言中他说："要真正保持稳定，要'与时俱进'、'全球接轨'，要先进生产力和先进文化持续发展，关键还在改革不合时宜的旧政治体制，加快民主政治建设，使国家真正走上民主化、科学化、法治化的长治久安之道。中外历史证明，专制乃动乱之源；如苏联自溃，总根在此。只有民主化才能现代化，这是 20 世纪尤其二战后的世界潮流，顺之者昌，逆之者亡；一个国家如此，一个党也如此。"这个发言引起国内外好评如潮，足见它是合乎人心的。

我对李锐同志知之不多，但仅就以上这些，我认为可以下这样的评语：他是中国人民的"脊梁"，知识分子的"榜样"，中国社会发展道路的"校正仪"。作为武汉大学的一名教师，我以武汉大学有这样的校友而自豪。

2003 年 3 月 12 日于珞珈山
载《武大校友通讯》2003 年第 1 辑

怀念周鲠生校长

武汉大学建校 110 周年纪念即将来临之际，因《武汉大学报》约稿，我重读了《武汉大学校史简编》（1913—1949）等有关资料，不禁深深怀念起周鲠生校长来。

我怀念周校长，除了作为著名国家法学者他在学术上的重大贡献外，还有两个重要原因，现分述如下。

第一，在中国历史经历翻天覆地变化，新旧中国交替之际，他站稳了脚跟，经受住了历史考验，并作出了贡献。他是 1945 年 7 月接任武汉大学校长的，直到 1949 年 5 月武汉解放，这 4 年，正是中国人民在中国共产党的领导下，对腐败无能、作垂死挣扎的国民党政权进行最后打击的 4 年，为图苟延残喘，蒋政权对大学实行高压、严管政策。作为校长，周先生当时虽不相信共产主义，但由于他尊重思想自由、爱护学校师生、并日益认清形势，对国民党的倒行逆施，他只是表面依从，实际上是站在进步师生、也就是人民一边的。比如 1947 年进步学生反饥饿、反迫害、反内战运动时，他总是暗中保护学生，到发生"6·1"惨案时，他和学校教授会约集的 18 名教授共赴武汉行辕保释被捕师生，并抗议国民党中央社发出的歪曲事实真相的报道，要求追究责任，使被捕师生得以释放。又比如，1948 年 7 月，国民党武汉特别刑庭胁迫武汉大学将崔明三等 18 名学生立即送该刑庭受审，周校长在学生正义要求下，立即采取营救措施；学校派人派车护送学生辩护；多次拒绝敌人无理要求，坚决抵制就地逮捕学生。最后使反动派阴谋未能得逞，18 名受审学生均安全脱险。此外，从我自己的经验中，对周先生的这种正义立场也是深有体会的。从 1949 年年初起，我已在中共武汉地下市委的领导下从事地下工作，周先生通过侧面了解，他是知道这一事实的，但他只是希望我的活动谨慎些，并未对我施压。比如,临近解放前,我在中共武汉地下市委组织部长江浩然的领导下,通过武汉大学教授会呼吁局部和平运动(实际是要求白崇禧部队在解放军南下时和平离开武汉),为取得学校当局的支持,约好周校长的爱徒张培刚教授一起去见周校长。当时,他正送一位客人出门。等客人走后,他对我们说,刚才送走的是白崇禧参议,他是来要求学校严管和镇压你们活动的,你们千万要小心。

由于周校长的这种开明、正义立场,及其在稳定学校秩序、护校保产、支持革命事业方面的重要作用,武汉大学党组织发动全校师生祝贺了他的60华诞。周校长在师生的感召下,决定抵制国民党迁校桂林的阴谋,护校保产,迎接解放。因此之故,党在接管武大完毕后研究重建武汉大学领导机构时,曾考虑仍由周先生继长武汉大学。现在看来,这未尝不是一个正确决策。

第二,周先生不独在领导武汉大学的4年间在极困难条件下取得很大成就,而且即使从现在看来,他也是个称职的、有作为的校长。成绩摆在那里,我们这里只就后一个问题谈谈我们的看法。据《武汉大学校史简编》介绍,周先生的办学思想有以下几点:1. 要有建设一等大学的战略眼光。为此,他要求师生们"对于这种可能的扩张"要有充分的思想准备;在发展上要质量并重。2. 注重基础理论,增加教学效能。为此,就必须"充实学术","就必须加入新的人才"。3. 要"造人"与"出品"相结合,即既要造就人才,又要拿出有价值的学术成果。4. 政府应当允许高等学校"自由发展";5. 要"使学校一切避免衙门的习气,维护学术的尊严"。照我看,这5条办学思想现在仍然是适用的。再从实践方面看,周先生也不愧是一个好大学校长。比如,蔡元培先生长北京大学时取得成功的重要原因,大家认为是他的兼收并蓄的主张。我虽然未见到周先生这方面言论,但他是这样做的。在他任校长期间,教授中不仅有缪朗山、邬保良、杨东莼等进步人士,也有坚决反共、反鲁迅的苏雪林,和坚决反对新文化运动的吴宓。又比如,梅贻琦领导清华大学取得成功的重要原因之一,是他重视"大师"的延聘,周先生也是这样做的,他还特别重视那些虽未成名、但具有发展潜力的人才。所以我认为,要是没有国民党反动政权的干扰和控制,要是像清华那样有固定而比较充足的经费,周先生是可以领导武汉大学取得更大的成就的。这就是我在纪念武汉大学建校 110 周年前夕怀念他的原因。同时,我也认为他是值得今天办大学的人学习的。

2003 年 9 月 1 日于求索斋

载 2003 年 9 月 16 日《武汉大学报》

天助自助者

——忆先师费孝通教授

费孝通先生是吴文藻教授最得意的学生。他 1930 年插入燕京大学社会学系学习时，正值吴先生致力于社会学中国化事业的初期。他此前所受的教育，使他相信吴先生做学问的方向是完全正确的，愿意跟着他走。吴先生也为他精心安排了学习的道路。1933 年燕京毕业后，吴先生让他投考清华大学研究院，师从著名人类学家史禄国教授学习人类学，打下了扎实的体质人类学基础。1935 年获清华大学硕士学位，因成绩优异，还获得公费赴英留学资格。接着，吴先生又为他联系到了去广西大瑶山瑶族社区进行调查研究的机会。这时，费先生有一位志同道合的热恋女友，也是吴先生燕京高材生叫王同惠。她读一年级时，费先生读四年级。两人相识后，费先生刚译完一本英文著作《社会变迁》，王同惠则正在翻译一本法文著作《甘肃土人的婚姻》。这种译事大大加强了他们两人的亲密关系。当王要求阅读费的译稿时，费建议她对着英文原版书边阅边校，将来作为两人合译书出版。王提出一个"对等原则"，要费对着法文原版书阅校她的译稿，将来也作为合译本出版。在合作译校《甘肃土人的婚姻》时，王曾问费：为什么我们中国人不能自己写这样的书？实际上，像费孝通一样，她当时已深受吴文藻社会学中国化思想的影响，极有志于从事社区调查研究工作，写出中国人自己的社会学、人类学著作。因此，当她知道费先生有机会去广西大瑶山进行社区调查时，极愿一同前往，认为这是实现自己梦想的良机。吴先生也觉得，有个女性参加，对了解瑶族妇女和家庭生活有利。于是，他俩便在暑假开始时举行了婚礼，作为夫妇，从 1935 年 10 月 11 日起，开始了广西大瑶山瑶族社区调查。但极其不幸的是，在他们调查计划完成前的一个多月，1935 年 12 月 16 日，费先生遇险受重伤,王同惠为了救他坠下悬崖牺牲了,他们的婚姻生活只有 108 天。费孝通痛不欲生,认为自己活下来只是为了实现爱妻牺牲前夕两人共同立下的志愿:写出并出版一部《中国社会组织的各种型式》的巨著。

1936 年养伤期间,费先生在将大瑶山调查材料整理成《花蓝瑶社会组织》书稿后,接受他姐姐费达生的劝告,于初夏时到老家江苏吴江县开弦弓村小住一段时间,一边养病、休息,一边看看村里他姐姐主持经办的合作社丝厂的情况。刚住进丝厂时,他并未想到要在这里进行社区调查,一旦亲眼看到这里农民劳动与现代缫丝机器的结合,他的心灵就被触动、被吸引住了。他为这个现代工业进入中国农村的新鲜而有重要意义的场面所激动,清楚地意识到:"开弦弓是中国蚕丝业的重要中心之一。因此,可以把这个村子作为在中国工业变迁过程中有代表性的例子;主要变化是工厂代替了家庭手工业系统,并从而产生的社会问题。工业化是一个普遍过程,目前仍在我国进行着,世界各地也有这样的变迁。在中国,工业的发展问题更有实际的意义,但至今没有任何人在全面了解农村社会组织的同时,对这个问题进行过深入的研究。此外,在过去 10 年中,开弦弓村曾经进行过蚕丝业改革的实验。社会改革活动对于中国的社会变迁是息息相关的;应该以客观的态度仔细分析各种社会变迁。通过这样的分析,有可能揭示或发现某些重要的但迄今未被注意到的问题。"(费孝通:《江村经济》,江苏人民出版社,1986,第 18 页)

基于以上认识,费先生用两个月时间,在姐姐帮助下,顺利地对开弦弓村进行了认真的社区调查,获得了丰富而有用的资料。据费先生后来回忆,他进行这次社区调查,还有两个目的:一是为了对得住为他而牺牲的爱妻王同惠,实现她生前未竟的志愿;一是为了证实当时尚不大见信于社会人类学界的他的一种信念,即认为一向用来研究野蛮社区的社区调查法,也可用来研究文明社区。假如他这次的社区调查研究成功,其成果为社会人类学界所接受,那么,他就使人类学从野蛮社区研究转入文明社区研究跨出了第一步,其意义是非常重大的。

1936 年 9 月初,费孝通带着《花蓝瑶社会组织》书稿和开弦弓村调查资料赴英留学,并在船上将开弦弓村调查资料整理成书稿,称为《江村经济》。这也是吴文藻教授为他安排的。原来,英国伦敦经济政治学院人类学系有一位英籍波兰裔著名人类学家马林诺夫斯基(Bronislaw Malinowski)。他是功能学派开山人物,社区研究首创者。1922 年,他出版了当时震动人类学界的《西太平洋的航海者》一书。这本书是根据第一次世界大战期间,他在美拉尼西亚的一个小岛上,用土著语言、与土著共同生活作亲密细致调查所收集材料写成的,书中对该部落的政治、经济、宗教信仰、风俗习惯等各方面的相互关系,作了全面深入的描述,成为功能学派的代表作。这样,不独马林诺夫斯基成为声威卓著的人类学家,他所在的学院成为英国乃至整个欧洲公认的人类学学术中心;而且不到 10 年,功能学派也成为人类学中最有权威的学派。然而,物极必反,马林诺夫斯基这种在"野蛮的"、"原始的"、"部落的"或"有文字前的"社会进行的社区调查研究,日益公式化;而且未经调查研究的这种社会也迅速减少,几尽枯竭。因此,马林诺夫斯基急欲将其野蛮社区调查研究法试用于调查研究现代社会,即文明社区调查研究,他早就将自己主持的席明纳(即讨论课)定位为"今天的人类学"。

当费孝通在伦敦经济政治学院人类学系注册时,马林诺夫斯基和吴文藻都在美国哈佛大学参加建校 300 周年纪念会。当他了解到吴文藻的社区研究计划和费孝通已完成的两项社区调查、特别是开弦弓村调查时,他非常兴奋,认为和他的"今天的人类学"研究计划不谋而合。回到英国后,便从他的学生、费孝通原导师那里要来费孝通,自任其导师,并同意原导师意见,根据费孝通《江村经济》书稿内容,确定以"中国农民的生活"作为其博士论文题目。此后两年,这篇论文经过与导师以及在导师主持的席明纳上一章一章地讨论、修改,然后才定稿。在论文答辩通过的那天晚上,马林诺夫斯基将论文推荐给伦敦劳特利奇(Routledge)书局,并应该书局之请为论文作序,称:"我敢于预言费孝通博士的《中国农民的生活》(Peasant Life in China)一书将被认为是人类学实地调查和理论工作发展中的一个里程碑。此书有一些杰出的优点,每一点都标志着一个新的发展";"此书的某些段落确实可以被看作是应用社会学和人类学的宪章";"我怀着十分钦佩的心情阅读了费博士那明确的令人信服的论点和生动翔实的描写,时感令人嫉妒。他书中所表露的很多箴言和原则,也是我过去在相当一段时间内所主张和宣扬的,但可惜我自己却没有机会去实践它。"

马林诺夫斯基的推荐和赞誉,使费先生的《中国农民的生活》(亦称《江村经济》)一书蜚声国际,几乎成为全世界各大学社会学与文化人类学专业的必读参考书。他的成就,固然建基于他长期从事社区调查研究的理论与实践的辛勤劳动,但和他有幸遇上马林诺夫斯基这位恩师是不无关系的。

1938年初秋,费孝通在看到《中国农民的生活》清样后回国,任云南大学社会学系教授,并主持燕大-云大社会学实地调查工作站(亦称社会学研究室),从事实地调查。两周后,他便一头钻进了农村,于11月15日至12月23日,在云南禄丰县农村进行实地调查。1939年上学期,他到西南联大兼课,讲授《生育制度》。我选读了这门课,于是便成了他的学生。当时,他长我还不到3岁,师生间无拘无束,既是师生,也像朋友。我和清华社会学系同学张宗颖、史国衡、张之毅等常常到他家去请教,和贤良好客的费师母孟吟也熟悉。他讲课方式自成一格,和现在某些让学生"上课记笔记、下课背笔记、考试抄笔记"的大学教授讲课方式迥然不同,既无教科书,也没有讲稿;用中文,有时也用英文;内容海阔天空,旁征博引。知识面窄而又不习惯于思考的学生,也许听完这门课后印象不深,所获无多。但是,如果你知识面较宽,听课时注意思考,善于捕捉他讲课内容的精华,你就不仅能获得这门课程的基本知识,还能触类旁通,联想到与这门课程有关的一些学术问题与社会问题,使你学术视野开阔,深思遐想,渴望遨游更加宽广而灿烂辉煌的学术殿堂。

更加不拘一格的是费先生的考试方法。他在《生育制度》课结业考试时,出了两道题。他说:"做两道可以,做一道也行;按照我讲课内容答可以,只要你言之有理有据,你自出心裁也行。"出题以后,他并不监考,却离开了教室。不过,在这种情形下,学生也无法抄书。我当时只做了一道题,而且完全是根据我自己关于这门课程的知识和推论来作答的。幸运的是,费先生给了我全班最高分。

由于我毕业后去了重庆,没有参加费先生在呈贡县魁阁组织的学术活动,此后数十年,虽然常常读到他的著作,也见过好多次面,但他的官越做越大,虽不能说有云泥之隔,却几乎再也没有享受到像在西南联大时那样无拘无束地亲受其教育的愉快。1997 年,他为我主编的《改革开放的社会学研究》(武汉大学出版社出版)题写了书名。

2007 年 4 月 8 日于珞珈山

载 2007 年第 8 期《书屋》

重视实证研究、胸襟开阔的陈达教授

　　陈达教授是清华大学社会学系的创始人,任清华大学和西南联合大学教授兼社会学系主任 10 余年,解放前曾被选为中央研究院院士。他在美国留学期间,跟随哥伦比亚大学著名社会学家奥格本(William F. Ogburn)等研习社会学。1923 年,获得该校博士学位。学习社会学的人一般都知道,社会学起源于欧洲,但是传到美国后为时不久,美国社会学研究的声望便超越了欧洲,其主要原因,乃是欧洲此前社会学偏于理论研究,而美国的社会学偏于实证研究。当然,按照社会学创始人孔德(Auguste Comte)的说法,实证精神不仅是经验的验证,也包括理论的验证。但此前欧洲社会学研究偏重理论的验证,传到美国后则两者兼而有之,而且强调经验的验证。陈达深受美国这种社会学主流研究法的影响,平生非常重视实证研究。他的博士论文《华侨——关于劳动条件的专门考察》,就是他对美国华侨实地调查研究的成果。这篇论文通过后,立即受到美国出版界重视,同年出版了英文版。1923 年回国后,他到清华任教。从该年起,一直到 1952 年,在这 29 年中,他亲自主持或参与了 24 次社会调查工作,并长期担任清华大学国情普查研究所所长,在云南呈贡县进行人口普查研究工作。他的主要著作有:《中国劳工问题》(1929)、《人口问题》(1934)、《南洋华侨与闽粤社会》(1938)、《南洋华侨之福建、广东社会》(1939 年日文版)、《华南侨乡》(1940 年英文版)和《现代中国人口》(1946 年英文版)。陈先生的这些著作,材料丰富,不事空谈,完全用事实说话,深受中外学者重视,使他赢得了国际声誉。

　　我虽然只选读了陈先生的《人口问题》课程,但却读了他的三大名著:《人口问题》、《中国劳工问题》和《南洋华侨与闽粤社会》。陈先生之为人和他的教学方法,与他的为学有些相似。他平时不苟言笑,衣履整洁朴素,讲究严谨踏实,不够灵活,缺乏亲和力。他上课时正襟危坐,按照事前准备的提纲,字斟句酌地讲,显得枯燥而无风趣。对他的这种教学法,同学们在课外有些闲言闲语。不知他是否有所耳闻,在上学期最后一课时,他郑重地问同学们对他讲课有何意见。由于陈先生名气大,日常态度严肃,大家平时虽有意见,但这时却噤若寒蝉。沉静了一会儿,我禁不住说:"陈先生这种讲课法,我曾琢磨过。我们每星期上课 3 次,共 6 小时;从宿舍到教室往返 1 次 1 小时,3 次共 3 小时;上课加往返,1 星期总共要花 9 小时。1 学期如以 18 星期计算,共为 162 小时。如果陈先生将讲课内容印成讲义发给我们,我们只要几小时或 1 天便可仔细阅读完毕,剩下的时间可以读别的书,不更好吗?"陈先生听了后,从他的脸色变化来看,是很生气的。但他克制着自己,没大发脾气,只是说:"照你这种说法,那么办大学便没什么必要了。"我说:"的确,这是我一再思考的问题。我曾问过潘先生、吴先生,他们也未给我满意的答复。"他说:"恐怕比潘先生、吴先生再高明的人也答复不了你这个问题。"后来我想,陈先生是可以说出办大学的作用的,只是当时在气头上,一时语促,所以没有正面作答。

下课以后,我失悔言词过激,伤了陈先生感情。同学们则为我捏一把汗,耽心我今后学习中会遇到困难。我虽觉得陈先生作为一个深有素养的大学者,即使一时生气,但绝不会长期放在心里。不过,我心里也不能说毫无芥蒂。然而,以后的事实证明,陈先生毕竟是一个胸襟旷达的大学者。他先是给我的课程论文打了 95 分,学年考试成绩也列全班之冠。由他指导的我的学士论文,也得了 95 分。而且毕业后,他还留我在他主持的清华大学国情普查研究所工作;当我因故要去重庆工作时,他又给我写介绍信,将我推荐给经济部属的资源委员会的负责人。1946 年我在美国芝加哥大学读书时,陈先生被邀请到芝加哥大学作《现代中国人口》(*Population in Modern China*)讲演。主持演讲会的是我的导师威廉·奥格本,也就是他在哥伦比亚大学读书时的老师。当他从奥格本那里知道我的《高等代数》和《高级统计学》两门课程的学习成绩特别突出时,他托人转告我,希望我专攻社会统计学,将来回清华任教。后来,我因对文化人类学、知识社会学更感兴趣,辜负了他的期望,但他的这种度量和他对学生的关心,我是永远记在心里的。

　　除胸襟旷达外,陈先生还有些事可记。反右时,陈先生因学术观点被错划为右派。但据清华社会学系校友王胜泉回忆,反右后有一年他去陈先生家贺春节,谈话中涉及到当时的中国人口问题,陈先生十分肯定地对他说:"中国人口太多,就会给经济建设带来负担,绝不会因为人多就力量大。中国人口规模非得控制不可。"王胜泉校友当时听到这些话大吃一惊。因为"人多力量大"是毛泽东的话,陈先生的这些话当时是被看作"反党反社会主义大毒草"的,反右时他的这种观点便被痛批过。然而为了坚持真理,他还是要说,足见他的骨气。另外,陈先生也不是不注意生活情趣的人。他非常喜欢打猎,而且猎技高明。有一次,一枪打下两只山鸡,每次向人谈起,总不禁笑逐颜开。有一次我去他家拜访问安,他招待我喝的茶充满玫瑰花香。

2007 年 4 月 30 日于珞珈山

载 2007 年第 5 辑《社会学家茶座》

谜语式革命生涯

——忆艾光增学长

1938年5至8月在西南联合大学蒙自分校读书时,我和艾光增学长同宿舍。他原是清华大学八级土木工程系同学,因参加革命活动坐过3次牢,耽误了一年多,乃转入十级经济学系,仍高我两个年级。像冯友兰教授一样,他蓄着一大把胡子,浓眉丹凤眼,显得憨厚、热情、沉着而又有风趣。我当时印象是,他很健谈,有点口无遮拦,除他婚姻生活中最隐秘事件外,也谈他参加革命活动的惊险故事。当他谈到他在南开中学读书期间帮助一位年轻美丽的女地下工作者的情节时,我非常为之神往。那是1930年春季的一天,经天津市一位地下工作者小段的介绍,一个年约十五六岁的漂亮女孩,以"表妹"的身份,前往会见,要求他代转家信。这个女孩,原是一位大富豪的掌上明珠,因思想进步,偷偷离开舒适温暖的家庭,跑到天津从事地下工作。他因此前已多次帮助过中国共产党的地下工作者,熟悉地下工作的严格纪律,所以并未询问她的姓名住址,便慨然应允,并成功地将她的信转给了她的父亲。后来,她的父亲给她寄来一大箱衣服,她只留下两件,其余都捐给了地下党领导的互济会。再后来,他又帮助她与其父会见,她父亲带给她一条金项链、一枚金戒指和一个金别针,她都捐给了党组织;并劝说其父捐出100银元,作为党组织的活动经费。此后,他俩关系日益亲密,相互绝对信任,她时常住宿在他的宿舍内。有次病重,他还抱着她去看医生,并为她服侍汤药,料理生活,一直到她病愈。但是,他们自始至终只是"表哥"和"表妹"的关系。我没有问他,这是否因为他当时已婚而且有两个孩子的缘故,他也没有说。

我听到这个美好动人的故事后,向他表示,我很想据此题材写一部小说。他平时把我当作小弟弟,这时装作老大哥的样子,半开玩笑地对我说:"那你就请我喝牛奶;每喝一杯牛奶,我就给你讲一段。"后来,我真的请他喝过牛奶,他也给我讲过两三次,但因彼此学习紧张,无结果而罢。7、8月间,他毕业后离开了学校,而且离开了云南,就再也没有听到他的消息。

1949年5月,武汉解放后不久,中国共产党派来军代表朱凡同志接管武汉大学,他的助手艾天秩原系清华大学研究生。我当时是中国共产党武汉地下市委正式外围组织"武汉市新民主主义教育协会"(简称新教协)武汉大学分会教授支部书记,参与接管活动,并被任命为协助接管委员会主席,因而了解到艾天秩乃是我清华学长艾光增的大儿子。不过当时由于接管事务繁忙,彼此又是初识,对于他父亲离校后经历,未及深谈。他只告诉我他的父亲已故,未言及其他。这些年来,我阅读了一些有关人士的回忆文章,才逐渐了解到当时许多人称之为"非党布尔什维克"的艾光增的更多情况。

艾光增出身于陕西北部米脂县一个大地主家庭,15岁左右,和一个西北军高级军官高树勋的女儿高秀如结婚。1930年21岁在南开中学读书时,已有两个儿子。他从小就思想进步,热爱祖国,积极参加革命活动。1930年春天他帮助过的那位年轻美丽的女地下工作者,就是后来写《新儿女英雄传》的著名进步女作家袁静。那个介绍袁静给他的小段,就是解放后任过中共北京市委书记的刘仁。1932年他考进清华大学后,袁静也因组织调配,考入国立北平艺术专科学校求学,两人又有了联系。据袁静回忆:"有一次晚上,月光如洗,杨柳轻拂,我和他沿着景山护城河散步谈心,我低声问他:'老艾呵,你爱国热情那么高,冲锋陷阵那么勇敢,你却不是一个共产党员,真是不可思议呵!'他叹了一口气,用浓重的陕北乡音说:'小袁,你不知道,在我们的家乡陕北米脂,封建思想很浓厚,都是早婚,我年纪不大,已经有两个儿子,我受妻子儿女的连累,没办法,不能当先锋队,当个小小的铺路石也好嘛!反正,我照样能爱国,照样能为革命做贡献,也许还能起到党员起不到的作用呢!'"(《清华校友通讯》复25册第118页)

关于这个问题,亦即艾光增是否党员的问题,后任中共湖南省委党校教授的艾天秩一直存疑。他说,袁静、刘仁、蒋南翔等都说他父亲不是党员,只是个比某些党员的革命意志远为坚定的赤色群众;也有一些可靠的老革命说他父亲是党员。他在 1940 年夏与父亲对榻长谈时,曾就此问题问过他父亲,他父亲笑而不答。他认为,按照他父亲坦诚认真的性格,如果他不是党员,他会回答不是的。除这个问题外,艾天秩觉得关于他的父亲还有一些不解之谜。比如,"七·七"事变时,艾光增正在米脂老家,非常兴奋,本来准备上前线杀敌。尽管他的祖父希望他留在米脂赚钱养家,但大家认为他是一定会上前线的。可是当大家正在猜测之时,他却向大姨姐家借了 200 元,离开了米脂。两个月后,家里接到他寄自北大、清华、南开联合组成的长沙临时大学的信,原来他去清华大学复学了。这件事使他们全家感到意外。更使艾天秩感到意外的是,艾光增大学毕业时,学校经济系有两个到国民党中央训练团计政班受短期训练的名额,这不仅是进步学生、也是绝大多数清华毕业生不屑考虑的去路,但艾光增却自动报名参加;而且另一报名者乃是清华尽人皆知的国民党的跟屁虫,艾光增的对立面。又比如,1940 年夏艾天秩往见父亲时,艾光增的职务是国民党陕南师管区同少校审核主任。在他住房桌上,摆有一套从来不看的《曾文正公家书》和一套《陈修园医书》。晚上,艾光增向他谈了他从大革命时期北京艺文中学中共党员校长被北洋军阀枪杀、他办理后事时起,直到"一二·九"运动中担任游行大队长等等革命活动,充满了对祖国、对革命的感情,使他深深感到与他父亲当时国民党军佐身份极不相称。再比如,1941 年 1 月,艾光增拒绝了上校军需官、同中校组长两项职务,却接受了国民党政府军政部计政署的调令,到河南第 38 补充兵训练处任同少校审核主任。

对于以上这些违反常情、一直难以理解的事件,艾天秩教授怀疑可能是"服从组织分配"。

1941 年 3 月,艾光增到河南第 38 补充兵训练处就任。5 月 15 日,正当皖南事变后第二次反共高潮时,他在午睡中被国民党人枪杀了,时年仅 32 岁,留下了一些不解之谜。现在想来,我在蒙自分校时认为他是个口无遮拦的健谈者,实际上这只是他的一个方面。另一方面,他对自己生平一些关键性事迹,是始终保持沉默的。

2007 年 5 月 27 日改旧作于珞珈山

无心插柳柳成荫

　　1938 年 8 月,设在昆明的西南联合大学,将它设在蒙自县城的分校撤销,让分校原辖的文学院和法商学院迁往昆明。作为分校学生,我也到了昆明。先暂住在好友闵征秀和他新婚妻子李琼芳租居的爱巢里。他们的房东有个十五六岁的女儿,比我年轻约七八岁,名叫苟淑仙,是昆华女子中学初中部学生。她时常来闵家与李琼芳闲聊,因而相识。她的形象不是特别姣好,更不是美人。但面目端正,睫毛较长,显出一些俊俏。特别是天真纯朴,心地善良,予人以好感。我一直把她看作一个小女孩,心无杂念。她却情窦初开,对我似乎很有兴趣;也许她从李琼芳那里听说我的学习成绩不错,更增加了我在她心目中的分量。

　　1939 年春季的一个周末,我和几个同学到昆华女子中学所在地的海晏镇去游玩。海晏镇在滇池边,风景很美。我们会见了她,她陪我们参观了学校。后来,我们又在附近的滇池里游泳。她殷勤招待,约了几个同学,向我们住的小旅店送来了洗脸盆、新毛巾、热水瓶等生活用品,使我们这个周末过得很愉快。回学校后,我给她写了一封感谢信,附带谈了一些人生道理,并赠给她一本朱光潜先生的《给青年的十二封信》。这本是人情之常,但也许使她更是心旌动摇,增加了对我的好感和我们之间的友谊。她回信内容我已记不清,但在我的印象里是很美好的,体现了当时当地一个少女的羞涩而诚挚的情怀。然而自此以后,我们只是偶尔在闵征秀和李琼芳的新居见见面,谈些闲话而已。直到 1940 年夏我毕业前夕,才约她到美丽静悄的翠湖去作一次夜游。除鼓励她努力学习、堂堂正正做人外,还在一排垂柳之下拥抱了她,吻了她的面颊。看来,她是很激动的。为了使她理解我们之间友情的限度,我告诉她,我在重庆有一位女友,但尚未订婚,我将往重庆和她会见。同时我还问她,作为我们友谊的永久纪念,她是否愿意明天陪我再作一次郊游。她娇羞满面地思考了一会,委婉地拒绝了。可是,我到重庆不久,就接到昆明同学转来的她寄到西南联大的一封热情洋溢的长信,不独答应陪我郊游,还深深盼望我们的友情像松柏一样,万古常青。我虽十分看重她的友情,但因到重庆后我和原来女友周世英的关系日益明确,准备订婚、结婚,就没有回信。

49年后,我清华级友窦振威重游昆明,会见了前妻梁淑英(窦、梁婚后感情一直很好,但因梁系独女,家人不愿意她陪同窦回甘肃老家才分手的)。梁和荀淑仙是同学,她告诉窦振威:近50年来,荀淑仙一直在怀念着我。于是,我便给她写了一封信,并附一张小照,和一篇发表在报刊上的别人写的我的小传。从此,我们又数次鱼雁传书,我还给她寄了几本我的专著和译著。她一再诚挚地劝我重游春城,准备给我做她的拿手好菜。我也极想去看看她和我定居春城的好友朱鸿恩,但始终未能如愿。最后,我寄给她一首五言古诗:

> 春风海晏镇,
> 夏夜翠湖心。
> 情谊如美酒,
> 思之犹醉人。

她回信说,你的诗固然很美、很动人,难道我们多年来的友谊,一首小诗就能了结? 我觉得这个问题难以作答,暂未回信。2004年,我找到一个旅伴,准备往游云南,事前给她一信。后来接到她女儿张雪芹6月3日来信说:"家母已于1997年7月6日驾鹤西去,留下缺憾不可弥补。你和家母多年的情谊冰清玉洁,令人可敬可叹。家母在世时,每每提到这一段未了的姻缘,常常便怆然若失。……你的来信我们已供奉于家母的遗像前,相信家母九泉之下终得慰藉。"

读罢此信,心情久久难平。除了深深感谢这一双情真意挚而又心地善良的母女外,我还能有何作为!

2007 年 5 月 28 日改旧作于珞珈山

博学、济世、风趣的社会学家潘光旦教授

（一）

潘光旦先生（1899—1967）不是社会学科班出身，但他家学渊源，从小就养成好读书习惯。不独中文底子极好，外文（主要是英文）也学得特别出色，英文写作词汇丰富，文采风流，深为师友所赞许。20 岁出头，他便博览群书。首先，他对中国古典文献的钻研既广且深，经、史、子、集之外，小说、稗官野史、方志、族谱，无不涉猎。不独 14 岁进清华学校前如此，在清华 8 年，他还利用自习时间和寒暑假继续阅读这些线装书，赴美留学时仍带有一本《十三经索引》。其次，他从少年时代起就喜欢性知识，大约 10 至 23 岁这 13 年间，他读了大量中外性心理学方面的书籍，包括英国著名性心理学家霭理士（Havelock Ellis）的 7 卷本《性心理学》（*Psychology of Sex*）和弗洛伊德（Sigmund Freud）的某些著作。

应该提及的是，他这方面的阅读和他父亲的鼓励分不开。其父潘鸿鼎，曾是清末翰林院编修，也曾任职于京师大学堂，思想较开明，赴日考察归来时，带有一位日本医生写的有关性卫生的书。当时光旦先生只有 12 岁。当他父亲了解到他阅读此书时，不仅不责怪他，还说这是一本青年应该读童年不妨读的书。再次，他为了方便阅读，大量买书藏书。为购买西方典籍，留美回国时只剩下一元钱。他买书不是为了装风雅、摆样子，而是认真阅读。他甚至将《英汉综合大词典》背得很熟，不独能说出其中每个词的各种词义，还能说出每个词的词源和有关掌故。

潘先生不仅博览群书，而且读书有得。1913—1922 年在清华学校学习时，总是考第一。1922 年选读梁启超先生所授《中国历史研究法》课程时所写读书报告《冯小青考》，梁先生大为赞赏，批云："以吾弟头脑之莹

澈,可以为科学家;以吾弟情绪的深刻,可以为文学家。望将趣味集中,务成就其一,勿如鄙人之泛滥无归耳!"在美国读大学本科时,他按照常规插入三年级(注:清华学校毕业生学术水平相当于美国大学二年级肄业生),半年后因成绩特别优秀,所在大学教务长写信向他道歉,说他是应该插入四年级的。

潘先生在美国读大学本科时,主修生物学,旁及心理学。到哥伦比亚大学读硕士生时,主修动物学、遗传学,旁及古生物学、优生学、人类学、单细胞生物学、内分泌学等。同时,他对文学和哲学,也都感兴趣。1926 年回国后,直至 1933 年,他在上海任复旦大学、光华大学、吴淞政治大学、东吴大学等校教授(有时兼任教务长、文学院长),并兼任《新月》杂志,英文《中国评论周报》编辑,《华年》周刊、《优生》月刊主编。1934—1952 年间,任清华大学、西南联合大学教授(有时兼任清华教务长、秘书长、图书馆长,西南联大教务长、校务委员会委员)。1952 年院系调整时,调任中央民族学院教授。在这 40 年间,他结合教学、教育行政、出版等工作,研究和讲授过心理学、优生学、遗传学、进化论、家庭问题、人才学、谱牒学、中国社会思想史、西洋社会思想史、性心理学、教育学、民族学等。因此,他以学识渊博为人所知,被学界称为"学贯中西,融汇古今,打通文理"的学者。潘先生著述甚丰,内容涉及自然、人文、社会科学,还有时评、政论。已编成 14 卷、642 万字的《潘光旦文集》,由北京大学出版社于 2000 年 12 月出版。

潘先生虽然长期在大学社会学系任职,并常常以社会学家身份参与各种活动,但我们似乎可以说,他并不是一个严格意义的社会学家。他没有讲授过社会学原理、社会学概论、社会学史、社会学方法论这类课程,也没有这类著作。他的社会学理论和思想,是体现在他的各种著作中涉及人类社会的形成、结构、演变过程、应遵循规律和方向的论述之中的,是体现在他深深钟情于社会改革、社会进步的学术旨趣之中的。不过,他虽非严格意义的社会学家,却超越了社会学家,在优生学、性心理学、教育学、民族学、谱牒学等领域,都作出了重大贡献。比如优生学,从上世纪 20 年代起,他先后写成 7 本总名为《人文生物学论丛》的论文集,对于与优生学直接和间接相关的问题,作了多方面的探索。在性心理学方面,据研究潘先生的青年学者吕文浩研究,在这门学科的引介和本土化方面,潘先生无疑是首屈一指;他的著作《冯小青》,译著《性的道德》、《性的教育》和《性心理学》译注,树立了4块丰碑;无论从成就和影响力而言,他绝对是20世纪中国性文化史上第一流人物。在教育学方面,有的学者作过研究,认为潘先生以"位育"观为核心、以人格培养和通识教育为主要内容的系统教育理论,是十分丰富而有价值的。本文不打算全面介绍这种理论,只简单地谈谈他关于"位育"的基本思想。他借鉴《中庸》中"致中和,天地位焉,万物育焉"的意思,结合西方社会生物学观点论述道:"位"者,是"安其所也";"育"者,是"遂其生也",即所谓"安所遂生"。换言之,所谓"位育",就是强调作为生物个体及团体如何与环境相互协调。在人与环境相互作用之间,人应为主,环境为宾;人固不能妄自尊大,随意污染破坏环境,也不能妄自菲薄,受环境摆布。关键是两者如何相位相育,安所遂生。作为一个健全的现代社会,既要重视人文环境,又要根据自然环境,在此基础上给予社会成员充分发展机会,让每个成员都能找到实现自我价值的地方。教育的目的,就是促成这种位育的功能;从每个人的位育做起,终于达到全人类的位育。在民族学方面,根据黄柏权研究,潘先生在研究中外民族时,特别关注中华民族之命运、发展与振兴。他为此一共发表了19篇论文。为研究土家族,他不仅阅读了令人难以置信的大量文献,还一再深入到土家族、畲族等少数民族地区调查,从而不仅追溯了土家族与其先民——巴人的历史渊源,还找到了土家族作为一个民族与其他民族差异之所在,有力地论证了土家族是单一民族的理由,为国务院承认土家族为单一民族提供了根据。所以,有的人也称潘先生为优生学家、性心理学家、教育学家或民族学家。此外,有的人还结合潘先生从事过的社会活动和政治活动,称他是个集学者、思想家、社会活动家于一身的通才。

（二）

1936—1937学年我在清华园时,只知潘先生是清华社会学系教授兼清华教务长,提倡通才教育和优生学,但无缘亲识。到1938—1939学年时,才在西南联合大学选读了潘先生的《优生学》和《中国社会思想史》两门课程,课外读了潘先生某些著作。至于潘先生性心理学、民族学方面的著作和译著,我并未接触,是后来从其他学者的介绍中有所了解的。

潘先生的学说虽然扩大了我的学术视野,但对潘先生的学术思想,虽然很多部分我同意,但有的我并不同意,甚至反对。比如,作为社会学家,他认为一个健全社会不可偏废或忽视以下两纲六目中任何一纲一目。一是个人之纲,其中包括通性、性别、个性三目;二是社会之纲,其中包括与个人通性、性别、个性相应的社会秩序、种族绵延、人文进步三目。如果一个社会忽视了其中任何一纲一目,这个社会就是病态的。我认同这种说法。潘先生的教育思想、民主主义思想、优生学中消极优生学部分、性心理学中的某些基本内容以及民族学思想,我大都是同意的。至于潘先生对妇女问题、婚姻问题以及工业化利弊等问题的看法,我都不同意;潘先生关于积极优生学的论点,虽然费孝通先生评价很高,认为潘“先生关切的是人类的前途,提出了优生强种的目标和手段。达尔文只阐明了‘人类的由来’,而潘先生则百尺竿头更进一步,着眼于‘人类的演进。’”我开始是将信将疑,后来曾基本否定,现在是基本同意,但有时仍存疑。

潘先生对妇女问题的看法,深受英国性心理学家蔼理士影响。根据他所理解的生物学、心理学,强调男女显著的生理分化和不同的心理特点;根据优生学,强调妇女在种族血统延续和改良中扮演的重要角色。因此,男女不应受一律的教育,社会分工也应不同。比如婚姻中生殖功能是男女双方共同的责任,但对子女的孕育、营养、照看以及早期教育,妇女的作用无疑较男子的远为重要,因此妇女应在此过程中事先受相关教育,充分认识对子女抚养、教导的重要性以及这种重要性不下于妇女个人的经济独立和职业进取。这种男女从不同方面发挥其自身天性,相须相成,共同完成分工合作的社会职责,对个人的发育,对社会效益的提高,都是最合乎自然、合乎科学的。所以男女之间只应求“性的均衡”,而不能求“性的平等”。据此,潘先生像蔼理士一样,认为近代女权运动的宗旨是不正确的,因为它不顾男女身心的显著差别,和妇女在种族血统延续与改良中的重要作用,一味追求男女平等,一味模仿男子,认为男子有的女子都应有,男子干的女子都能干。其结果,女子一切都有了,就是没有做女人的权利。潘先生认为,近代女权运动是极少数女性、母性特薄的妇女发动和支撑的。她们争取恢复在父权社会中被压抑的妇女通性和个性没有错,但她们一味追求男女平等、让妇女放弃教养子女这一重要职责便不正确。对社会而言,对这些极少数女性、母性特薄的妇女应予以宽容和安排,而对绝大多数具有正常女性、母性妇女,问题就不是从家庭得到解放,而是让其安于正常家庭生活。

我其所以不同意潘先生对妇女问题的这种看法,首先是因为他过度强调了男女生理、心理的差异。实际上,他的这种看法只是生物学、心理学一方面的看法。另一种看法则认为,男女生理、心理虽有差异,但并不显著。20世纪人类社会发展的历史事实愈来愈证明,这后一种看法似乎更接进实际。其次我认为,潘先生特别强调妇女扮演教养子女角色的重要性,将使妇女失去经济独立的权利。妇女一旦失去这种权利,将有重新受奴役的危险。这是倒退,不是进步。另外,潘先生的性心理学反对对人的性欲的过度压抑,这是开明的思想。但是,为了解决这个问题,他主张"发乎情,止乎礼义",这有一定道理;但他主张早婚,这在现代社会小家庭制度下很难实行;至于他认为解决男子的多恋倾向问题可以允许男子纳妾,这就未免矫枉过正,对女性太不公平了。我认为这简直是父权社会的思想逻辑。我希望我从网上读到的这一信息不是真的。

关于婚姻问题,潘先生认为,新式婚姻主张恋爱绝对自由,绝对没有条件;必须完全自我裁可,他人不可赞一词。实际上,这种婚姻的好合程度并不比旧式婚姻高出许多。旧式婚姻注重婚姻背后的客观条件的般配程度,新式婚姻注重主观性很强的恋爱情绪的热烈程度,所谓"情人眼里出西施"。实际上,"西施"乃是自我恋在异性身上的投射,并非客观的存在,当事者最终总是会认识到这种假象的。所以,与其相信这种主观的假条件,不如相信婚姻背后的客观条件;建立在客观条件基础上的婚姻才是稳固的。我不同意潘先生这种看法的原因是,我认为潘先生所谓旧式婚姻背后客观条件的般配,并非婚姻当事人客观条件的般配,乃是其长辈客观条件的般配。旧社会男女订婚都是在婴少年时,当时的"门当户对",乃是订婚者长辈的门当户对。而世事变化无常,到订婚者达到结婚年龄时,很可能已不门当户对了。而且,双方的主观条件更可能不般配。所以,旧式婚姻虽有极少数般配的、好合的,甚至非常美满的,但大多数并不是幸福的,表面看来稳固,实际不过是凑合在一起而已。新式婚姻看起来虽不如旧式婚姻稳固,但一般说来,比旧式婚姻幸福。

关于工业化利弊的问题,我在1948年上海《观察》第5卷第10期上发表过一篇与潘先生争鸣的文章:《工业化的利弊——读了潘光旦先生〈工业化与人格〉一文以后》,此文曾被罗荣渠教授主编的《从西化到现代化》(北京大学出版社1990年版)和拙著《黎明前的沉思与憧憬——1948年文集》(武汉出版社2001年版)转载,这里就不谈了。

(三)

我虽不同意潘先生的某些学术思想,但对他的为人是很敬佩的。首先,他十分坚强。他在清华学校因跳高受伤而失去右腿,而且是1200度的高度近视,但经过艰苦锻炼,他行动敏捷,走路做事,从不落人后,而且他强烈的业余爱好是旅行;种种磨难,丝毫没有影响他做人为学的高尚志愿。闻一多先生因此曾为他刻过一枚"胜残补阙闲藏"的印章。其次,如费孝通先生所说,他能推己及人,自己觉得对的事才去做,自己感觉到不对的、不舒服的事,就不去那样对待别人。所以不管上下左右,朋友也好,保姆也好,都说他是个好人。第三,潘先生平易近人,热情好客,从来不摆大学者、名教授的架子,所以他家常常是"高朋满座"。他住在城内青莲街学士巷时,我独自去拜访他。他迁到市西郊大河埂居住时,我和同学张宗颖一同去过几次,每次都能喝到潘夫人自制的清甜的豆腐脑。一次遇见过后来蜚声国际的大数学家陈省身及其夫人,一次遇见过后来名闻遐迩的历史地理学家谭其骧。还有一件事很能说明潘先生这种平易近人的性格。在西南联大期间,清华、北大、南开各自建置仍然存在,昆明府甬道有个清华人宿舍,其中十几位住户常在客厅里打麻将打到深夜,既扰邻居,还引来小偷。有人告到潘先生那里,他写信给那些麻将客说:"听说你们近来常打麻将到很晚,这不好,希望你们刹住。"但他话锋一转,又说:"其实打麻将也没什么不好,娱乐一下也不错,我也偶尔打打,只是应该找个合适的时间。"接着话锋再一转:"如果各位有兴趣,不妨找个星期天,找舍下打几圈,如何?"从此以后,府甬道宿舍再也不闻麻将声了。第四,潘先生风趣幽默,喜欢开玩笑和自我调侃。1937 年,清华大学在长沙岳麓山建新校舍,其旁有一农业学校,其蚕室占清华新址一角,洽让成功。同年 11 月 1 日,清华与北大、南开联合组成的长沙临时大学开学后,拟以此蚕室作为土木工程系教师宿舍。一次,潘先生和冯友兰、陈岱孙、施嘉炀(土木工程系主任)3 教授一起去查看,潘先生笑问施先生:公等何日可下蚕室?(注:他这里说的蚕室暗指受宫刑者的牢房)冯先生听后叹道:真是文章误我,我误妻房! 在清华园时,有一次他在校园雪地里架拐行走,一个小男孩发现其留下印迹,以为是什么小动物留下的,追踪到他时对他说:"我几次发现这种印迹,以为是小狗小猫留下的,原来是你。"潘先生觉得好玩,回到家里笑嘻嘻地把这件事告诉了家人。被错划成右派后,潘先生目力日弱,有人开玩笑说:你这人眼力不行,立场、观点都有问题。他答云:我不仅立场、观点有问题,方法也有问题,因为我架的是两条美国的拐杖。潘先生还有妙语三则:①请华社会学系毕业生周荣德和冯荣女士结婚时,潘先生赠一横幅,上书"一德共荣"4 字;②清华女同学黎宪初在校时,与欧阳采薇等 4 女生被称为"四喜元子",她选在 1 月 15 日结婚,宴客于三和酒家,潘先生赠喜联云:三和四喜元夜双星;③赵访熊教授结婚日天雨,有客说"天公太平洋不作美。"潘先生说:"此言差矣。既云且雨,天地交泰之象,是天公为新夫妇现身说法,大可贺也。"

　　潘先生有几件轶事很值得一提。1936 年,潘先生住在清华园新南院11 号。他家种的一株葫芦藤上,结出一对并蒂葫芦,非常对称。有关专家告诉他,出现这种情况的概率大约是亿兆分之一。他非常珍视这并蒂葫芦,将其书房命名为"葫芦连理之斋",并请其舅父书匾挂在斋前。七·七事变后,他把这并蒂葫芦带到了昆明市西南联合大学。1946 年清华北返时,又将之携回清华园,慎重地藏在一个特制的三角形葫芦柜里。"文化大革命"期间,红卫兵抄家,把他珍玩 30 年的这并蒂葫芦随便丢弃在他家后门外。邻居费孝通先生实在不忍,捡回藏在自己家中。后来又经过一些波折,直到 1989 年,才回到潘先生大女儿手中。1939 年,他为了证实老鼠肉究竟是不能吃还是人们不愿意吃,说服家人做个试验。昆明的老鼠又肥又大,一次他捕杀了十几只,将肉洗净,用香油辣椒拌抄,请来客人共芍,先不说明,等客人吃了以后赞美时才揭密。这件事经媒体曝光,一时震动了整个昆明。后来听说有位教授夫人因其吃了潘家老鼠肉,威胁要和他离婚,不知确否。不过,当我问潘先生小女儿鼠肉味道如何时,她却说:"很好吃,又香又脆。"还有一件轶事是我在校友的文章里看到的。1949年秋,清华社会学系的迎新会上,有个余兴节目:让大家提出世界上一件最美或最丑的事物,一时意见纷呈,其中有个男同学竟说:世界上最丑的事物是潘先生的牙齿,惹得大家哄堂大笑,久久不能平静。的确,潘先生多年吸烟斗,满口牙齿黄得发黑,特别是他那东歪西倒的门牙,确实难看。最后,潘先生自己才笑嘻嘻地表态说:"我的牙齿确实不好看,但是否是世界上最丑的事物,还有待商榷。"又是一阵哄笑。

（四）

潘先生不仅平易近人,风趣幽默,而且胸襟豁达,真诚坦率,不隐瞒自己的观点。比如,他提倡优生学、反对女权运动、批评自由恋爱,常常不为人所理解,甚至受到攻击、谩骂,他仍然坚持自己的观点。又比如,解放初期,他虽愿意接受中共领导,但当中共在高等教育界积极进行课程改革、院系调整时,他思想不通,便公开主张"应该缓行"。应该说,他是一个肝胆相见、具有真正透明度的人。但是,他有一件事使我始终没有很好地理解。这就是:一直到近耳顺之年,无论别人从他的家世、历史、做人、为学哪一方面看,或他自己的检查,他的思想和中共的主流意识形态是有很大差距的,社会主义社会绝不是他安身立命之所,并在1957年被打成右派。但是,1958年3月—1959年3月在中央社会主义学院学习以后,到1959年12月,因表现较好,被摘掉右派帽子。自此以后,他就像换了个人,思想起了剧烈的变化。不独彻底地清理了旧思想,人们从他晚年日记中,发现他的政治态度积极、认真,常常反省思想改造以来自己的不足,有些言论甚至"左"得令人惊讶。人们还认为,他这种思想的剧烈变化,不像有些人是为了投革命之机,也不像有些人是在权势威慑面前说假话,他是真诚的。1963年,他通过参观访问解决了对"大跃进"运动的某些怀疑。1964年,他在民盟中央学习小组会上关于阶级问题的发言受到李维汉的表扬,他十分高兴。1965 年表现更佳,从解放初期的"重点帮助对象"变为"改造标兵"。"文化大革命"初期他受到很不公正的待遇,抄家、挨打、患病得不到正常医疗以至病死,如深知他的费孝通先生所说,他没有怨言。费先生还说:有的文章说先生"含冤而死",但先生不觉得冤,他看得很透,认为这是历史的必然,所以也不责怪毛泽东。

对于潘先生思想和政治态度的这种剧变,我一直是觉得难以理解的。费先生提供了一个解释,认为这是由于潘先生的"人格不是一般的高,很难学。"他还说:"造成他(指潘先生)的人格境界的根本,我认为就是儒家思想。"有的学者同意费先生这种解释,并作了较详细说明。这位学者说,潘先生虽是个自由主义者,但他反对一般自由主义者服膺的"个人主义"思想,所以他不是一个严格意义上的自由主义者。他所谓"自由",不是免于外来政治压迫的自由,而是基于个人自我认识和控制而得的内在的精神自由;他的"自由观"反对个人权利的绝对性,强调儒家思想中个人自我修养的内在自由。这就使他在讨论社会政治问题时不斤斤计较个人权利,更多关心国家、民族整体利益,甚至有时需要牺牲个人自由幸福以成全国家、民族利益。这是儒家思想要求的。而关注国家、民族整体利益,就使他能顺利接受中共领导,认真改造思想,无怨无悔地从事社会主义建设事业。

这种解释,当然有其理由,但仍值得讨论。为避免使本文篇幅过长,讨论留待异日,这里我只想说一句:可惜! 潘先生读经太多太久,中了儒学的毒。

2007 年 8 月 1 日于珞珈山

载 2007 年第 4 辑《社会学家茶座》

外　婆

　　我的外祖父姓喻,名字已忘记,湖北省黄陂县北乡喻家畈人,是个工商业者兼地主。他家除雇有几个雇农种田外,还有田产出租。同时,又在离家数百米的姚家集经营一个杂货铺和一个当铺,可算是个小小的殷实之家。外婆姓谌,人称谌太婆。至于她的名字,我却从未听说过。我随乡俗,称呼她为"家家"。她出生于一个很小的市镇的小商之家,形象一般,圆圆脸,皮肤结实,显得憨厚纯朴,却不见秀气。上世纪 10 年代下半叶我记事的时候,她 50 出头,生养了 3 个儿子两个女儿,俱已嫁娶。作为外祖父妻子,她的任务算是已经全部完成了。外祖父平时总住在集镇上,和一个情人同居,遇有重大红白喜事和春节期间回家时,也从来不在家里过夜,不与外婆打交道,夫妻形同陌路。由于雇有仆人,又有儿媳,外婆虽身体健康,却一般不参加家务劳动。对家庭重大事件,她无权过问,但因她正直善良,却受到家人邻里尊敬。她握有相当数量储蓄(所谓私房钱),所以经济上并不感到困难。

　　外祖父由于经营两个店铺,又养情妇,吃鸦片烟,严重地忽视了对后代的教育,外婆又无权管教,两个大儿子都染上鸦片烟瘾,读书、经商、种田,一无所成。孙辈之中,只有长孙学习成绩优秀,但小小年纪就成了鸦片烟鬼。几个外孙虽未染恶习,却大都看不出是庭前玉树。在第三代中,读书成绩特别优秀,能让长辈们寄予厚望,将来或可光耀门楣的,好像只有我一人。同时,我小时候自尊心比较强,比较自爱,不说脏话,不喜欢下流行为,也很少和别的孩子吵架打架。这样,我这个既有时间和精力,又具有一定经济基础的外婆,就几乎把全部的爱心和亲情,都倾注在我身上了。好像是两三岁以后,直到 15 岁前,许多时候我都是和她住在一起,睡在一个床上。多半的时候,是在他们村读私塾。她对我的生活,真是照顾得无微不至。夏天给我洗澡、扇凉、赶蚊子,冬天给我生火炉、暖被窝。一日三餐,为了保证我的营养和适应我的口味,也为了维持她对杯中物的爱好(她平生只有这一嗜好,但从来没有醉过),我们一般都开小灶。经常还有可口的零食。

外婆与政治无涉,也没有宗教信仰,从不对我说教,只希望我有一天能出人头地,因此我有充分的自由思想的空间。同时,她对我从无疾言厉色,和煦如春风,情感上很惬意。总之,直到今天,我从来没产生过对外婆不满意的感觉。

外婆没有文化,这是旧社会客观环境造成的。但是她的记忆力特别强,脑子里装满了许多儿歌和故事。她教给我的儿歌和故事中,我至今仍然记得的,儿歌方面有:

1. 鸦雀叫,穿红鞋,放牛大哥上学来。先生先生莫打我,回家吃口奶再来。

2. 三岁伢,会栽葱,一栽栽在河当中。过路的,莫伸手,留着让它开花结石榴。

3. 磨子磨,反唱歌。先生我,后生哥。娶我妈,我打锣。我从外婆门前过,外婆还在睡摇窝。

4. 扯磨,拉磨。磨的粑,白皤皤。隔壁好吃婆娘一吃吃了十六个,睡得半夜胀不过,爬起来上厕所,却到厨房打破了锅。

5. 小小丝瓜光溜溜,挑担白米上扬州。扬州爱我好白米,我爱扬州好丫头。大我三岁我不要,小我三岁跟我走。

外婆给我讲过的故事数不清。有关于牛郎和织女的,有关于梁山伯和祝英台的,有关于《西游记》和《封神榜》的,有关于二十四孝的,有关于八仙过海的,还有一些流行于黄陂、孝感两县花鼓戏剧本里的故事。关于牛郎、织女的故事,她是在夏天室外乘凉时给我讲的。她一面讲,一面指着天上的星星,说哪一颗是牛郎星,哪一颗是织女星。还说有一次织女告诉牛郎:以后少去看她,免得耽误了两人耕田织布的时间,牛郎反对,两人闹翻了,织女用织布的梭子打牛郎,牛郎用驾牛的额头还击;妇女不擅角斗,梭子掷得离牛郎很远的地方,男子善角斗,额头险中织女。她还指出了构图很像梭子的 4 颗星的组合和很像额头的 3 颗星的组合。她讲的梁祝故事,比现时传说的,有许多添油加醋的地方,很有趣。比如说,祝英台女扮男装,但女的奶比男的大,因此常有同学就此问题质疑她。她不好直接回答,就转个弯应对道:男子奶大为丞相,女子奶大为皇娘,奶大有什么不好? 比如,祝英台不能站着小便,只能蹲着,有的同学也就此问题问她,她同样转弯抹角应对道:站着撒尿狗尿墙,蹲着撒尿人中王。还有,当初祝英台闹着女扮男装去杭州读书时,她嫂嫂曾怀疑她是否能保持贞洁,她如是将一幅红绸埋在花园里一颗花下,说是如果她未能保持童贞,这幅红绸便会烂掉。但到她回家挖出这幅红绸时,仍完好如新,证明了她的清白。关于朱元璋少年时代的故事,她能讲很多。她说:朱元璋做皇帝是天生的,何以见得呢? 他小时候曾经做过放牛娃,有一次放牛时仰卧在地上,头枕放牛棍,两手伸成“一”字,两腿叉开,摆成一个“天”字。接着,一群蚂蚁就在他的下面摆成一个“子”字。两者组成“天子”二字。她还说,朱元璋给他舅父家放牛时,有一次把牛杀了,留着慢慢吃。为了应付舅父责问,他把牛尾巴埋在一个土地庙旁边的地里,留一节在外面,并告诉土地神说:“舅父向我要牛,我说牛钻到地里去了,他不相信,要来找。当他来扯牛尾巴时,你一定要学著做牛叫。”后来,朱元璋的舅父真的来找牛了。当他根据朱元璋的指点使劲扯那条牛尾巴时,土地神不敢违抗朱元璋嘱告,学起牛叫来。朱的舅父信以为真,他也就摆脱了困境。

当时听这些故事,我并不一定相信,但觉得很好玩,而且增加了我的民俗知识,促使我思考一些问题,也是有益的。

从 15 岁半起,我就离开了农村,也就很少再见到外婆了。然而 80 多年来,尽管沧海桑田,人间世一变再变,我总忘不了外婆对我的那种真正无私之爱。

　　　　　　　　　　　　　　2007 年 10 月 26 日于求索斋

绛帐春风

1929年9月到1935年7月，是我读中学的时代。在此期间，凡是授过我课的老师，除初中一个姓张和高中一个姓朱的以外，大都令我衷心感激，永远怀念。

初中（湖北省立汉阳第十二中学）姓张老师教我们历史，他在汉口日租界日本人办的同文中学兼课，有些亲日思想，同学们都不喜欢他，对他敬而远之。高中姓朱的是什么人呢？原来，我所考进的湖北省立武昌高级中学，是当时湖北省最好的高中，师资力量特强。后来，国民党CC派系力量挤了进来，攫取了校长和训育主任的职务。这个姓朱的是个不学无术的国民党党棍，靠吹牛拍马、奴颜婢膝，成了这个学校训育员，兼授一般学有所长、洁身自好的教师们都不愿承担的党义课。他在讲孙中山的《建国方略》时，说孙中山倡议在沿海建设的商港，有南方大港、东方大港、北方大港，还有西方大港。此语一出，学生大哗。中国西陲无海，何来港口可建？于是，学生们给这位朱训育员取了个诨名，叫做"西方大港"。尽管同学们一再要求开除他，但国民党组织还是把他当宝贝留了下来。不过，也只有像他这样脸皮厚的人，才能赖着不走。

"西方大港"是党治学校留下的丑闻，我们可以而且应当弃之如敝屣。现在我将满怀温情地回忆我亲沐其教诲的一些中学老师。这些老师的共同特点是：他们大都受过一个时期中国的传统教育，旧学有些根底，重视师生关系中的人情味；同时，他们又受过新文化运动和"五四"运动的洗礼，既热爱祖国，却又对中国传统文化价值进行批判，输入西方新文化，思想上倾向自由主义，对政治没有兴趣，尽量与蒋介石政权保持距离。除极少数外，初中老师大都是武昌高等师范学校（武汉大学前身）毕业生，高中老师大都是北京大学毕业生。比较起来，初中老师和学生更加亲切。初中教我国文的老师姓舒,是个前清秀才。不独旧学根底好,由于深受新文化运动影响,他思想并不守旧,很喜爱鲁迅著作,讲起鲁迅杂文来眉飞色舞,兴趣盎然。同学们都很敬爱他,师生关系融洽。课堂上,同学们常常要求他抛开课文,讲《聊斋志异》中故事,或李清照、李后主的词作,他往往也适当地满足同学们的要求;课堂下,同学们常到他宿舍去请教,听他讲故事,讲为学做人的道理。他总是和颜悦色,让同学们如坐春风。他和我的关系,似乎又更深一层。他看重我的文章,从我的第一篇作文起,无论文言白话,他总是批上"传观"二字,让全班40个左右同学观摩。这样,就不仅使我这个初从农村来到城市的、土里土气的少年逐渐摆脱了自卑情绪,还使我更加钻研写作技巧,注意观察生活,勤于思考,提高自己的写作水平。至今想来,他对我的爱护和鼓励,实在使我受益良多。教我们英文的是学校校长张斌。他的英语有相当水平,教学效果也不错。但他行政事务繁忙,不能像舒先生那样和学生多接触。不过,他对学生是很关心的。他认为学生上学主要是为了学知识,所以非常看重学生学习成绩,反对学生参与政治活动,特别担心学生受到国民党的政治迫害。因为我当时学习成绩突出,经常在班上考头名,他很喜欢我。在二年级时,因学校伙食不好,有一次我和同班两三个同学在学校附近一个善堂(注:从事慈善事业的私营机构)搭伙,改善生活。他知道后,怀疑我可能是从事秘密政治活动,特别找我谈了一次话,劝我专心学业,不要误入歧途。然而到"九·一八事变"后,当我组织学生义勇军、在报纸上发表文章批评国民党不抵抗政策时,他却是完全放任的。教我们的数学老师姓韩,是个日本留学生,年事较高,有点卖老,但为人刚正善良,教学效果不错,我的学年总平均成绩有时达到100分(满分)。尽管我似乎没有听到他公开赞扬我,但我可清楚地体会到他是欣赏我这个学生的。教党义课的教师姓王,他虽名义上是训育主任,却尽可能疏远蒋介石政权。他很敬业,但不是教育学生靠拢国民党,而是关心学生生活,教育学生堂堂正正做人。有一个时期,同学们常常被盗,生活不安定,影响学习。他经过细致调查研究,感到作案的人可能就是学生。于是,他常常白天悄悄到学生宿舍去,偷偷睡在家境比较富裕的挂着蚊帐的同学的床上。有一次,他就这样逮着了那个进来盗窃床下箱子里财物的人。他是个二年级学生,不独学习成绩好,还是个富家子弟。他不缺财物,但患有严重盗窃癖。他盗窃财物都原封不动地保存在他的行旅箱里。案子破了,同学们也就安心下来学习了。王先生也是个十分喜欢学习成绩优秀学生的老师,我初中毕业后,还一直关心着我的前途。我高中毕业考取北京大学无钱入校,他十分惋惜。第二年我考取清华大学公费生,他惊喜不置。因为当时我住在老同学刘后利汉阳家里,离他家不远,他准备了家宴,让他女儿来力邀我去午餐,为我庆贺。教我们地理的老师陈范九,更是我的恩师。在学校时,他不仅业务好,教学效果优良,使同学们对这门所谓副课感到兴趣,学得踏实。他还兼任训育员,关心学生生活和学业。学校规定学生宿舍每晚22时熄灯就寝,不准再说话。我有时不守规矩,他在查房时听到了,从不厉声谴责,只是轻声劝告:"刘绪贻呀,不要再说话了吧!"不记得是二年级下学期或三年级上学期,我因有些骄傲自满,学期总成绩降到第二或第三名。他有一次找到我,轻言细语地对我说:"刘绪贻,注意呀,有人跑到你前面去了哩!"后来我回到第一,和他的关心是分不开的。像王老师一样,他对我的关心也是长期的。"七·七事变"后,我面临两个问题:一个问题是,留在清华继续学习呢? 还是去参军抗日? 另一个问题是,如果留在清华继续学习,国难期间清华公费停止,我如何解决经费问题。这时候,陈范九先生任武汉市第六小学校长,我去问计于他,并请他帮助。他经过仔细考虑以后对我说:"中国抗战结束以后还要建国,建国是需要大量优秀人才的;你的资质和性格适于为学,你应该回清华去继续学业。关于学习经费问题,我可以帮你解决。首先是解决去昆明的旅费(注:此时清华、北大、南开3个大学已在昆明共同组成西南联合大学)问题。目前,我们学校正缺一个教师,你可以来代课。你教两个月或一个月零一天,我都发你两个月工资。原工资为每月60元,国难期间打七折,为每月42元,两个月84元。除去14元伙食费,还剩70元,够去昆明旅费了。将来如果清华不恢复公费,你需要帮助时,可以写信给我,我负责帮助你到毕业。我当年读书时也很穷,是一个有钱亲戚资助我读完大学的。后来我要还钱给他,但他经济情况一直远胜于我,不要我还。所以我想用这份人情来帮助你。"后来,尽管我不曾用过他的钱,但我能读完清华,没有他的关怀是不可能的,至少是极其困难的。所以直到今天,我仍然时常想念着他，铭感无已。

　　前面曾提到，我就读的省立武昌高级中学师资力量特强。比如，当时湖北省中学数学教师中的"四大金刚"王言伦、吴荫云、鄷道济、陈化贞，除吴荫云外都在我们学校。其他如国文教师潘石禅、英语教师张恕生、英文文法教师骆思贤、生物学教师孙虎臣、历史教师刘邦黻、体育教师曾子忱等，也都是湖北省中学教师中的佼佼者。这些老师中，除鄷道济和潘石禅外，都教过我，我们的关系都很融洽，令人怀念。不过他们大都不住在学校，课堂外接触不多，不像初中时师生关系那样亲切。这里需要特别谈一谈的是王言伦老师。他特别看重我、信任我。他在审阅了一个时期我的高等代数课程作业后，再也不看了，认为我做作业是认真的，而且答案都是正确的。由于他的这种看重和信任，我就更加努力和认真。有一段时间，中学教师们（我记不清是武汉全市的还是湖北全省的）因长期欠发工资而罢课。我在停课期间将我们所用的全本教材、英文版的《范氏大代数》翻译成中文，并将全部习题解答出来；而且作业本整齐干净。复课以后，我把作业本交给他审阅。他审阅以后向全班同学宣布：他因为忙，没时间改作业；让全体同学作业做完后就借刘绪贻的作业核对。由于这种关系，我 1935 年从武昌高级中学毕业后，直到 1949 年我在武汉大学教书，我们彼此间虽未通信，但时常互探消息。而且，1945—1947 年上半年我在芝加哥大学读研期间选修高等代数和高级统计学两门课程的成绩能列全班之冠，和王言伦老师对我的教育与鼓励，也是分不开的。

　　另外值得一提的，是两位忘记姓名的国文老师。前一位年事较长，偏爱文言，后一位很年轻，剧喜白话。我根据他们爱好，在他们班上分别写文言和白话作文，都受到他们青睐。他们虽不像初中舒老师那样把我每篇作文都批上"传观"二字，但也批得不少。这对我提高写作水平也是有促进作用的。

2007 年 10 月 31 日于珞珈山

武汉出版社 2008 年版

记我芝加哥大学社会学系的两位导师

1945年1月至1947年7月,我是美国芝加哥大学社会学系研究生。当时,正是美国政府在一定程度上抑制大资本、扶助弱势群体的时期,也是美国学术界反对各种保守势力、为弱势群体说话的时期。我有幸遇到两位很不平凡的导师。第一位导师是威廉·奥格朋(William F. Ogburn)教授。他在主持我申请候补硕士生资格的综合考试之后,被美国政府借调到首都华盛顿去工作了一段时间,因此我又选择了第二位导师路易斯·沃思(Louis Wirth)教授。我和这两位导师、特别是奥格朋教授相处的经历,是很值得回忆的。

奥格朋教授1886年6月出生于佐治亚州的巴特勒,1912年获哥伦比亚大学社会学专业的博士学位。先执教于普林斯顿大学,1919—1927年任哥伦比亚大学社会学系教授,1927—1951年转任芝加哥大学社会学系教授。1930—1933年兼任胡佛总统的"社会发展趋势研究委员会"委员兼研究部主任。1929年被选为美国社会学学会主席,1931年被选为美国统计学学会主席,1932年被选为美国科学促进协会副主席。是一位蜚声国际的社会学家、统计学家和教育家。他的主要著作有:《社会变迁:关于文化与本性》(1922),《社会科学及其相互关系》(1927,与A. A.格尔登维索合著),《社会学》(1940,与尼姆科夫合著),《文化和社会变迁论文集》(1964,O. D.邓肯编)。

作为一个社会学家,奥格朋教授对于社会学有他自己的定义。他在《社会学》教科书的序言中说:最能阐释社会生活的,不仅是群体的活动,甚至也不是文化整体,而是遗传、地理环境、群体和文化这4种因素的相互影响和作用。他还进一步指出:许多著作家、特别是欧洲的著作家,把社会学看作一种综合的社会科学,认为经济学、政治学与其他专门社会科学都是它的分支。这种看法在逻辑上可以说得通,但实践起来不大可能。一个困难是:被认为只以群体演化历程作为研究对象的社会学,其内容太狭窄,生命力不够强,不能像经济学、政治学那样题材丰富,构成一种独立的学科。不过,如果将社会学研究的范围扩大,把文化包括进来,特别是强调文化、遗传、自然环境和群体的相互关系,社会学的范围就增加了相当的容积,而它的知识主体就会包括得到具体数据强有力支持的"高见"或"重要思想"。

奥格朋用这种观点为大学本科生写的社会学教科书《社会学》,是一本科学性、可读性都比较强的书。它引用了许多直到当时为止的生物学、心理学、遗传学、文化人类学、地理学方面的新研究成果,有点类似于化学家将水分解为氢和氧那样,从日常社会生活中分析出许多新事物来。比如"未开化人"。所谓未开化人,大体有两种:一种是从小便和兽类生活在一起的;一种是从小便离群独处的。由于没有经历过人的社会生活,他们没有学会说话,不能像普通人一样思想,也没有普通人的各种感情,甚至于脑的发展,也没有一般人的大。总之,他们没有发展成一个现代人。这就是说,人类发展到今天,虽然生而具有发展为现代人的潜能,但从婴儿成长为一个具有一般身心健康水平的成年人,如果不经历社会生活,这种潜能是发挥不出来的。这本书材料新颖丰富,内容生动,文字深入浅出,我很爱读。1947年我到武汉大学教授社会学所用教材,就是摘译它的内容编成的。班上学生总在150人左右,大家一般都很喜欢。

作为一个社会学家,奥格朋生平的学术活动,主要集中于社会变迁的研究。他对社会变迁的看法,与19世纪后半叶及20世纪初期流行的社会进化论的观点不同。他认为,以往对社会、社会现象、社会问题、社会组织以及社会演变过程的研究中,过多地注重了生物和心理的因素,忽视了文化和历史的因素。不过这种情形也不表明现在应该反其道而行之。这就是说,研究社会变迁的原因,应该注意上述两方面的因素,而主要是文化的因素。何故?因为自最后一次冰期(50000年前至25000年前)以来、特别是最近2000年来,人类社会的变化是极其巨大的。但是,从最后一次冰期以来,人的生物性没什么重要变化;最近2000年来,人的生物性即使有所变化,也是微不足道的。因此,人类社会的巨大变化,主要是文化的变化。

那么,什么是文化呢? 奥格明认为,文化包括一切人造的事物。同时,他把文化分为物质文化和非物质文化(亦称适应文化)两大类。文化的变化,一般是从物质文化开始。不过,文化的各个组成部分是互相关联的,物质文化发生变化后,与之相适应的非物质文化也会跟着变。比如汽车发明了,交通管理规则就会跟着变;有了兴奋剂,运动竞赛的规则就得作相应的修改,否则就将产生文化的失调,影响社会秩序。当然,也有非物质文化的演变不是物质文化的变化造成的,这些变化本身并不经常引起物质文化的演变。物质文化的变化固然总会引起与之相适应的非物质文化的变化,但这后一种变化往往不即时,往往落后;特别是落后的时间一长,便会造成文化脱节(cultural lag),产生社会问题。比如,避孕套发明以后,恋爱、婚姻的制度甚至观念,都必须进行相应的修改,否则这种文化脱节便会造成社会矛盾、冲突,甚至酿成悲剧。又比如,电视发明、特别是普及以来,世界各国都在不断地对与之相关的非物质文化进行修改,但直到今天,似乎还难说它引起的文化脱节已完全弥合。由于重视物质文化的演变,奥格朋强调技术发明的作用,有的学者因此称他为"技术决定论"的代表。

从方法论的角度看,奥格朋的社会学研究,特别强调统计数据作为验证假说的证据的重要性。因此,他的社会学研究,对第二次世界大战后计量社会学的发展,产生了重要影响。

我在芝加哥大学学习期间,选读了奥格朋教授的4门课程:社会统计学,社会变迁,高等代数和高级统计学。作为师长,他虽不苟言笑,但平易近人;气质高雅,不摆名教授的架子。他相信科学、民主和学术自由;反对贫富悬殊、种族歧视、男女不平等;提倡国际合作,世界和平;痛恶法西斯主义,虽不相信但不一定反对共产主义。这些都很合我的胃口。有一件事情表明他的胸襟很豁达,我至今记忆犹新。虽然苏联学术界说他的学术是"马克思主义的死敌",进行激烈批判,但有一次他在讲"欺骗性宣传不能产生实效"这一论点时,却举例说:"美国有人宣称所有苏联共产党人都是青面獠牙的魔鬼,因为这与事实不符,所以没多少人相信。"他所授4门课程中,社会变迁一课的主旨及其中的一些论点,我大都很赞同。所以学起来很有兴趣,印象比较深刻。学习具体成绩我不知道,但我想不会太差。其余 3 门课都是技术性的,社会统计学的具体成绩我不知道,但高等代数和高级统计学的成绩列全班之冠,这是奥格朋教授公开宣布并予以口头表扬的。也许是由于我在他班上的学习成绩差强人意,特别是统计学、数学的成绩突出,他对我这个中国学生似乎产生了感情。比如,美国教授们一般爱惜时间,讲究工作效率。当学生有事到他们办公室交谈时,公事谈完,就毫不客气地让秘书送客。但是,当我有事到奥格朋办公室拜访他时,谈完公事后,他往往留我谈点私事,例如中国国内形势、我的家庭情况、我在美国的学习生活等。又比如,我在清华大学社会人类学系学习时的导师陈达教授,上世纪 20 年代初曾是他在哥伦比亚大学社会学系的学生。1946 年访问芝加哥大学时,奥格朋特别向他介绍我的数学、统计学的突出学习成绩,致使陈达教授托人嘱咐我,希望我专攻社会统计学,将来回清华任教。再比如,当他从首都华盛顿回校,了解到我的硕士论文通过遭遇曲折时,他很关心,问我有什么困难,并且打电话给沃思教授,请他迅速设法妥善解决。1947 年 7 月我回国前去向他辞行时,他和我作了一次较长谈话。首先是谈论中国国内形势,其次是问我回国后的打算。临别之时,他殷殷嘱咐我,回国后时常给他写信谈谈工作和生活的情况。当时,他的儿子在驻上海的美军中工作,他们通信很方便。但为了让我和他的儿子认识,必要时多一个联系渠道,他写了一封家信,让我路经上海时,亲自将信交给他的儿子。但是,后来我经过上海时,行色匆匆,第一次往访时,适值他儿子外出,我没时间再次往访,未能亲自将信交给他儿子,只是托人转交了。而且我回国后,国内形势动荡,美国政府支持国民党政权,我逐渐靠拢中国共产党,我不便给他写信。后来我参加了党的地下工作,更不能给他写信了。这两件事,至今想起,常觉不安,感到辜负了他的好意。

现在,我再谈谈我的第二位导师路易斯·沃思。沃思是犹太人,出生于德国,在美国受教育,并成为美国公民,是美国著名社会学家、芝加哥学派创始人罗伯特·帕克(Robert Park)的学生,长期执教于美国芝加哥大学社会学系,成为芝加哥学派的主要骨干。1947 年,被选为美国社会学学会主席。1949 年,国际社会学协会成立,他被选为第一任主席。非常不幸的是,1952 年他遇车祸逝世,享年仅 55 岁。比起奥格朋来,他的著作不是很多,但都非常有分量。比如,1928 年他 31 岁时出版的《少数民族聚居区》,就是一本论述少数民族社会疏离感影响的非常优秀的著作,至今仍被视为经典。1938 年,他在《美国社会学》杂志上发表的著名论文《作为一种生活方式的城市性》,影响更为深远。以此文为核心,加上其他有关著作,使他与罗伯特·帕克一道,成为城市社会学的奠基人。他认为,在前工业化、前资本主义时代就有城市,所以不能把城市和工业化、现代资本主义等同起来。所谓城市,必须有 3 个相互关联的条件:人口的规模大,人口密度高,人口在社会方面异质性强。换言之,城市是由社会方面异质的个人组成的相对巨大、相对密集的群体的相对长久居住地,有其不同于农村的一整套社会与文化特征。这些特征是:①密集的人口及其明显的文化与职业的差异性,使得城市生活更需要正规的控制机制,必须加强法律系统和管理体系;②各种不同职业人口的集结,是急剧扩大专业化生产与服务的前提条件,而专业化总是以各种集团的特殊利益为基础而形成的人际关系,沃思称之为"社会裂化",其结果是人与人之间的纽带实际上是一种互相利用的关系;③在经济作用和社会发展过程两种力量的影响下,导致城市地域分化,形成具有不同特征的邻里和街区,例如纽约的华尔街和哈莱姆,曼哈顿的金融区和贫民窟,沃思将这种城市中形成不同区域的过程称为"生态专业化";④人口的高密度、高流动性和异质性,一方面要求市民对各种个体差异更加宽容,另一方面又导致更多的竞争、剥削和混乱,从而使人与人之间的传统情操丧失约束力,湮没了人情味,宗法、门第、伦常等传统的稳定性因素失去作用,人与人之间的关系变成纯金钱关系,还造成反社会行为的增长。向德平教授认为:"沃思的重要贡献是系统整理了以前的城市社会学思想,组织成一种名副其实的城市社会学理论,既克服了古典社会学纯粹思辨的偏颇,也纠正了芝加哥学派的先驱者偏重描述性研究的倾向,构建了现代意义上的城市社会学体系。"(向德平编著:《城市社会学》第 17 页,武汉大学出版社 2002 年版。)

　　除作为城市社会学的奠基人、少数民族聚居区的经典作家外,沃思对知识社会学也作出了重要贡献。社会学界一般认为,德国的卡尔·曼海姆(Karl Mannheim)教授,是知识社会学的创建者,被称为知识社会学之父。沃思和爱德华·希尔斯(Edward Shils)将他的主要著作《意识形态与乌托邦:知识社会学导言》译成英文本,于1936年出版,沃思还为英译本写了一个很长的序言。序言总结道:根据现代的思想和考察,过去曾被当作理所当然的事情,现在都被人们宣布为需要得到论证和证明,而证明的标准本身已成为争论的主题,由此观之,根本就不存在所谓的超时空的普遍真理,也没有永恒的规律和纯粹的客观知识,有的只是暂时的、相对的真理和规律。英译本使《意识形态与乌托邦》这本著作得到更为广泛的流行,沃思的序言也成为知识社会学名著。

　　我选沃思作为我的第二位导师,一个原因是仰慕他的学术成就,想向他学习;另一个原因是我选读了他教授的知识社会学这门课程后,很喜欢这门课。不过,我在他班上不是最优秀的学生,而他的为人特别注重工作效率,不大讲究人情味,师生之间只是"公事公办",没有培养起感情。给予我特别深刻印象的是,按照学术自由的原则办事好像是出于他的本能。比如,我当时没有接触马克思主义,不知道马克思把知识分子群体称为阶层,而不称为阶级。我的硕士学位论文中把儒生这个知识分子群体称为阶级,他看了以后,大约他接触过马克思主义,而且是同意马克思把知识分子群体称为阶层的,所以质疑我将儒生群体称为阶级的提法。但经我一再争辩说:儒生不独戴同一样式的帽子——"儒冠",穿同一样式的服装——"儒服",在外表上属于一个团体;而且有共同的信仰——"儒学",寄寓其共同利益的组织——"按儒家思想组成的社会",为什么不可以称为一个阶级呢? 他觉得我的论述也能自圆其说,也就不再坚持他的意见了。还有一个更重要的事例,表明他对学术自由原则的自觉遵守。他看完我的论文后说,他对中国历史、文化特别是文献不熟悉,于是把论文转交给芝加哥大学远东研究所副教授、颇有名气的汉学家赫利·克里尔(Herlee G. Creel)夫妇评审。我当时就感到这是一种不祥之兆,因为我知道,克里尔夫妇在学术思想上是非常倾向儒学、反对进步思想的。克里尔平时对我借阅中共学者吕振羽的著作,就表现出一种不屑和不高兴神态,我也不大理他。在政治上,他是站在国民党一边反对中国共产党的,他和当时美国众议员、美国院外援华集团(实际是援助蒋介石独裁政权)积极分子沃尔特·贾德(Walter Judd,中文名字为周以德)是好朋友,曾请贾德到芝加哥来向中国留学生宣传他们的观点。所以,我感到克里尔夫妇很可能受他们意识形态的制约,加上他们对中国社会史、文化史只是一知半解,对我的论文不能作出正确的学术评价。事实也正是这样,他们否定了我的论文。但是,一方面我对自己的论文怀有信心,另一方面,我也相信美国大学讲究学术民主和思想自由,沃思是能听取我的申辩的。我对沃思说:"我不是选读过你教授的《知识社会学》课程吗?该学科认为,世界上没有绝对的真理,真理都是相对的;个人和社会集团所认为的真理,都和其所处地位、思想志趣、既得利益等密切相关。克里尔夫妇是美国社会中的保守派,他们沉迷于儒学,深深同情提倡读儒家经典的蒋介石独裁政权;我的论文则彻底揭露儒学的保守性和反动性,认为儒学统治是阻碍中国社会工业化、现代化的极其重要原因,并认为提倡读经的蒋介石独裁政权是儒学统治的余孽犹存。在这种情况下,克里尔夫妇能对我的论文作出公正评价吗?"沃思听了我的申辩后笑了笑,点头认可了。他没有考虑要照顾克里尔这位颇有名气的汉学家的面子,把论文寄给了康奈尔大学的另一位汉学家(可惜我现在记不起他的名字)。这位汉学家不独同意我论文的全部论点,还颇有赞美之词。这样,我就取得了胜利,克里尔只好认输了。

　　现在回想起来,虽然我和芝加哥大学的这两位导师的师生关系有深浅之别,但同样是值得怀念的。

2007 年 11 月 23 日于珞珈山

载 2008 年第 1 辑《社会学家茶座》

痛悼冯承柏教授

冯承柏教授虽然晚我一代，小我 20 岁，但是，他的人品学识，都是我很钦佩，值得我认真学习的。大体上说，他值得我学习的地方有以下几方面：

（1）他平生遭遇很多坎坷，但他很坚强，从来不在这些坎坷面前低头。他不独能站稳脚跟，堂堂正正做人，还修己好学，不断充实自己，时刻准备着做一个对社会有益的人。

（2）他敢于坚持真理。只要是他认为正确的、对国家和人民有益的事，他都坚决去做，不计较个人得失。

（3）他做学问认真踏实，学风严谨。我所阅读过的他的美国史论文，篇篇都是很过硬的，经得起时间的考验。我主编主撰的《战后美国史》一书，曾获国家社会科学基金项目优秀成果二等奖，初稿专门请他审阅过，他提了很有分量的意见。

（4）他不仅能做很好的学问，在国家和社会需要时，他还能而且愿意成就一番事功。他对图书馆工作和图书馆学、博物馆工作和博物馆学的贡献，不仅使天津市获得实际效益，对全国也是有良好影响的。

（5）他不仅善于学习西方的先进科学技术，而且有创新精神。

总之，无论从先天秉赋和后天努力来说，冯承柏教授都是个不可多得的人才。特别是在当今这个功利思想和浮躁之风盛行于学术界的时代，像他这样一个好榜样在 74 岁时就离开了我们，实在是太早了，太令人痛惜了。

写完这篇短文，我取出我 80 寿辰时承柏教授赠予我的一对锻炼身体用的保定彩色铁球，睹物思人，唏嘘难已。

2007 年 12 月 12 日于珞珈山

载 2008 年 1 月 7 日《南开大学报》

我所知道的吴宓教授

1936—1940 年我在清华大学、西南联合大学读书期间,曾选读吴宓教授的《欧洲文学史》课程,是他的及门弟子。1947—1949 年我在武汉大学教书期间,吴宓教授是我的同事和邻居。我们虽无私交,但他的传奇经历不断引起我的注意和兴趣,增加着我对他的了解。

吴宓教授 1894 年 8 月 20 日出生于陕西省泾阳县安吴堡望族,原名陀曼,字雨僧(雨生)。幼时除在家随继母读书外,1906 至 1910 年就读于陕西三原县宏道学堂,与张奚若同班。年幼敏悟,能诗善文,学习成绩突出,有才子之称。1910 年底,由陕西省保送报考清华学校,1911 年被录取。在清华学校期间,因成绩优秀,曾任《清华周刊》总编,并颇有诗名。其所作诗 302 首,词 6 首,后收入《吴宓诗集》。1917 年赴美留学,就读于弗吉尼亚大学,翌年转入哈佛大学比较文学系,师从于新人文主义大师白璧德(Irving Babbitt)。1919 年春,他在哈佛大学中国学生会作题为"《红楼梦》新谈"的演讲,初步用比较文学的观点与方法,作研究中国文学作品的尝试,一鸣惊人。当时,陈寅恪也在哈佛学习,听后赋诗表示赞赏。诗曰:等是阎浮梦里身,梦中谈梦倍酸辛。青天碧海能留命,赤县黄车更有人。世外文章归自媚,灯前啼笑已成尘。春宵絮语知何意,付与劳生一怆神。吴、陈订交自此始。当时汤用彤也在哈佛。他们 3 人因学问超群,被人称为哈佛三杰。1921 年,吴宓获硕士学位后回国,受聘为东南大学教授,讲授《英国文学史》、《中西诗之比较》、《修词学原理》等课程,开我国比较文学教研之先河。1922 年初,为对抗《新青年》,与友人梅光迪、柳诒征、刘伯明等创办《学衡》杂志,坚持到 1933 年,共出版 79 期。1924 年调任东北大学教授。1925 年,清华学校校长原拟聘其为清华国学研究院院长,他自认为学识资望不足,只同意接受主任名义,并力聘当时国学界最负盛名的王国维、梁启超、陈寅恪、赵无任4人为导师,为国家培养了王力、陆侃如、刘盼遂、高亨、刘节、谢国桢、吴其昌、姜亮夫、徐中舒、姚名达、朱芬圃等数十名优秀的国学人才。1926年3月,他辞去国学研究院主任职,改任清华学校大学部西洋文学系教授。1928年,清华学校改为国立清华大学,西洋文学系改为外国语言文学系(简称外文系)。吴宓任该系专职教授直至1937年上半年,并3次代理系主任。这期间,他还兼任过北京大学、燕京大学、北京师范大学、北平女子文理学院教授。作为清华外文系代理系主任,他参考哈佛大学比较文学系经验,制定了适合我国情况的该系的培养目标:博雅之士。他开设的课程有《西洋文学史》、《中西诗之比较》、《文学与人生》、《英国浪漫文学》、《翻译课》以及大学一、二年级的《英文读本与作文》等。经过他的辛勤耕耘,他的授业弟子中后来不少人成为著名的学者、文学家、翻译家、外交家,比如钱钟书、季羡林、贺麟、张荫麟、沈有鼎、浦江清、田德望、吴达元、杨业治、盛澄华、万家宝(曹禺)、张骏祥、杨绛、李健吾、曹宝华、庄垲泰、王佐良、胡鼎声(胡乔木)、谢启泰(章汉夫)、乔冠华、章文晋等。1928年,吴宓还受聘主编《大公报》文学副刊,直到1934年初,共出313期。1930—1931年,吴宓游学欧洲,取道苏联,遍历英、法、德、意、比、瑞士诸国,并在牛津大学、巴黎大学从事研究工作。1935年,他的《吴宓诗集》由上海中华书局出版。1936年,写出了《文学与人生》讲稿。

　　"七·七事变"后,直到1944年,吴宓任国立长沙临时大学、西南联合大学教授,还兼任过云南大学教授。据其学生李赋宁回忆,期间他讲授《世界文学史》、《欧洲文学史》、《古代希腊罗马文学史》、《中西诗之比较》、《新人文主义》、《文学与人生》、《翻译课》等课程。其研究工作,则除继续进行比较文学、欧洲文学研究外,还开展了世界文学史和《红楼梦》的研究。由于其教学和科研成绩显著,1942年,当时的国家教育部授予他以西洋文学门(或英国文学门)的"部聘教授"称号。除正常教研工作外,他还常常应邀在校内外作学术讲演,讲题大都与《红楼梦》有关。这种讲演场场爆满,掌声不断,因此之故,他甚至以"红学家"之名誉满西南。1944年,吴宓曾接到哈佛大学邀请其前往讲学函件,他推荐金岳霖教授代往。同年9月,他因故离开西南联大,到成都四川大学、燕京大学

（成都）任教，两年后又转到武汉大学，任外文系教授兼系主任，并兼私立华中大学教授和《武汉日报》文学副刊主编。1949 年武汉解放前夕，他拒绝了友人劝告，不去美国讲学，不去香港大学教中国史，也不去台湾，而是去了重庆，在北碚私立相辉学院任教，并兼梁漱溟主持的北碚勉仁文学院以及重庆大学教授。在这 6 年间，他又培养出一大批优秀人才；而且所到之处，都被邀请去作有关《红楼梦》的演讲，处处都受到热烈欢迎，并发表了《〈红楼梦〉之学术价值》、《〈红楼梦〉之人物典型》、《〈红楼梦〉之教训》、《贾宝玉之性格》、《王熙凤之性格》、《论紫鹃》等红学论文，赢得了大量的读者。

新中国成立后，吴宓任四川省立教育学院教授，旋因该校并入西南师范学院（现为西南师范大学），自此以后，一直在西南师范学院外语系、历史系、中文系任教授，并兼任该院院务委员、四川省政治协商委员会委员、重庆市文联常务委员和古典文学研究会副主任。在西南师院教授的课程有：《欧洲文学史》、《英国小说》、《世界文学》、《世界古代史》、《外国文学》、《中国古典文学》等。1961—1964 年间，他结合教研工作，编写过《世界通史》、《外国文学名著选读》、《中国汉字字形、字音沿革简表》、《中国文学史大纲》、《法文文法》、《拉丁文文法》、《简明英文文法》等讲义。勤勤恳恳，诲人不倦。

1966 年"文化大革命"开始后，吴宓被打成反动学术权威和现行反革命，钱物被诈骗殆尽，连最低生活水平都难维持，还受尽诽谤性批判和残酷迫害。有一次被红卫兵裹挟着因行走较慢，被推倒在地，折断左腿，后又几双目失明。1976 年冬因生活不能自理，由其妹吴须曼接回泾阳县养病，1978 年 1 月 17 日逝世，终年 84 岁。1979 年 7 月，西南师院召开全院教职工大会，为其平反，恢复名誉。

在我的印象中，吴宓先生是一个有学问、责任心强、教学效果很好的教授。他很有名气，被人称为诗人、西洋文学史家、中国比较文学的奠基人。1936 年秋我进清华园后便熟悉他的大名，他也的确为中国的文化教育事业作出过重要贡献，"文化大革命"中受那种无理批判和残酷迫害，实在不应当，是极其不公平而理应为其平反昭雪的。但是，自上世纪 90 年代以来，在为先生平反昭雪的某些文章和发言中，有的也对先生未免过誉,而对其缺点则一字不提,这也不是实事求是的态度,不利于世道人心。比如,1997 年 9 月 23 日上海《文汇报》所载"钱钟书与吴宓"一文中,作者李洪岩说:"吴宓先生是伟大的。是现代中国的一位英雄,他的正直、刚强以及牢固的气节等等,值得我们后人深深敬仰。当我赞美他的时候,语言变得贫乏无力了";吴先生"是自由独立型,从而为中国知识分子树立了榜样。"又比如,2004 年 9 月 9 日在西南师范大学纪念吴宓诞辰 110 周年会上,吴先生的几位学生作了发言。粟多贵教授说:吴先生不愧是治学、教学和做人的一代宗师,一个铮铮傲骨的学者,一个真正的人,一代真、善、美知识分子的楷模。苏光文教授说:吴先生作为已经取得国际国内学术界公认的 20 世纪中国人文科学大师,有三大突出成就:中国比较文学奠基人;主持清华国学研究院,培养了一大批学贯中西的大师级学者;主编《学衡》杂志,形成了一个学衡派。1989 年 11 月 30 日,《回忆吴宓先生》一书编者黄世坦甚至不顾人所共认的吴宓思想保守的事实,在该书的"后记"中,赞扬他"与时代俱进的不懈求索精神",这就未免矫枉过正了。

我认为,吴先生一生的成就中,内容最丰富扎实、最有说服力、最能得到学术界公认的,是作为一个诲人不倦的大学教授的业迹。从他的教学工作来看,比如备课,温源宁教授说他备课像奴隶船上划船苦工那样辛苦。他在西南联大蒙自分校备课的情况,据钱穆记述:"当时四人一室,室中只有一长桌。入夜雨僧则为预备明日上课抄笔记,写提要,逐条书之,有合并,有增加,写成则于逐条下,加以红笔勾勒。雨僧在清华教书,至少已逾十年,在此流寓中上课,其严谨不苟有如此。……翌晨,雨僧先起,一人独自出门,在室外晨曦微露中,出其昨夜所写各条,反复循诵,俟诸人尽起,始重返室中。"比如讲课情况,赞扬的人很多。现根据我自己亲身体会,并参考这些赞扬之词,作一简要叙述。我选读的是吴先生教授的《欧洲文学史》。为教授此课程,他不独自编讲义《欧洲文学史纲》,还指定原清华大学教授翟孟生(R. D. Jameson)的《欧洲文学简史》(*A Short History of European Literature*)作为必读参考书。此书 1500 余页,从古代希伯莱和希腊文学一直写到 20 世纪 20 年代欧洲文学(包括美国文学),内容十分丰富。吴先生自编讲义中,除欧美文学史外,也涉及到印度、日本、埃及、中东国家文学史。吴先生非常熟悉他所讲内容,许多文学史上大事,比如重要作家的生卒年代、著述情况、生平事迹（例如歌德一生6个恋人的名字和生卒年代），重要作品的出版时间、地点、出版机构，他都能脱口而出，不出差错。还有一个特别能耐，就是将西方文学的演变和中国古典文学作适当比较，或者指出外国作家创作活动的时间与某个中国作家的相当，比如但丁与元代作家，莎士比亚与汤显祖等。除资料丰富详实外，他上课不独从来不迟到，而是提前到教室写黑板。讲课时十分投入，比如讲但丁《神曲》时，用手势比划着天堂与地狱，时而拊掌仰首望天，时而低头蹲下。当讲到但丁对贝亚特里切那段恋情时，竟情不自禁地大呼Beatrice！因此，他把课讲得很生动，同学们特别喜欢听。不过，他对同学要求却很严，除督促同学认真读参考书外，还规定同学写读书报告（我记得我写的是《柏拉图〈理想国〉读后》），而且批改作业极其仔细认真。即使你的英文字漏掉一个字母，或者你的标点符号不正确，他都要帮你纠正过来。看到学生作业中精彩的地方，他就加上圈点，并写出赞扬评语。他的考试题涉及面广，内容多，答起来很费时间。有几个同学用了5个小时，误了晚餐，他请他们上了饭馆。

课堂外，吴先生和学生关系也不同一般。你可以和他平等地讨论问题，诗歌唱和；你请他答疑解惑时，他是有求必应，尽心尽力；他也和学生一同散步、谈天，请学生上餐馆。特别是对女同学，他尤其照顾。女同学茅于美记述道："我们师生数人走在狭窄的铺着石板的街道上。那街道两边是店铺，没有人行道。车马熙来攘往，挤挤搡搡，先生总是尽量照顾我们。遇有车马疾驰而来，他就非常敏捷地用手杖横着一拦，唤着［张］苏生和我，叫我们走在街道里边，自己却绅士派地挺身而立，站在路边不动，等车马走过才继续行走。他这种行为不禁令人想起［欧洲］中世纪的骑士行径。"

总之，吴先生不独关心学生的学习、生活，也关心学生的事业、婚姻、家庭等问题；他还资助过许多穷学生。他一生对教师这个职业情有独衷。辞世前一年在故乡泾阳县养病期间，身体刚能走动，便积极帮助在家待业的外甥女补习功课，使她翌年考上了重点大学；当他听说当地有的中学因缺师资开不出英语课时便问："他们为什么不来请我？我还可以讲课呀"；当他弥留之际，口里还在不断地喊："我是吴宓教授，给我饭吃，给我水喝!"

综上所述,吴先生真不愧是 20 世纪中国一位作出卓越贡献的、值得青史留名的大学教授。

关于吴先生的为人处世,凡与他相识的人,一般都认为他正直、诚实、善良、天真,特重友谊,乐于助人。特别是他与清华同学吴芳吉和亦师亦友的陈寅恪的忠实、真挚而坚贞的情谊,更是广为人所乐道。但是,由于他一方面信仰孔子、释迦牟尼、苏格拉底和耶稣基督,一方面又深受西方浪漫文学、特别是 19 世纪英国浪漫诗人的影响,他的一生又充满了奇特和矛盾。季羡林先生在为《回忆吴宓先生》一书写的"序"中说:"雨僧先生是一个奇特的人,身上也有不少的矛盾。他古貌古心,同其他教授不一样,所以奇特。他言行一致,表里如一,同其他教授不一样,所以奇特。别人写白话文,写新诗;他偏写古文,写旧诗,所以奇特。他反对白话文,但又十分推崇用白话写成的《红楼梦》,所以矛盾。他看似严肃、古板,但又颇有一些恋爱的浪漫史,所以矛盾。他能同青年学生来往,但又凛然、俨然,所以矛盾。"其实,吴宓一生的奇特和矛盾,还不止季先生说的这些。比如他非常反对说谎,但他投考清华学校时年已 17,超过了规定的最高年龄 15 岁,他就瞒了两岁。比如他有时很谦虚,认为自己不够资格任清华国学研究院院长,只能作个相当于"执行秘书"的主任,但在筹办及出版《学衡》杂志时,却不顾同仁的反对,硬是自任总编辑,并大言不惭地称《学衡》非社员之私物,"乃天下中国之公器","乃理想中最完美高尚之杂志"。比如他一生不知恋爱多少次;朋友、学生访谈时,约定除学问爱情外,其他一切免谈,但又写诗云:"奉劝世人莫恋爱,此事无利有百害"。比如他平时外表严肃,彬彬有礼,但在昆明时看到有家牛肉店取名"潇湘馆",他却认为亵渎了林黛玉,提着手杖去乱砸该店招牌,像蛮横的国民党伤兵一样。比如他力主真诚坦率,曾当着胡适的面说想杀他,当着他苦恋的毛彦文的面谈他与其他女子的恋情,但在报复友人劝他促使他与已离婚妻子陈心一复婚时,却像《红楼梦》里赵姨娘一样,偷偷地搞巫术,"于静夜在室中焚香祷神,咒诅其人速死。"他的奇特行为,也真教人长见识。比如一般人宣传自己的著作,即使不夸张,也不会自损。1935 年他在《大公报》上为《吴宓诗集》作广告时却称:"作者自谓其诗极庸劣,无价值,但为个人数十年生活之写照,身世经历及思想感情之变迁,……所作之诗极少删汰,亦未修改。"一般人谈恋爱,最希望能结婚。吴宓苦恋毛彦文多年,但在毛哭着要求嫁给他时,他却狠心拒绝。吴宓一生这样的例子还很多,我们这里不再一一列举了。他的学生钱钟书对他的评论入骨三分,说"像他这种人,是伟人,也是傻瓜。……最终,他只是一个矛盾的自我,一位'精神错位'的悲剧英雄。在他的内心世界中,两个自我仿佛黑夜中的敌手,冲撞着,撕扯着";"吴宓先生的心灵似乎又处在一种缺乏秩序的混沌状态——每一种差异在他脑海里都成为对立。他不能享受道德与植物般平静的乐趣,而这些是自然赐予傻瓜、笨伯与孩子的礼物。……隐藏于他心理之后的是一种新旧之间的文化冲突。"

我其所以认为上世纪90年代以来有些评论吴先生的文章对他过誉,或矫枉过正;我其所以不能全心全意地恭维他、颂扬他,主要是因为他在两个问题上具有严重的缺点,犯有严重的错误。他吹嘘自己的一生是"殉道"、"殉情"。实际上他殉的是"过时之道",是对国计民生、匡时救世无益而有害之道,是使中华民族难以自立于世界民族之林之道。他不是"殉情",他是不懂爱情、玩弄爱情,甚至是"负情"。试分别申论如下。唐振常先生说:吴"先生所守与所乐之道,何道? 简言之,儒道也。如先生自己所说:'但在我辈个人如寅恪者,则仍确信中国孔子儒道之正大,有裨于全世界,而佛教亦纯正。我辈本此信仰,故虽危行言殆,但屹立不动,绝不从时俗为转移。'(1961年8月30日日记)"的确如此。吴宓出生于晚清儒臣之家,17岁以前,饱读儒家经典。进清华学校之初,适逢辛亥革命,开始时他思想很不通,后因时代潮流和广大同学裹挟,才暂时改而拥护革命。不过,儒学在他思想中已深深扎根,而且爱屋及乌,皂白不分地珍视深受儒学影响的几乎一切中国传统文化。因此,1917年1月《新青年》2卷5号发表了胡适的《文学改良刍议》一文、新文化运动揭幕后,他就很反感;留美期间,对"五四"时期的"打倒孔家店"运动尤其恨之入骨,并与少数友人梅光迪、柳诒征等计划回国来唱对台戏。他不独反对当时的学生运动,连男女同校这一新鲜事物也不能容忍,1920年4月28日,他在日记中写道:"乃吾国今日之丧心病狂者流,竟力主男女同校。"同年6月21日又记道:"人方依古制,履行旧典,着重于道德宗教。而我国中学生,则只知叫嚣破坏,'革命'也,'解放'也,'新潮'也。相形之下,吾之伤感为何如乎?"1921 年 6 月回国时,他为了到东南大学与梅光迪等人筹办《学衡》杂志与《新青年》对抗,竟拒绝了北京高等师范学校月薪 300 元的主任教授职务,就任东南大学月薪 160 元教授。他无视儒学中精华与糟粕并存的事实,一味尊崇孔子及其学说,欲将孔子作为道德理想之寄托与人格理想之体现,以孔子的道德人格改造世道人心。1927 年 6 月,他在王国维灵前行跪拜礼,自誓曰:他年或为中国文化道德礼教之敌所逼迫,义无苟全者,则必当效王先生之行事,从容就死。同年 9 月 22 日,他在《大公报》发表的《孔子之价值及孔教的精义》一文中说:孔子"常为吾国人之仪型师表,尊若神明,自天子以至庶人,立言行事,悉以遵依孔子、模仿孔子为职志。又借隆盛之礼节,以著其敬仰之诚心。庙宇遍于全国,祭祀绵及百代,加赠封号,比于王者;入塾跪拜,与祖同尊。"他这样说,当然是劝诫人们要这样尊崇孔子,从而也崇拜天子、王者。但是,他却不知道,或是不承认这一铁的事实:自鸦片战争以来,儒学在与西方现代文化的斗争中,屡战屡败,致使中华民族几难自立于世界民族之林。以儒学立国的满清王朝崩溃了,提倡读经、读曾国藩家书的蒋介石政权担负不起救亡图存的责任,然而他还是执迷不悟。解放前我们在武汉大学是同僚,他对我这个以前的学生参加进步活动是心存不满的。虽是邻居,从来不和我打招呼;我虽然偶尔默默地帮助他开门(他真是"四体不勤,五谷不分"。因独居一室,往往回家来不会开锁,进不了屋),但心里也有些嫌这位以前的老师太顽固、保守和落后。武汉解放前夕他离开武汉大学,显然是不愿留在解放区。解放后他虽被迫进行思想改造,但不能脱胎换骨。

1958 年全国大倡厚今薄古之时,他却抗言"汉字文言断不可废,经史旧籍必须颂读。"1974 年,他冒着被打成"现行反革命"的危险,坚决反对批孔。1958 年毛泽东提倡厚今薄古作派,1974 年"四人帮"发起批孔运动,固然俱非良策,不足为训,但吴宓这样死心塌地地殉一种过时的对国计民生无益而有害之道,我是很难尊敬他的。我也很难理解,直到今天,还有人对他一生尊孔崇儒大唱赞歌,这不是和赞扬一个屡犯错误而且坚持不改的青少年一样吗?也有人说,吴宓之极力维护国粹,与旧国粹派不同;他是"会通中西,融铸新旧"以创"新文化"。这里,让我们来看看他是怎样创造新文化的。他是要把"吾国道德学术之根本"的孔、孟人文主义，与柏拉图以下之学说"融合贯通，撷精取粹"。他对培根、洛克、孟德斯鸠等丝毫不感兴趣，他也不屑于和陈独秀、胡适等人一起提倡"德先生"和"赛先生"，鲁迅更不用说了。总之，他只醉心于孔子、孟子、苏格拉底、柏拉图、耶稣基督、释迦牟尼以至安诺德（Matthew Arnold）、白璧德（Irving Babbit）等这些侈谈道德理想，无意于民主科学的厚古薄今的新旧人文主义者。这样创造的新文化，我看新不到哪里去。

关于吴先生的婚恋故事，评说的人很多。一知半解的人，往往予以同情；了解详情的人，则认为他自诩"殉情"乃是往自己脸上贴金。对他和毛彦文的苦恋，我在清华、西南联大读书时是同情他的，认为是毛彦文爱虚荣，背叛了他，嫁给一个年长自己 33 岁的前北洋政府总理熊希龄。当了解到吴宓的全部婚恋史后，我的同情却转向了毛彦文。吴宓在美留学时（1917—1921）年 23 至 28 岁，正是欲念旺盛之期。1919 年 3 月，他曾在日记中写道："盖饮食男女，人之大欲。大丈夫生而愿为之有室，女子生而愿为之有家。夫情欲如河水，无所宣泄，则必泛滥溃决。如以不婚为教，则其结果，普通人趋于逾闲荡检，肆无忌惮。即高明之人，亦流于乖僻郁愁，宓更掬诚以告我国中之少年男女，……毋采邪说，及时婚嫁，用情于正道。……而不婚与迟婚，……更不可慕名强效。"这段日记，实际是吴宓的夫子自道。比如，当时有朋友寄照片给他，托他在同学中寻找佳婿，他竟然毛遂自荐。这说明他当时并无恋爱至上思想，只是急于想结婚，解决"人之大欲"问题。所以，1918 年 11 月，当他同在美国留学的清华同学陈烈勋向他介绍其姐（或妹）陈心一时，他虽与陈不相识，也答应下来，并托其清华好友朱君毅的表妹亦即未婚妻毛彦文了解陈心一情况（因她俩是浙江女子师范学校同学）。毛彦文写信报告自己考察意见时说：陈女士系一旧式女子，皮肤稍黑，但不难看，中文清通，西文从未学过，性情似很温柔；倘若吴君想娶一位能治家的贤内助，陈女士很适合，如果想娶善交际、会英语的时髦女子，则应另行选择。吴宓接到朱君毅转来的毛彦文考察报告后，即同意与陈心一订婚。根据吴宓日记记载，1921 年 8 月 5 日，吴宓回国到上海，住在旅馆内，次日回家看父母。8 日，便匆匆赶往杭州会见陈心一，当天日记写道："最后心一出，与宓一见如故，一若久已识面者然。宓殊欣慰，坐谈久之。……四时，岳丈命心一至西湖游览，并肩坐小艇中，荡漾湖中。景至清幽，殊快适。"第二天，两人又一同游了西湖，吴宓日记云："是日之游，较昨日之游尤乐。家国身世友朋之事，随意所倾，无所不谈。……此日之清福，为十余年来所未数得者矣。"由于相互满意，两人第一次见面后第 13 天便举行了婚礼。从以上这些情况看，吴宓与陈心一结合，是相当草率的，并非基于双方的深入了解与真挚爱情，而是基于本能，是为了找一位贤内助。所以婚后，尽管吴宓的"人之大欲"得到满足，而陈心一也完美地扮演着"贤内助"的角色，并在 7 年间为他生养了 3 个女儿，但对于富有浪漫情调的名教授吴宓来说，他是不会长期满足于这种婚姻的。

时机来了。在清华读书时，吴宓与朱君毅是至交。毛彦文写给朱的情书，朱是让吴共享的。当时，吴宓便很倾慕毛的才情，不过因为毛是自己至交的未婚妻，他尚无异念。吴、陈婚后，毛是吴家常客，3 人成为好友。但 1924 年朱君毅留学回国后爱上了另一女子，借口表兄妹结婚不利于后代，尽管毛一再抗争，还是坚持解除了婚约。这以后，长期潜伏在吴宓潜意识中的对毛彦文的恋情，便逐渐汹涌而出，并公开表白了。此时，吴宓已完全忘却了他以前主张的结婚是解决"人之大欲"的"用情于正道"，是为了找个贤内助；而记起了从西方文化中学来的婚姻恋爱观，认为结婚应以爱情为基础。为此，他于 1928 年 8 月前往杭州会见毛彦文。据他日记所载，两人相见甚欢，共游西湖，长谈抵夜。8 月 21 日，朱君毅结婚，毛将整箱朱写给她的情书赠吴，供他将来写小说之用。翌日吴宓北返，两人"话别依依未忍离"。不过当吴宓坦言他爱毛彦文时，毛却明确表示两人只能做好朋友。1929 年 2 月和 7 月，吴宓又两次南游，结果都只得到毛的友谊，没有得到她的爱情。

1929 年秋，毛彦文赴美留学。同年 9 月 15 日，尽管陈、毛两人坚持反对，吴宓为追求毛彦文，还是置 3 个幼女的心理健康和诸亲友的劝阻谴责于不顾，和"辛勤安恬"、"谦卑恭顺"的陈心一离了婚，并不断写情书向毛进攻。他的至友姚文青在《挚友吴宓先生轶事》一文（载《回忆吴宓先生》一书）中说，吴宓说他和陈心一离婚，是由于他真正爱的是毛彦文，对陈心一则"于婚前婚后，均不能爱之。"我认为这是吴宓的自我坦白。他婚前不爱陈心一而与之结婚,主要是为了解决"人之大欲"问题;婚后不爱陈心一,是因为他对为他解决"人之大欲"问题的这个工具久而生厌。所以,他承认和陈心一离婚是不道德的。

在陈心一坚决不同意离婚时,吴宓曾毋视她坚守一夫一妻制的思想感情,异想天开地暗示她可否效法娥皇、女英的故事。陈虽柔顺,但这种无理要求超越了她的道德感情底线,理直气壮地拒绝了他。离婚后,吴宓以自由之身开始了他7年苦追毛彦文的经历,为她创作了数百首情诗、5本日记,并在《空轩诗话》中坦白:"余生平所遇之女子,理想中最完善、最崇拜者,为异国仙姝(美国格布士女士),而实际上,余爱之既深且久者,则为海伦(毛彦文英文名)。"毛彦文开始是干脆、坚决地拒绝他,而且反对他和陈心一离婚。他竟又不自量地(也可说是傻里傻气地)向思想志趣远新于、高于陈心一的毛提出了同样的无理要求,难怪他遭到毛的气愤和斥责。不过,吴宓此时已坠入爱河而不能自救,他仍然一面死死纠缠着毛彦文,并以其学生张荫麟等人名义暗中资助她留学费用;一面又追求另一女子,并多次在日记中分析、比较她们的长短。后来,经过吴宓长期的追求(或者说蛮缠),随着毛的年龄渐近30,感情之事几经蹉跎,而吴的名望、地位日高,他的热诚、善良、正义感等优点有时也打动了毛,使毛的思想感情慢慢起了微妙的变化,逐渐接受了他。以常情而论,这正是高唱"婚姻应以爱情为基础"的吴宓,抓紧机会和毛彦文结婚的良辰吉日了。但事情却又出人意外,吴宓当时并没有珍视这种长期苦苦追求到的爱情。1930年9月12日,他赴欧洲访学、进修。1931年1月,他会见了英国当时已负盛名、后来获得过诺贝尔文学奖并成为当代世界最伟大诗人同时也是剧作家和文学批评家的艾略特(Thomas S. Eliot),两人一同散步、会餐,并大谈共同敬爱的美国新人文主义大师白璧德。艾略特还为他介绍了一批英、法文化名人,提高了他的身价。此后,他先在英国牛津大学,后在法国巴黎大学进修,婚姻恋爱观日益欧化,心猿意马;而且自抬身价,认为自己恋爱本钱更足。加之,他当时与身边两位留法美国女学生 H(Harriet Gibbs)和 M(Mering)打得火热,并携 H 游览意大利各地,日记中记载:"宓斜仰,而 Harriet 依宓身,首枕宓右胸,宓以两臂拥 Harriet 肩头,觉死于此亦乐。"他俩还一同计划赴美,后因 H 与前男友重逢才未能如愿。另外,他又和远在北平的泰国华侨留学生陈仰贤女士通信示爱。在此情景下,他对毛彦文态度产生了剧变。首先,他可能是想到毛是个有追求,有个性,交游颇广,热心于政治和社会公益事业,并且拥护新文化运动的新潮女性,而自己则拘谨守旧,并且坚决反对新文化运动,担心婚后是否能和谐相处。于是,1930—1931年间,他连续写信、拍电报给毛,威逼她放弃美国学业,赶往欧洲结婚,否则分手。在毛未按他要求行动时,有一天他在日记中甚至写道:"我不爱彦,决不与彦结婚,且彦来欧有妨我对H(注:即格布士)之爱之进行;回国后,既可与[陈仰]贤晤谈,亦可广为物色选择合意之女子,故尤不欲此时将我自由之身为彦拘束。"

　　1931年夏,毛彦文获得密歇根大学硕士学位后赶往欧洲,在巴黎与吴宓相会,准备和他结婚。但是,吴宓却将结婚改为订婚。毛彦文受此委屈,不禁泪下。吴在日记中写道:"是晚彦虽哭泣,毫不足以动我心,徒使宓对彦憎厌,而更悔此前知人不明,用情失地耳!"据说,那晚因大雨之故,两人不得不留在旅馆中同卧一床。孤男单女,恋爱中人,吴宓却声称自己要恪守礼义,不欺暗室,决不做始乱终弃的张君瑞,而要做坐怀不乱的柳下惠。两人和衣而眠,直至天亮。我真不知道这时吴宓究竟是迂呆,还是真不爱毛彦文,还是更爱着其他女子!

　　吴宓拒与毛彦文结婚后,一人继续在欧洲旅游,途中又爱过一个德国女子诺伊伯(Neuber)。9月回国前,两人达成谅解,4个月后在青岛结婚,但留有尾巴:届时如别有所爱,或宁愿独身,那就取消婚礼。回国后,吴宓回清华,毛彦文任教于上海复旦大学。两年间,毛彦文一方面有所矜持,使吴宓烦恼,"奉劝世人莫恋爱,此事无利有百害";另一方面又总在等着吴宓娶她。但是,吴宓却不断地爱别的女子,往往同时爱好几位,并将爱的感受写进日记,甚至说给毛彦文听。1933年8月,吴宓再次南下,首先到杭州向卢葆华女士求爱,有诗唱和。但因卢只同意结为兄妹,乃转赴上海晤毛彦文。8月22日晚,吴宓有《蝶恋花》词记其事:"世事不随人意逗,五载能迟,一夕翻嫌骤。佳会浓欢天所授,碧窗绣枕凉初透。君障面纱吾拂袖,划地为沟,去去休回首。寂寞余生长自疚,水流花谢机难又。"婚姻的事,仍无结果。毛觉吴太花心,也唱起高调来,说是自己准备做老姑娘,抱养个女儿以承欢。吴宓不理解毛的潜台词,以为毛仍在等他,还是以潇洒的新派作家和风流的旧派文人难以比拟的疯狂,制造着多角恋爱的故事。毛彦文实在是忍无可忍了,于是在 1935 年 2 月 9 日在上海和66 岁的前国务总理熊希龄结了婚,时年 33 岁。天真的(或傻瓜)吴宓从来没想到毛彦文会走这步棋,在接到毛邀请他参加婚礼电报后,他既感到被遗弃,又深觉自疚,长时间弄不清自己扮演的究竟是什么角色;是负心汉呢,还是被负情的痴心汉? 不过无论如何,他不能无动于衷,乃赋诗二首以自解。一曰:"渐能至理窥人天,离合悲欢各有缘。侍女吹笙引风去,花开花落自年年。"另一曰:"殉道殉情对帝天,深心微笑了尘缘。闭门我自编诗话,梅蕊空轩似去年。"

自解诗是写了,但吴宓并不能"花开花落自年年","深心微笑了尘缘"。他毕竟长期真心爱过毛彦文,一旦失去,更觉珍贵。毛婚后,特别是1937 年 12 月熊希龄逝世后,他又死死地纠缠着毛彦文,千方百计地乞求毛和他重归于好,但毛深知他花心难改,坚决不予理会。我认为毛彦文的这种决断是正确的,因为他在纠缠毛的同时,仍在积极地进行多角恋爱。人们看他当时的日记,常常发现他在一天之内和几个恋爱对象周旋。所以,即使毛答应和他重归于好,结果也很可能是不欢而散。

吴宓一生总在追求女性,几乎可以说是随时随地用情,并且为此不知耗费了多少时间、精力和金钱。但是,直到 1953 年 6 月他近 60 岁时才第二次结婚。他的继室名叫邹兰芳,是他兼任教授的重庆大学法律系的学生。她因父亲被划为地主,家境困苦,身受歧视,吴宓同情她、追求她,她崇拜、投靠吴宓。两相需要,也是人之常情。但天不假年,1956 年她即病逝。吴宓对她还是很怀念的。他在她住过、睡过的一间空房的单人床靠着的墙上,贴了一张淡绿色土纸,恭恭正正地写上"兰室"二字。他每每散步时,总要久久凝望着远方她的墓地。他用餐时,总为她留一空位,摆设着碗筷。甚至看电影时,也多买一张票,为她在身旁留一空位。然而,令人感到矛盾的是,他在和好友姚文青谈到邹兰芳时却又说:"非宓负初衷(注:他曾为追不到毛彦文说过决不再结婚),实此女强我,不得已而为之。以论此女学识,则英文不懂,中文不通;以论容貌(即探怀出半身小照示余曰),不过如此。"你看这个吴宓,既然你这样怀念邹兰芳,为什么在好友前又这样损她、诽谤她呢? 你和她结婚,究竟是基于爱情,还仅仅是由于老年孤独要找个性伴侣呢?

从以上我们简述的吴宓一生婚恋史看,我们有理由认为,吴宓绝不是一个好恋人、好丈夫,而是一个不合格的恋人、不合格的丈夫。

以上,就是我所知道的吴宓教授。

2008 年 6 月 5 日于求索斋

载 2008 年 12 月《社会科学论坛》(上期)

忆挚友史国衡教授：
一位潜力被扼杀的社会学家

初建交

1929年初，我随父亲刘伯秋从湖北省黄陂县北乡的一个小山村罗家冲来到武汉市。同年9月，考进了湖北省立汉阳第十二中学。高我一班有个也是刚从农村来的同乡同学柳届春，他的父亲和我的父亲相识，他的亲叔伯妹妹和我婴幼儿时期订有婚约。他思想开朗，品学兼优，学习成绩冠全班，还在当时报纸上发表过很不错的短篇小说。我的学习成绩虽也是全班之冠，但自觉有逊于他，而他却与我惺惺相惜，关系很好，还帮我解除了"父母之命，媒妁之言"的婚约。和他同班的，有个学习成绩仅次于他的同学，这就是刚从湖北省随县洛阳店的一个小山村来的史国衡。由于柳届春的中介，由于我们家庭背景的相似，由于都在私塾读过经书而又多少受过新文化运动和"五四"爱国运动的洗礼，由于我们学习成绩都很优秀，我们3人成为志趣相投的好友。

初中毕业后，柳届春考取了黄埔军校，离开了武汉市，此后和我们很少来往。十分令人惋惜的是，据说他后来牺牲于内战之中。史国衡考取了湖北省立第一中学，我进了省立武昌高级中学，同在一个城市，仍然有所联系。1935年，他考取了清华大学物理系；1936年，我考取了清华大学化学系，两人又成了同学。尤其有意思的是，因为清华一、二年级基本不分系，转系非常自由，各种机缘凑合，最后使我俩都成为清华大学社会人类学系毕业生，并成为终生挚友。

成为挚友

1936 年 9 月至 1937 年 6 月，我们两人都在清华园。凭人之常情，两个同气相投的故友重聚，应该是来往密切的。但记不清是什么原因，这个时期我们交往并不多。据我回忆，可能是由于我们两人当时都深深为恋爱问题所困扰，而彼此对对方恋情不理解之故。1938 年 5 月，我们又在西南联合大学蒙自分校重聚。国衡在历史社会学系（注：西南联大成立时，因北大、南开均无社会学系，故暂将社会学系与历史系合在一起，称为历史社会学系，到 1940 年两系才分开）三年级学习。我因想提高外语水平，暂读外文系二年级。两人虽不同系，但来往比较频繁。特别是我准备从三年级起转入社会学系，要向他了解情况、学习的地方很多。我对他为写毕业论文到个旧锡矿区进行的深入艰苦而有成效的调研工作，很是钦佩。

1938 年 8 月下旬，蒙自分校迁回昆明总校，我从 1938 年冬三年级起顺利转入历史社会学系，两人同系一年。国衡 1939 年毕业后留在清华大学国情普查研究所工作，我因为毕业论文收集资料和向导师（该所所长陈达教授）请教经常去该所，所以这两年我们经常在一起，逐渐成为挚友。

现在回忆起这段友谊，仍然感到愉快和温馨。从学习方面说，除常常在一起交流学习心得外，当时我们都对在西南联大兼课的云南大学社会学系的费孝通教授的教学和研究的工作很感兴趣。为了说明我们的这种兴趣，先得介绍一下费先生教学和研究的工作情况。费先生 1930 年进入燕京大学社会学系学习时，正是他的恩师吴文藻致力于社会学中国化事业的初期。他在跟着老师从事社会学中国化时，接触了社会人类学中最先进、最有力的功能学派及其社区研究法，而且极其投入。这个学派和这种研究法的开山人物，是英国伦敦经济政治学院蜚声国际的人类学家马林诺夫斯基（Bronislaw Malinowski）。不过，功能学派原来是用这种研究法调查研究野蛮、原始社会的。马林诺夫斯基用此法调研美拉尼西亚一个小岛上的野蛮部落而写成的《西太平洋的航海者》一书，1922 年出版后，震动了人类学界，成为功能学派的代表作。但是不到 10 年，类似的研究日益公式化，而且未经调查研究的这类社会迅速减少，几近枯竭。因此，马林诺夫斯基急欲将此研究法转用于研究文明社会。1936 年夏，费先生回老家江苏省吴江县开弦弓村休养时，意识到这个问题。他认为，如果他用功能学派的社区研究法调查研究开弦弓村取得成功，其研究成果能得到人类学界的承认，那么，他就使人类学从野蛮、原始社区研究转入文明社区的研究跨出了第一步，意义是非常重大的。于是，他就用此研究法在开弦弓村进行了两个月的调查研究，收集了大量资料。同年 9 月，他在前往英国留学的航轮上，将这些资料整理成书稿，题为《江村经济》。后来，他进入伦敦经济政治学院人类学系，马林诺夫斯基主动要求任他的导师，并以《江村经济》书稿作为他博士论文《中国农民的生活》(*Peasant Life in China*)的基础。该书稿在马林诺夫斯基主持的讨论班经过一章一章的讨论修改，历时两年定稿。马林诺夫斯基对此论文高度赞赏，在论文答辩通过的该晚，将论文推荐给伦敦劳特利奇(Routledge)书局出版，并由他作序，云："我敢于预言费孝通博士的《中国农民的生活》一书将被认为是人类学实地调查和理论工作发展中的一个里程碑。此书有一些杰出的优点，每一点都标志着一个新的发展"；"此书的某些段落确实可以被看作应用社会学和人类学的宪章"；"他书中所表露的很多箴言和原则，也是我过去在相当一段时间内所主张和宣扬的，但可惜我自己却没有机会去实践它。"由于马林诺夫斯基的推荐和赞誉，后来费先生的《中国农民的生活》(亦称《江村经济》)一书蜚声国际，几乎成为全世界各大学社会学和文化人类学专业的必读参考书。

　　1938 年初秋，费先生回国，任云南大学社会学系教授，并主持燕京大学-云南大学社会学实地调查工作站(亦称社会学研究室)，从事社区调查。回国两周后，他就一头钻进了云南禄丰县农村进行了近 40 天的调查研究。1939 年上学期，他到西南联合大学历史社会学系兼课，讲授《生育制度》，我和史国衡都选读了这门课程。不过据我体会，比起教学来，费先生的兴趣更倾向于研究工作，他的精力主要也是用于社区调查研究，他还计划吸收和培养一批有志于此的同学和他一起干。他经常在课内课外向我们宣传社会人类学中的功能学派及其社区研究法，激发我们兴趣。与此同时，费先生当时很年轻，大我不到 3 岁，大史国衡不到两岁，另外两个清华社会系同学张之毅和张宗颖，也都和我们年龄差不多。费先生初为人师，很是随和，师生间无拘无束，既是师生，也像朋友。我们几个经常到他家去请教，和贤良好客的费师母孟吟也很熟悉。这就是说，费先生具有一种吸引我们的人格魅力，再加上他当时在社会人类学界已取得的成就和声望，使我们感到，跟着费先生用功能学派的方法，在中国从事社区调查研究，是一种很有意义的学术活动，很有前途的事业。我们不禁心向往之，而且是互相鼓励的。1940 年我毕业后，可惜因婚恋关系不得已离开了昆明，而国衡则如愿走上了这条路。

　　除学习方面的共同兴趣外，在西南联大同学期间，我和国衡的政治态度是基本相同的。首先，我们都对政治没有兴趣，不参加任何带政治性的组织。其次，由于我们对专制独裁、贪污腐败的国民党政府非常反感，在学校左派（即受中国共产党领导或影响的）学生和右派（即受国民党领导和影响的）学生的明争暗斗中，我们思想上总是靠拢左派学生的，尽管我们一般不参加他们的活动。另外，虽然我们不参加政治组织和政治活动，但我们对中国的抗日战争和人民群众的疾苦，还是非常关心的，往往在一起讨论这方面的问题，并把我们的学习生活和这些问题联系起来。我们常常以西南联大校歌中的一段歌词"千秋耻，终当雪，中兴业，须人杰"来自我警惕。

　　在生活态度方面，我们也大体相同。由于家境影响，我们既无纨绔恶习，也不讲究苦行；我们无力乐善好施，也不愿作守财奴、吝啬鬼；我们不敢、不愿纵欲，也不想做宋儒标榜的"灭人欲"的假正人君子。课余之暇，我们喜欢在耗费无多的前提下，到蒙自、昆明四郊游山玩水。能力所及时，也上小馆子打打牙祭。不花钱或花钱很少的娱乐活动我们经常参加，但比较起来，国衡却不像我也参加一些体育活动。我们当时是二十七八岁的青年，当然对恋爱问题不能无动于衷。我有一个女友在重庆工作，两人认识已四五年，但从未相聚，有时还意见相左，音信断绝，关系一直未明确，国衡则尚无对象。关于这方面的隐私，我们是互相交换、互相同情和关心的。国衡曾经喜欢一个原北大的女同学（也是湖北同乡）和一个与我同级的清华女同学，我也帮他出过主意，想过办法，但都未起作用。为这些事，我们偶尔也感到压抑，再加上国事艰危，人民涂炭，有时不免心情沉重。记得有一次，我俩借跑警报的机会，爬上昆明郊区一座长满松树的山顶上，四顾无人，我们放浪形骸，脱得一丝不挂，仰面朝天，一而再、再而三地大声喊叫，好像要把人世间一切令我们不能心安理得、乐意畅怀的事物喊叫得烟消云散一样。那个短暂的时间，我们享受到真正的自由和快乐，也确凿地见证了我们两人间真挚的友谊。

深厚的社会学功底及其重要的研究成果

1940 年暑假前，我获得清华大学社会学专业学士学位（在西南联合大学成立前考取清华、北大、南开的西南联大毕业生，其学籍仍属原校，称清华、北大、南开毕业生）。如前所说，我因婚恋关系不得已去了重庆，暂时离开了原打算终生从事的社会学研究事业。国衡则如愿留在昆明，跟着陈达教授和费孝通教授，打下了深厚的研究社会学的功底，并作出了重要研究成果。这里，首先谈谈他的毕业论文。

云南个旧锡矿历史悠久，据现有文献和考古资料证明，它开创于 2700 余年前的春秋时代。清朝时期，光绪 31 年（1905）前，完全由私人经营。经营者称"锅头"或"供头"，其采矿、选矿场所称"厂尖"，大都规模很小，一般雇矿工（称"砂丁"）100 人左右（多者上千人，少者几个人），资本数千元。少数大规模经营者称为"尖子"，其投资人多为资本家、大地主、军政权贵、士绅。光绪 31 年起，虽有官商合资公司参与经营，但直到民国时期，矿产量的 90% 以上仍由私营厂尖生产。它们的生产技术和管理方法非常落后。砂丁一般为云南内地无地或少地农民，有自愿来的，但大多是被骗或被迫来的，所用生产工具极其原始、笨重，生产条件十分简陋、险恶，生活条件非常艰苦、惨劣，还经常遭受"镶头"（资方代理人）欺压打骂，时刻面临着伤残和死亡。正如他们自己创作的歌谣所描述，他们的处境是："可怜可怜真可怜，可怜莫过走厂人。下班好似山老鼠，出洞好像讨饭人。人人都说黄连苦，更比黄连苦十分。"处境悲惨如此，然而所得报酬，一年不过十几元或几十元。这种情况，当然会引起砂丁的逃亡事件。因此，矿区各个路口都有武装人员把守，砂丁如果企图逃亡，一经抓获，就被带上脚镣劳动。

个旧锡矿砂丁的这种奴隶式悲惨处境，直到上世纪 30 年代以前，似乎未见报道。1929 或 1930 年暑假，云南省玉溪县进步青年黄子方因访友前往个旧，亲眼所见，深表同情。1931 年夏，他在上海会见巴金，两人立即成为好友。巴金翻译克鲁泡特金著作时，他一面帮助校对，一面向巴金描述个旧锡矿工人的悲惨处境，巴金听后久久不能忘怀，说是"逼着我拿起笔，替那般'现代的奴隶'喊冤。"这样，他在 1932 年创作了中篇小说《砂丁》，使他成为中国第一个描写并向世界介绍个旧锡都的中国作家。但是，巴金创作《砂丁》时，并未到过个旧，所以他说："我没有实际生活，甚至连背景也不熟悉，因此我只好凭空造出一个'死城'来。"

我不知道国衡是否读过巴金的《砂丁》，并受到它的激励，但是我知道，要深入到个旧锡矿区去亲自调查研究砂丁的生活、劳动的实际情况，不独要准备吃大苦，还得有"不入虎穴，焉得虎子"的冒险精神，因为那些唯利是图的锡矿资方及其代理人是很敌视并严防这类调研人员的。但是，国衡不独进入了"虎穴"，还收集了相当充分的第一手资料，写出了受到导师和社会学界重视的毕业论文：《矿山与矿工：个旧锡矿工人生活调查报告》，成为中国第一个根据自己深入社会调研成果描述并向世界介绍个旧砂丁生活的第一人。这就说明，国衡在大学时期，便已打下运用马林诺夫斯基创造的社区调查法研究社会学、人类学的初步功底。1939 年大学毕业后，他在清华大学国情普查研究所工作了一年，参加了云南呈贡县的人口普查和农业普查，进一步加强了他从事社会学调查研究工作的能力和经验。1940 年冬，国衡步张之毅的后尘，和张宗颖一道，参加了费先生主持的云南大学社会学研究室，亦即燕京大学-云南大学社会学实地调查工作站。由于日寇轰炸昆明之故，这个工作站此时已迁往呈贡县古城村南门外的一座古庙——魁星阁。从外形看，魁星阁是一座四面八角挑檐出厦的阁亭，分为 3 层，颇有点气象，但整个建筑已十分陈旧，有些木板很松动，风一吹就会晃动碰撞，发出声响；每层楼面积都不大，有些书籍和资料上不了书架，只好放在箱子里，研究人员做案头工作时很拥挤；晚上照明用植物油灯，自己用棉线做灯芯。

工作站将第一层用作厨房、饭厅和洗脸间，第二层作工作室和图书室，摆有 6 张书桌，第三层作宿舍，国衡和田汝康、谷苞等人住在那里。

1995 年 6 月国衡逝世后,谷苞在写给国衡女儿秋明致哀信中回忆:"从1941 年到 1944 年,我和你爸同在云南大学与燕京合组的社会学研究室工作,我们的研究室设在当时呈贡县大古城村的魁星阁里,……顶上的第三层是你爸和我的宿舍,还有一个泥塑的鬼怪一样的魁星给我们作伴。那时没有电灯,夜晚就在菜油灯下读书或写作,虽然生活很苦,但在当时我们并不以为苦,还是很用功的,生活也是很充实的。"

据费孝通先生回忆,前后在魁星阁参加研究工作的有 10 多人。这些人是一群志同道合的大学毕业生。费先生自称为总助手,实际上他是这群人精神上和研究工作的领袖。他们的总目标是研究中国各种类型的社会,从而了解、认识整个中国社会的总情况,以便提出改革中国旧社会、建设现代中国社会的建议和方案。他们所用的方法,一般说是功能学派创造的社区调查法,具体而言,他们主要参考了马林诺夫斯基教授在伦敦经济政治学院人类学系所领导的席明纳(即讨论课)"今天的人类学"所用的方法。这种方法,就是由参与研究的各个成员,根据他们研究的总目标,自己选择社区去进行实地调查研究,并将初步成果拿回魁星阁,向全体研究人员报告,供大家充分讨论,尽量提批评建议,然后再由报告人参考大家意见,写出调查研究的论文或书稿。这种研究方法既能发挥个人创造性,又能集思广益,是很有成效的。这是他们在短短四五年中取得重大成就的原因之一。但是,还有更重要的原因,这就是他们这个学术共同体为学术而献身的纯真精神。他们为了学术研究经受着艰苦生活,却不以为苦,反而感到乐趣,认为生活充实;他们为了学术研究,放下架子甚至尊严,千方百计地去接近和说服那些对他们工作的性质和价值毫不理解和同情的工农群众,锻炼了他们深入群众进行调研工作的智慧、技能、耐心和毅力;他们为了学术研究,完全不计较个人名利得失,只是互相帮助,互相促进。费先生为此提供了很好的榜样,他不独帮助大家提高学识和研究方法水平,还负担一些具体的事务工作如刻钢板、印油印等,甚至代青年学者将著作译成英文,在国外出版;他们为了学术的发展,坚持学术自由原则,每个人都注意创新,并坚持自己认为正确的意见,但对别人的异见都能宽容,而且吸收其合理的部分;他们还为发展学术不断进行讨论和争辩,有时争得面红耳赤,但不损伤个人之间的友谊和团队的和谐与合作。总之，魁星阁以费孝通为首的这群研究人员，是个完全为学术研究而存在的纯粹学术共同体，基本上摒除了古今中外有害于学术研究和发展的学术界的一切恶习。他们的优秀学风和重大成就，使他们以"魁阁"之名，流传于中国社会学、人类学界，并通过美国费正清（John King Fairbank）教授夫妇的介绍，为西方社会学、人类学界所知。

史国衡在魁阁从事社会实地调查研究工作约5年，深受这种优良学风的感染，进一步巩固和提高了他从事社区调查工作的功底。他选择的是调研昆明工厂的劳工，进驻一个国营军需工厂，和工人同吃、同住并一同活动。他将收集到的第一手材料整理成初步文稿，经过费先生指导和魁阁同僚的讨论提高后，写成了《论吸收内地的劳工》、《内地新工业中劳工的地域来源》、《内地工业中的工人管理》等论文，和一本很有分量的专著《昆厂劳工》。

1943年，主要由于其显著的学术研究成就，费先生被邀请访问美国，6月5日启程。在美期间，费先生发现《昆厂劳工》与哈佛大学在西屋电气公司霍桑工厂所进行的调研成果是相辅相成的。1944年2月和3月，他访问哈佛大学，在哈佛大学霍桑实验室主任埃尔顿·梅奥（Elton Mayo）教授帮助下，将《昆厂劳工》译为英文本，书名 *China Enters her Machine Age*。该书由吴文藻教授作序，梅奥教授为其写了编者按语，1944年由哈佛大学出版社出版。后来芝加哥大学出版社也出版了该书。1946年，北京商务印书馆出版了中文版《昆厂劳工》。由此可见，该书是多么受中、美社会学、人类学界的重视。

声气总相通

1940年暑假我离开昆明后，我和国衡有6年没有见面，但我们鱼雁常通，彼此的情况基本上是互相了解的，彼此的志趣也基本相同，即继续从事社会学研究，并取得一定的成就。如上所说，国衡留在昆明，追随费孝通师大大提高了研究工作水平，并取得了重要成绩，而我在重庆，虽然也在专业对口的国民政府社会部社会福利司劳工福利科工作了两年，但完全不能用其所学，主要只是从事一些官僚文书的撰写工作。唯一能与社会学研究工作搭上关系的,只有3件事:一是我翻译了一批英国政府的劳工立法;二是我为国际劳工局中国分局编写了一些中国劳工情况的报告;三是我在重庆《大公报》发表了两篇引起相当反响的社会学论文:《智识阶级与人口问题》和《文化脱节与民主政治》。

由于我的生活旨趣和事业追求与重庆国民政府的官场意向与习气不能相容,我几致失业。于是,我参加并通过了1943年12月国民政府教育部主办的第一次自费留学考试,并于1944年11月底前往美国社会学重镇之一、芝加哥大学社会学系进修社会学。史国衡因其在魁阁取得的重大研究成果,获得哈佛-燕京学社(Harvard-Yenching Institute)研究员奖学金,于1945年10月,前往美国另一社会学重镇——哈佛大学社会学系进修,并参与埃尔顿·梅奥教授领导的研究班和另一教授的讲习班学习,为时近3年,对当代世界社会学的各种新理论和新研究方法有所接触和了解,成为一个装备一新的、更加成熟的高级社会学研究人员。在此期间,我们不独经常互通声气,国衡还于1946年暑假到芝加哥大学来,与我同住在国际大厦(International House,这是煤油大王洛克菲勒捐建的一座供美国学生与外国留学生共同居住的宿舍,其标榜目的是促进美国学生与外国留学生的了解和友谊),朝夕相处,除交流社会学的学习心得外,还经常讨论我们下一步要走的道路问题。我们一致认为,我们中学时代共同抱有的一个梦想,长大后在一个中国名牌大学当教授,从事教研工作,凭我们当时的学历以及当时中国高等教育界的情况,实现这一梦想是完全可能的。但我们又一致认为,要长期、稳定地在大学从事教研工作,取得有利于国计民生的研究成果,中国就必须现代化,能自立于世界民族之林,而当时腐败无能的蒋介石独裁政权是不能实现这个任务的。这样,在国民政府统治下的大学里长期、稳定地从事教研工作便没有保证,而且没有意义,不过是为蒋介石政权的高等教育装点门面。考虑到这种尴尬处境,一向不愿意而且也不曾参与政治活动的我俩,却不谋而合地对政治产生了一定的兴趣,而且一致认为,不得不把希望寄托于唯一有可能取代国民党的中国共产党。而且天真地、不切实际地想到:回国后选择的道路,很有可能是去跟着共产党打游击。

回到清华大学当教授

1948 年 7 月，史国衡回到已受共产党势力支配的清华大学当了副教授（后升为教授），同年 12 月中旬，清华大学先于北平得到解放。他心情振奋，积极靠拢中国共产党，不多时还争取参加了党组织。1952 年，中国学习苏联，对高等学校进行了院系调整，将作为中国少有的优秀综合大学的清华大学改为工科大学，同时还在全国取消了社会学的教学和研究工作。这就使史国衡又一次面临一个未来走什么道路的重大问题。后来，他选择了转行，放弃他 10 年来努力为之打好功底并准备终生为之献身的社会学研究，留在清华从事行政管理工作。短期任校人事室主任，旋即转任总务长直至 1960 年底，为期 8 年。1961 年 4 月起，又改任清华大学图书馆馆长，直至 1983 年退休，共 22 年。对于这种选择，据国衡次子史际平博士猜测，是由于国衡留恋清华，而且与幼年时曾希望"能管理一个县"的志愿有关。但据我的了解，国衡当时自己还是想继续从事学术研究的。他在和我的私人通信中，曾对费孝通老师解放后参加政治、社会活动过多，耽误了学术研究颇有微词，"能管理一个县"那样的幼稚志愿早已烟消云散。不过，做一个新入党的共产党人，他是难以摆脱"作驯服工具"思想的束缚的。他在当时给我的信中，就一再强调要脱胎换骨，消除清高思想，坚决服从组织分配。

应该承认，1952 年以后的经历证明，史国衡教授当时的确是一个党所要求的优秀共产党人。他不独坚决服从组织分配，积极响应党的号召，还毫不利己，专门利人。他免费提供英语教学和国学知识，时常帮助经济困难的同事和朋友；他尽力推荐优秀青年出国留学，但对自己子女留学问题则要求他们自己创造条件解决；1970 年代初，他将五六十年代省吃俭用存储下来的近万元积蓄上缴，并将工资绝大部分交了党费。1983 年，党中央关于干部离退休制度的决定作出之后，他就多次向校领导表示，愿意在教授离退休工作中带个头，让年富力强的人接班。当学校批准他离休后，他精神愉快，并开始拟订离休后发挥余热的计划。而大批老教授的退休，则是从 1986 年才开始。他忠于党，维护党的威信和声誉，热爱新中国和新社会。在我们的交往和通信中,他经常表现出这种激情,这里仅举两例。1964 年 5 月间,他以清华图书馆馆长身份到武汉市各大学图书馆参观访问。公余之暇,5 月 29 日我俩一同前往东湖风景区游览,在行吟阁、屈原纪念馆看到的古今吟咏,大都为屈子惋惜,其甚者叔世情怀,溢于言表。国衡认为新中国欣欣向荣,社会进步,这种消极文字既不适宜,也不相称。我受他的情绪感染,写了一首词"忆江南":"行吟阁,何事忆当年? 倘得灵均来阆苑,'诗人兴会更无前',新颂万千篇。"1975 年 7 月 20日,接国衡信,说是"白首红心,还要为党的事业战斗到两千年。"我读后心情激动,夜不能寐,凌晨 1 时半,起来写了一首七绝:"花甲天教两鬓青,每思碧血献黎民。锦书喜报清华客,椽笔时时写激情。"

作为高校高级行政管理人员,国衡也是作出了重要贡献的。仅以清华大学图书馆馆长而论,由于他的人品、作风和取得成绩,1980 年,国家教育委员会选聘他为团长,率领"中国大学图书馆代表团",于六七月间赴美国参观访问。回国以后,由他执笔写的访问报告,提出了 5 项具体建议:建立计算机网络,加强图书馆学教育,提高图书馆管理水平,提高图书管理人员的素质和业务等,对我国大学图书馆的建设和发展起了积极的推动作用。

这里我想特别提出来的问题是:当 1952 年史国衡教授对自己未来道路作选择时,清华要找一个像他那样的人事室主任、总务长、图书馆长,是有可能的,但要想找出一个像他那样具有深厚社会学研究功底和成为杰出社会学家巨大潜力的学者,则不大可能。对史国衡教授本人而言,虽然成就了一个党认为的优秀共产党人和高教行政管理人员,但作为一个不可多得的杰出社会学家的潜力,则被扼杀了。我们国家也失去了一个产生杰出社会学家的机会。这实在是一个很可惜的事。

2008 年 12 月 8 日于珞珈山

2009 年 4 月发表于《读书》杂志

悼念美国著名黑人史学家
约翰·霍普·富兰克林

2009 年 3 月 27 日,我在当天的《参考消息》上读到两天前"美著名历史学家、民权运动家约翰·霍普·富兰克林辞世",终年 94 岁的报道,心情久久不能平静。作为美国史研究工作者,我对富兰克林教授对美国历史研究和民权运动所作的巨大贡献印象深刻,至为钦佩;作为同行和朋友,在我们的交往中,他的坦诚、热情和慷慨,也令我历久难忘。

家世与求学历程

1915 年元月 2 日,约翰·霍普·富兰克林(John Hope Franklin)出生于俄克拉何马州全体居民都是黑人的小镇伦蒂斯维尔。他的祖父曾是印第安人奴隶,后来变成一位牛仔、牧场主。他的父亲巴克·科尔伯特·富兰克林(Buck Colbert Franklin)自学法律,成为律师。由于原居路易斯安那州禁止他执律师业,他才迁到这个小镇的。1920 年代,他家又迁到塔尔萨。11 岁时,他听过著名民权运动领袖杜波伊斯(W. E. B. Du Bois)演说,后来两人成为朋友。青少年时,他多次遭到种族歧视。他曾被迫离开全白人列车,曾被安排坐在塔尔萨歌剧院的隔离区,曾目睹包括他父亲及其律师事务所在内的塔尔萨街道在 1921 年种族骚乱中被烧毁,曾被俄克拉何马大学拒绝入学。后来,他上了纳什维尔的历史上只收黑人学生的菲斯克大学,1935 年获学士学位。他在此遇见了后来成为他妻子(有时是他编辑)、两人相濡以沫近 60 年的奥里莉亚·E. 惠廷顿(Aurelia E. Whittington)。

在菲斯克读书时,他曾打算步其父后尘,学习法律,将来执律师业,但被一位白人教授西奥多·柯里尔（Theodore Currier）说服，专攻历史学。据说，柯里尔教授很欣赏这位黑人学生，曾资助他500美元，让他到哈佛大学去读史学研究生。他没有辜负恩师希望，1936年，获得哈佛大学硕士学位，1941年获得博士学位。不过，他后来回忆，由于哈佛校园内黑人学生寥寥无几，他感到很孤独。

诲人不倦、成就卓著的教学工作

富兰克林教授热爱教学工作。尽管后来他日益声誉卓著，仍诲人不倦。1936年，他开始执教于菲斯克大学。后来20年，他辗转于北卡罗来纳州罗利市的圣奥古斯丁学院、达勒姆市的北卡罗来纳学院和华盛顿的霍华德大学。当他的头几本著作受到全国学术界、特别是历史学界青睐后，他就离开了历史上属于黑人的高等学校，去到布鲁克林学院，从1956至1964年，他是这个学院曾经是全白人系的系主任。美国参议员、曾是富兰克林学生的芭芭拉·博克瑟（Barbara Boxer）说："1960年代布鲁克林学院有约翰·霍普·富兰克林在，就像我们中间有一颗真正的明星"；"凡是有幸进入他课堂的学生，无不从早到晚地夸奖他。"从1965到1982年，他在芝加哥大学执教。1982年回到北卡罗来纳州，执教于杜克大学和杜克法学院。1992年起，他成为杜克大学的詹姆斯·B.杜克名誉教授。为向他表示敬意，杜克大学还建立了一个以他的名字命名的研究中心。

此外，富兰克林还以富布赖特教授的名义，到澳大利亚、中国和津巴布韦讲学，并在哈佛大学、康奈尔大学、威斯康星大学、夏威夷大学、加州大学伯克利分校及英国剑桥大学等学术机构执教，成为一个蜚声国际的大学教授。

对历史学研究和民权运动的巨大贡献

1943年，富兰克林发表了他的第一本著作《北卡罗来纳的自由黑人，1790—1860》，这本书探索了内战前南部奴隶主对25万自由黑人的仇恨与恐惧。此后，他陆续撰写和编著了约20本书。在1956年出版的《好战的南部,1800—1861》中,他描述了内战前以暴力闻名的南部白人的"好斗精神"和"战斗意志";他还指出,由于实行奴隶制,南部各州的公民从婴儿时期起,就成为一种家庭独裁者。在1961年发表的《内战后的重建》中,他认为重建改革的结果,使南部更依附于形成其历史的价值观和理念;在战后的年代,合众国并未将战争的成就作为基础,促进美国政治、社会、经济生活的健全发展。

除深刻认识南部的种族主义历史外,他也时常迁怒于北部的种族主义。而且在1993年出版的《肤色界线:21世纪的遗产》中,他论证道:肤色界线仍然是横亘在这个国家面前的"一个最可悲也最顽固的问题",就是到了21世纪,它仍将是美国的重大问题。的确,他对美国黑人命运的关注是无时无刻的。大约不到肤色界线完全湮灭,他对美国黑人所受不公平待遇和苦难的心结就解不开。熟悉他的人说,直到逝世前,奥巴马当选总统让他几乎喜极而泣,但卡特里娜飓风席卷下的那些仓皇潦倒、穷途末路的黑人同胞却始终徘徊在他的脑海里。

为节省篇幅,不再列举他的其他著作了。这里,我们将重点介绍1947年出版的、他的伟大著作《从奴役到自由:美国黑人史》。据本书中译本《美国黑人史》(商务印书馆1988年版)的"出版说明"介绍,"本书全面叙述了黑人从十五六世纪起被贩卖至欧美为奴直到二十世纪七八十年代仍在持续不断进行斗争的历史。正如作者所说,本书'主要是千百万默默无闻的大众为了努力适应一个新的、往往对他们怀着敌意的世界而奋斗的历史'。……本书把黑人的发展过程放在整个美国的经济和社会发展的历史主流背景中来考察,并分析了对美国黑人的发展起作用的各种因素。……作为一位黑人历史学家,作者力求比较客观而不偏颇的态度。书中既揭露和谴责了白人对黑人种族歧视,但也肯定了那些同情并帮助黑人争取解放以及取得平等地位的白人所起的作用";"本书是作者在搜集了大量原始资料的基础上写成的,材料丰富,条理清晰,论述简单明了。"作为一本经典性著作,到今年为止,它已售出3百多万册,并被译成日文、德文、法文、中文及其他各种文本。诺贝尔经济学奖获得者、芝加哥大学罗伯特·福格尔(Robert W. Fogel)教授称之为"解释美国文明的里程碑式著作"。富兰克林在菲斯克大学的同学,现为纽约大学历史学家的戴维·莱弗林·刘易斯(David Levering Lewis)说:"像其他极少数史学家一样,使他的史学特别优异的,是他写了一本改变我们理解一种重大社会现象的方法的书";"当你思考《从奴役到自由》这本书时,你会看到它出版前后写作范例的一种基本变化。在他以前,曾经是一种薄弱的、边缘的研究领域,其中充满了对有色人种影响非常粗暴的蔑视。而他则将之推进美国历史叙述的主流。应该说这本书创建了整整一个新研究领域。"刘易斯博士还和其他学者一起论证道:富兰克林博士的著作,不仅创建了非裔美国人的研究,还成就了一整列新的史学,比如妇女史、同性恋者史、西班牙人史、亚细亚人史、等等,这些都已经成为主流学术的组成部分。

富兰克林教授有别于一般历史学家的另一方面是:他不仅是个历史学家,也是个伦理学家;他不满足于"坐而言",还要"起而行";他不仅著书立说以反对种族歧视与隔离,争取黑人与白人平等,还积极参加民权运动。我这里仅举两件重大事件为例。美国最高法院新任首席法官厄尔·沃伦(Earl Warren)为人比较开明,1953 年他上任后,在全国有色人种协进会和以著名黑人瑟古德·马歇尔(Thurgood Marshall)为首的一批律师的推动下,重新审理有关公立学校种族隔离制的案件。在有代表性的布朗诉托皮卡教育局一案的审理过程中,富兰克林以其丰富的有关知识,帮助马歇尔进行了有力的辩护。1954 年 5 月 17 日,沃伦代表最高法院作出判决:公立学校种族隔离制违反宪法,从而推翻了 1896 年普莱希诉弗格森一案判决所确认的"隔离但是平等"的原则。这一判决,是第二次世界大战后黑人法院斗争的里程碑。此后 10 年,随着国际国内形势的发展,民权运动日益升级,先由法院斗争提升为"非暴力群众直接行动",再激化为"城市暴力斗争"。富兰克林在民权运动中的形象也更鲜明了。1965 年 3 月,他参加了小马丁·路德·金(Martin Luther King)牧师领导的、旨在保证塞尔马市黑人选举权的向塞尔马进军的活动。作为一个声名显赫的历史学家,他的参加,成为这次进军的历史见证。

所获尊敬和荣誉

除对历史研究和民权运动作出巨大贡献外,他的为人处世之道,容易被种族主义者以外的人们所接受,甚至赞扬。他衣履整洁,彬彬有礼,慷慨大度,宽以待人,而且富有风趣,像一个老派的南部绅士。由于以上这些原因,他受到广泛尊敬,获得的荣誉、奖项,参加的专业和公民组织如此之多,以致他的履历要写满好几页;他还获得名誉学位100多个。举其显著者而言,他是美国最大、最有权威的历史协会——美国历史协会的第一位黑人主席(注:1979年他访问武汉时曾对我说:"该会当初拒绝我入会,后来不得不选我为主席。");白人为主的布鲁克林学院的全白人系的第一位黑人系主任;在杜克大学获得捐赠基金讲座的第一位黑人教授;向实行种族隔离的南方历史协会提交论文的第一位黑人学者,这个协会是后来选他为主席的许多学术团体之一;芝加哥大学历史系的第一位黑人系主任;1995年克林顿总统授予的、作为美国公民最高荣誉的自由勋章的获得者;2006年,他在国会图书馆接受了被誉为诺贝尔人文科学奖的约翰·W.克卢格奖。

　　他在接受此重要奖项时的致词很有意义,特择译如下。他说他曾长期致力于"理解何以我们能为来自欧洲的人民寻求一块自由的土地,而与此同时,又建立一种奴役碰巧不是来自欧洲的人民的社会与经济体制。我曾致力于理解何以我们能为独立而战斗,而与此同时,又运用此新获得的独立来奴役许多曾经参加独立战争的人。作为一个历史学者,我曾试图历史地加以解释,但是这种解释并不能总是使我满意。这就让我别无选择,只能用我的历史知识,和我所有的其他知识和技能,把问题提出来,以寻求应变应革之道,达到让所有民族获取其向往的平等目标的明确目的。"

我们的交往和友谊

　　中美建立全面外交关系的1979年11月,富兰克林教授是应邀访华的第一个美国历史学家。我当时是中国美国史研究会筹备会的主要负责人,因此有机会和他相识。他在北京讲学后即来到武汉市讲学。从11月12日至18日,他在武汉市活动的一个星期,我是全程陪同。我当时日记太简略,据我现在回忆,他在武汉市除作学术报告外,进行了3次座谈,内容主要是美国历史研究最近动态、他的美国历史观和他的美国黑人史研究。另外还游览了武汉市重点风景区,看了一次画展,品尝了武汉市特产食品老通城的豆皮。此外,由于中国美国史研究会将于 11 月 29 日成立,我们请他征得美国历史协会同意,代表该会写一书面致词,亦即贺函,届时在美国史研究会成会上宣读。他欣然命笔,并在致词中代表该会表示愿意帮助我们获得研究资料,邀请我国美国史研究人员参加该会年会。中国美国史研究会现用的英文名称 American History Research Association of China,就是他书面致词中所用名称。一般说,他对武汉市之行是满意的。其间虽有个短时间颇不高兴,因为我国(或我省)外事部门规定,外宾伙食标准远高于陪同人员,所以除正式宴会以外,平时我们不能和他同席共餐。他因在美国受够种族歧视之苦很敏感,以为我们不和他同席是对他歧视,愠忿之情形于颜色。经我一再解释之后,他已理解。到我送他上飞机时,我们似乎已有了初步友谊,因为他回国后不久即寄来热情洋溢的感谢信,我日记中记着 1980 年 1 月 11 日我回复他的无疑也是热情的信。

　　更能证明我们友谊的,是 1984 年 11—12 月我应美国"美中学术交流委员会"的邀请,赴美讲学、交友、研究期间,访问他所在的杜克大学时,他对我的殷勤接待。我是 12 月 2 日下午 6 时飞到杜克大学所在城市达勒姆的,他亲自开车到飞机场来接我。在他为我所定旅馆安顿好行李后,就回家带了夫人和我一起到当地上海餐厅晚宴,并请了当地几位有声望的历史学家作陪。第二天,他又为我设午宴,并请美国著名新左派史学家杰诺维塞(E. Genovese)夫妇、中国访问学者赵景伦(张治中女婿)、美国人文科学研究中心主任(惜忘其名)等人作陪。下午,土耳其裔美籍德利克(A. Dirlik)副教授受他委托,开车带我参观杜克大学校园。晚上又请我到他家晚餐,并请黑人副教授作陪。4 日上午 11 时半,他开车来接我去美国人文科学研究中心参加例行午餐,并听取杰诺维塞夫人学术报告。下午,他邀请了几位感兴趣的历史学工作者到杜克大学历史系来听我讲"中国的美国史研究"。晚上又到他家晚餐,一位黑人史学教授在座,3 人谈兴颇浓,时有争论,但大家在批评里根总统的保守政策时,意见是一致的。5 日上午,经他牵线,北卡罗来纳大学非常著名的美国现代史、特别是"新政"史的权威教授威廉·洛克滕堡（William E. Leuchtenburg）亲自开车来接我去他们学校参观，并和他讨论罗斯福"新政"问题，获益良多。他还赠我一册所著《在富兰克林·罗斯福的荫影下》。后来，我和洛克滕堡也成为好友，并由我高中、大学同学朱鸿恩和我一起，将他的《富兰克林·D. 罗斯福与"新政"，1932—1940》译成中文本，1993 年由商务印书馆出版。同日 12 时，富兰克林教授开车送我到机场，依依惜别，互道珍重。12 月末，美国历史协会在芝加哥市举行年会，我在芝加哥大学访问。29日，我前往举行年会的地点参观各出版社举办的书展，巧遇富兰克林。他让我在与他有往来的哈伦·戴维森出版公司出版的《美国通史丛书》中选择了 18 本关键性书籍，请该公司赠给我，并免费寄到武汉大学。我回国后，他还让他的秘书将我在达勒姆的活动日程，打印成一份备忘录寄给我备查。美国著名大学名教授花这么多时间和精力来接待一位来宾，实在是不多见的，令我十分感激。这以后，我们还时不时通信。现在我手里还保存有他 1986 年 6 月 30 日来信，节译如下："非常感谢由你的学生寄给我的你的信，我特别欣赏和喜欢你赠给我的茶叶和著作。它们引起我对你访问达勒姆市时的愉快回忆。我还收到斯坦利·柯特勒教授带给我的你的问候。他一再表示他在中国、特别是武汉市度过一段极美好的时光。我希望你一切顺利，并在最近的将来我们能再见。"上世纪 90 年代以来很少通信，只是新年时互寄贺卡。现在他走了。我感到悲伤的只是失去一位伟大的同行和好朋友，但却为他一生对美国社会作出的巨大贡献感到高兴，并希望他一生为之奋斗的目标：美国各种族的一体化终有一天得以实现。

2009 年 4 月 10 日于珞珈山

载 2009 年 6 月《书屋》

致歉与谅解

——回忆诗人曾卓①

在近期的阅读和写作中,曾经几次涉及我和著名诗人曾卓的交往情况。缅怀故人的深切情怀,难以忘却的愧疚心情,促使我禁不住写下这篇回忆文章。

(一)

曾卓原名曾庆冠,是我黄陂县的小同乡。我 1913 年 5 月 13 日出生于黄陂北乡农村,他 1922 年 3 月 5 日出生于汉口,彼此原不相识。虽然解放前我们互有所知,但见面与接触却是在解放以后。

曾卓 4 岁时,他的父亲以反对包办婚姻为由,遗弃了他的母亲。他认为极不公平,非常同情他的母亲,从而激起了他同情弱势者的正义感。6 岁时进入武汉市第六小学读书,曾在老师帮助下,在当时报纸的儿童副刊上发表过几篇文章,从此热爱文艺。1934 年考入武汉市男一中就读,当时中国受帝国主义的侵略已近 90 年,到 1931 年"九·一八"事变后,亡国之祸迫在眉睫,而蒋介石的国民党政权坚持不抵抗政策,引起广大人民、特别是知识分子的激愤。中国共产党则旗帜鲜明地提出了抗日救亡的主张,在 1931 年 9 月 20 日发表了《中国共产党为日本帝国主义强暴占领东三省事件宣言》。到 1935 年,又在《八一宣言》中正式提出"停止内战,一致抗日"的口号。同时,还在原有进步学生组织的基础上,在广大学生群众中迅速扩建以抗日救亡为主旨的各种组织,并于 1935 年掀起席卷全国

---

① 本文由刘绪贻口述,赵晓悦整理。

的"一二·九"学生运动。在这种火热浪潮中，一向正义感很强并已受到鲁迅思想影响的曾卓，很自然地结识了一些高年级的进步同学，参加了他们组织的读书会，并于 14 岁时，在汉口《时代日报》发表《生活》一诗，认为"生活像一只小船，航行在漫长的黑河。没有桨也没有舵，命运贴着大的漩涡"。15 岁时，成为武汉市"民族解放先锋队"的第一批成员。由于积极参加抗日救亡活动，曾被学校除名，转入黄岗正源中学就读，并在当地抗日热情的感染、鼓舞下，经地下党人介绍，1938 年 3 月参加了中国共产党，时年 16 岁。

同年武汉沦陷前，曾卓流亡到重庆，考入复旦中学，参加了进步同学的组织"吼声剧团"和"复活社"，并任党支部的宣传委员。1939 年，他为即将前往延安的同学写了一首题为《别》的诗，发表在进步文学家、复旦大学年轻教授靳以主编的《国民公报》副刊《文群》上。靳以很赞赏这首年轻人的诗，发表时还写了短文予以评论。此后，靳以还到曾卓的宿舍看望他，使他受宠若惊。1940 年，曾卓结识了著名年轻诗人邹荻帆。他们和绿原、姚奔、史放、冯白鲁等人组织"诗垦地社"，出版《诗垦地丛刊》，得到靳以的大力支持，定期将《文群》的版面让给"诗垦地社"发表诗作。

在当时的陪都重庆，由于《文群》坚持出版了 4 年 500 余期，而且常刊载巴金、艾芜、曹禺、胡风、艾青、何其芳、臧克家、陈荒煤、刘白羽、萧红等名家的作品，在抗战时期文艺界声望卓著。曾卓的诗作屡见于《文群》，让更多的读者了解到了这个年轻诗人的名字。1939 年冬，他的诗《门》在重庆《大公报》发表，诗的主旨在于说明进步文学之门决不会为叛逆者打开。《大公报》记者谢贻征对此诗倍加赞赏，并撰文称赞作者为"少年雪莱"。自此以后，曾卓声名鹊起，开始尝试诗歌以外的多种文学形式，投稿范围也逐渐扩大。1940—1943 年间，在重庆、桂林、昆明等地的进步报刊上发表了一批诗歌、散文及其他文艺作品，并于 1944 年出版了第一部诗集《门》。这一时期，是曾卓文艺创作的第一个高峰。有人评价，曾卓和一批与他共同成长于抗日战争时期的诗人，形成了抗战期间和解放战争时期国民党统治区最重要的抒情诗流派，他们的诗伴随着人民熬过的苦难，像子弹一样射向反动统治。

1943 年，曾卓考入中央大学历史系，1947 年毕业。在此期间，他不顾国民党特务的监视,积极组织"桔社"、"中大剧艺社",定期出墙报;参加过艾青、田间诗歌朗诵会,演出过夏衍的《上海屋檐下》,老舍、宋之合编的《国家至上》,契诃夫的《求婚》,以及鲁迅的散文诗剧《过客》;还于1944—1945 年编辑《诗文学》。毕业后,他回到武汉市主编《大刚报》文艺副刊《大江》,刊登进步作品,有人称这份副刊为"武汉的一点亮光"。

1949 年 5 月 16 日武汉解放,1950 年,曾卓曾任教于湖北省教育学院和武汉大学中文系;1952 年,任《长江日报》副社长,并当选武汉市文学艺术界联合会(文联)常务副主席、文协副主席。

不幸的是,1955 年曾卓卷入胡风案,同年 6 月被捕入狱,度过了两年极度艰难和孤寂的牢狱生活。1957 年保外就医,1959 年下放农村。1961年,在国家"调整、巩固、充实、提高"的政策实行后,政治氛围比较宽松,曾卓才得以调任武汉市人民艺术剧院任编剧。1962 年,毛泽东在中共中央政治局召开的"北戴河会议"上重提阶级斗争,称"阶级斗争要年年搞、月月搞、天天搞"。在此背景下,刚恢复创作仅一年的曾卓再次被闲置一旁。"文革"中,他又被下放到农村劳动改造,接着被关进"牛棚"。几年后,他调回武汉话剧院(注:武汉人民艺术为剧院 1968 年改称武汉话剧院)做勤杂工,直到 1979 年才得以平反。

在 1955—1979 这漫长的 25 年中,曾卓虽然处在极端屈辱与艰难、苦涩而无奈的困厄环境中,但他始终保持着自尊、真诚、坚毅和信念。有人用"好人"概括地评价曾卓,说他"总是彬彬有礼,温文尔雅,真诚善待每一个人(包括有负于他的人)"。同时,他并未被命运扼杀,心中的波涛仍然汹涌翻腾,创作的激情像地下火一样,在岩石下熊熊燃烧;他抓住每一个可能的机会,听从自己内心的原则,进行着各种隐蔽和公开的创作。

比如,从 1955 年下半年起,他在狱中口占了 30 余首怀念童年、向往光明和自由的诗作。1961 年,他写了很成功并获得国家文化部副部长夏衍肯定的话剧《江姐》和著名情诗《有赠》。1970 年《悬崖边的树》一诗,更是好评如潮。此外,这期间他还写了话剧《清江急流》,被改编为广播剧并获得一等奖的剧作《莫扎特》和儿童多幕剧《谁打破了花瓶》等。

1979 年平反以后,曾卓重返武汉市文联工作,后当选中国作家协会湖北分会副主席、中国作家协会第 4 届理事,第 5、6 届全国委员会委员,武汉市作家协会名誉主席,并迎来了他文艺创作的第二个"青春期"。从1981年起,他陆续出版了包括诗集《老水手的歌》(1983)、散文集《听笛人手记》(1986)和诗论集《诗人的两翼》(1987)在内的10余部作品。

从少年时期开始写诗,到老年仍不懈地进行创作,曾卓留下了一批"凝练自然,富于哲理,感情深沉而真挚"的文艺作品。他的诗作既扎根于中国的现实土壤,具有浓厚的历史感与时代感,又饱含着"对大地的爱、对生活的爱、对人民的爱"以及"对诗(艺术)的爱"。他的散文也独树一帜,思想深邃、文笔优美、感情充沛。虽然曾卓见证了母亲和祖国的苦难,也亲历了离合无常、蒙受冤屈、荆棘密布的人生道路,但他的作品里难见消沉和绝望,却始终充满面对命运时无所畏惧的坚强信念和真诚坦荡的人格力量。这些作品直达读者的心灵深处,激起不同时代、不同年龄的人们的联想和共鸣。曾卓的创作卓然而立,生命力持久,深受群众的认可和喜爱。他的《悬崖边的树》被誉为"受尽折磨而又壮心不减的中国知识分子"的形象写照,在全国广为传诵;1983年,《老水手的歌》获得全国第二届诗集奖;1988年,《听笛人手记》获得新时期全国优秀散文奖;2002年4月10日去世以后,曾卓仍荣获国际华人诗会当代诗魂金奖。

人们对曾卓的一生普遍作出了高度的评价,正如张永健教授所言:"有人说,曾老是武汉的良知,湖北的良知,乃至是中国诗坛的良知。这话是一点都不夸张的。曾老的一生代表了中国一代知识分子的人格和品德。他的人生道路是坎坷的,性格是倔强的,理想是远大的,情感是火热的,成就是辉煌的。"

(二)

我与曾卓都是黄陂县人,家庭背景大同小异,1929—1938年间,除很短的时间以外,都在武汉市生活和学习;1940—1944年间,都在重庆生活和工作。为什么彼此毫不相知,毫无接触呢? 我以为,主要的原因是:我们青少年时代所处的环境有异,因而所走的道路不同。我初入学读书时,是在"五四运动"的前一年,那个时候中国还没有中国共产党,因此在后来我受教育的过程中,我的知识生活和思想是受以胡适为代表的知识界的熏陶和制约的,是在这个圈子里孕育而成的。曾卓进小学时,中国共产党成立已七年,在知识界的影响已经相当的深刻,曾卓的知识生活和思想是在中共的意识形态和鲁迅思想的影响下孕育而成的。"道不同,不相为谋",彼此无缘相知相识,合乎常情。

从1946年起,因各种原因,我已逐渐倾向于中国共产党,到1947年9月,我在武汉大学执教后,在教学和科学研究工作中已经明显地体现出这种倾向性;1949年初,又以中国共产党外围组织成员身份参加了党的地下工作。曾卓1947年在中央大学毕业后,回武汉市任《大刚报》副刊《大江》的主编。在时代潮流的激荡中,彼此已逐渐相知,甚至同气相求,同心相励,但仍缘悭一面。大约是在1953年4、5月间,我以特邀代表的身份,列席武汉市党员代表会议。曾卓作为正式代表,当时已有15年党龄,但他却不以老资格自居,积极热情地、谦和诚恳地和我这个列席的代表接近、交朋友。我虽未明言,心里是非常感激的。自此以后,我作为武汉市总工会的宣传部长,他作为武汉市文联的常务副主席,虽然在工人文艺运动这个问题上有些不同的意见,但我们的关系一直是"和而不同"的。

然而"天有不测风云",1955年,在毛泽东煽起的"左"倾思潮下,曾卓被强制塞入胡风反革命集团案入狱。我当时任武汉市总工会宣传部部长,因职务关系,不得不表态,对他进行批判斗争;同时,我与曾卓对文艺工作的看法存在一些分歧。在我看来,中国传统知识分子的文艺创作和文艺思想大都是有些脱离劳动、脱离实际、脱离群众的;曾卓的文艺思想还没有完全摆脱这种不良传统的影响,胡风就曾批评他的小资产阶级情调比较浓厚。在这种情况下,我于1955年7月撰写了一篇长文《揭露曾卓对于武汉市工人文艺活动的罪恶阴谋》,发表于《长江日报》,并被全国、省、市各级媒体转载。虽然我写这篇文章有上述两点原因,但此文用语刻毒,而且过分上纲上线,污蔑他是"胡风反革命集团的骨干分子";他的言论都是公开发表过的,我却称之为"阴谋";强词夺理地攻击他"反对党的文艺路线和破坏文艺团体之间的团结"等等。我写此文时,已经多少意识到,我其所以这样上纲上线,乃是为了表明,自己在紧跟毛主席反对胡风反革集团问题上立场坚定,心里并不踏实。文章发表后,心里更是常常感到不安,念及曾卓如此倾心地与我相交,我却写出这样的文章对他进行攻击,越想越是感到有愧。1979 年他平反以后,歉疚之情多次促使我找机会向他当面致歉,但又始终勇气不足,以致一再耽搁。

时隔 40 余年,一个意外的机会出现。1997 年,我主编并参加撰写的《改革开放的社会学研究》一书出版,我和曾卓的一位共同朋友康惠农,知晓我的这种心情,就不和我商量,自作主张地以我的名义,将此书赠与曾卓。曾卓不了解内情,获书后写信感谢我,并告诉我说:"近年来常在报刊上读到大著,文笔酣畅,思路清晰,见解精辟。可见精力仍旺盛,甚为欣慰。"接到他的信后,我又惊又喜。除暗中感谢康惠农君外,立即给他回信,向他谈及 1955 年那桩不愉快公案,坦言 40 余年来我心里始终难以抹去的愧疚,和一直想当面向他表示歉意却未能如愿的心情。1998 年 2 月 15 日,曾卓在回信中写道:"50 年代的旧事,不值一提。当时那样的形势,大家不能不说一些违心的话。所以,我是能理解,并不介意的。"接到此信后,我的心情比以往轻松了不少。特别是从以后我们的交往中,从我对他为人处世的更多了解中,我觉得他的这些话是出自肺腑的,是真诚的,是值得钦佩的。自此以后,我常想以某种方式对曾卓的大度与宽容表示我的敬意,但我虽才疏识浅,却是一个不易以言语许人的人,久久未能如愿。1998 年 5 月 29 日,也是我们两人的朋友并了解我们关系的《长江日报》罗建华编辑,在该报召开的座谈会上,有意邀请我和曾卓同时参加,使我们久别重逢,互倾积愫,彼此十分高兴,我向他表示敬意的心情愈切。后来不记得是什么时候,偶读陆游诗词,觉得我们有某种相似之处,于是赋七言律绝一首:

> 心有灵犀一点通,参商半纪喜重逢。
> 古今诗叟其谁似,野老丹心一放翁。

2001 年 6 月 5 日,我将诗作抄寄曾卓,并拜托作家姜弘把拙著《黎明前的沉思与憧憬——1948 年文集》转赠给他。6 月 8 日,曾卓复信说:"承赠诗,感谢而又有愧。诗朴质情深,自有一种境界,只是我哪能高攀放翁。过去写过一些不能称是诗的诗,只是表达一些个人的感受和情怀,老来多病,只有搁笔了,但还有一点忧国忧时心耳。"

2002 年 4 月 10 日,曾卓因病逝世,此信竟成他给我的绝笔。

（三）

现在回忆起我与诗人曾卓平生的交往，真是感慨良深。青少年时，虽然我们感受着不同的时代脉搏，浸染于不同的社会思潮，走上各自不同的道路，无缘相识。但是，我们的家庭教养和社会关系颇多相似之处，因而陪养成一种十分接近的人格特质与思想志趣。我们都反对专制独裁、贪污腐朽的统治，同情弱势群体，热望社会公平公正，甚至认为全人类都应该互爱互助，消除压迫、剥削、侵略、欺骗等等非人道行为；我们热爱自由，但反对妨碍、干预他人自由；我们都钟情于写作生涯，借以抒发自己美好的感情，阐明高尚的理念；我们都勇于坚持真理和正义，都醉心于通过为社会、人类服务以实现自我价值，并且为此敢于藐视权势，不怕坎坷生活，不屈不挠，坚持到底。

有了上述这种相似的人格特质与思想志趣作为粘合剂，我们只要有机会接触，便会逐渐成为心灵相通的知己与挚友，享受温馨的友谊，互相促进学识、情操、理想以至整个人格的升华。解放前后，我们幸而有了从间接到直接的接触。然而令人十分惋惜的是：1955 年的严冰恶雪，摧折了这朵含苞欲放的友谊之鲜花。

1998 年上半年，我们终于在好心友人多情而巧妙的安排下，在迟暮之年重逢，彼此惊喜不置。此后，我一直在盘算着如何重新培育出那朵1955 年被摧折的友谊之鲜花。我思考着和曾卓一同去磨山公园赏梅，在冬天仰望春天；想象着和他去武昌东湖植物园欣赏郁金香、杜鹃、玫瑰争鲜斗艳，尽量体验爱花、惜花的情怀；在中秋之夜一同赏月论文；在重阳节一同持螯对菊吟诗。更重要的是，常常能在一起议论时政，臧否人物，探讨人类理想社会究竟应当是个什么样子。然而直到 2002 年，我一直在忙于完成人民出版社六卷本《美国通史》约稿任务，未能使这些美好的设想"心想事成"。而曾卓则天不假年，过早地离我而去。

夫复何言！

2009 年 11 月 11 日于珞珈山

载 2009 年 12 月（总第 31 期）香港《领导者》杂志

恩友张业鑫

1929年秋，我考入湖北省立汉阳第十二中学，十分幸运，遇到一些令我终生怀念的良师益友。这里谈谈恩友张业鑫。我其所以称他为恩友，是因为我们后来进的大学不是一个学校，所学专业不同；大学毕业后分处异地，所从事工作也不一样。因而，在学问、事业、思想、志趣、人生、世道等问题方面，深入交流，相互促进的时间不是很多。然而，自从我们相识起，直到今天，我们是相互关心的；我对他对我的道义关怀和具体帮助，是十分感激、深深怀念的。

在汉阳第十二中学时，我们同班。由于我的学习成绩优秀，常列全班之冠，他倾心与我交往，两人感情日笃。当他了解到我家境清寒，将来很难供我读大学时，尽管他年纪比我小，却有一种出乎我意料的、善良而有远见的成年人的想法。他认为我富有学习潜力，如果将来不上大学继续深造，对我、甚至对社会、对国家，都是很可惜的事。他的父亲当时是汉口著名布店谦祥益的高级职员，家境较优裕，于是他和父亲商量，请求他父亲答应将来资助我上大学。他的父亲爽快地答应了，并鼓励我下定决心，继续努力学习。

不幸的是，1935年我考取北京大学时，他的父亲却早已仙游，家道中落，无力伸出援助之手。1936年我考取清华大学公费生，"七·七"事变后，清华宣布：国难期间，公费暂时停止时，他又十分担心我的学业能否继续下去，尽量节省一些经费来接济我。1938年4月到1939年暑假结束这一年多时间内，我在清华、北大、南开组成的昆明西南联合大学继续学习，他在迁往四川乐山的武汉大学就学。他知道我没有经济来源（我是在大学四年级才重新获得公费的），就想方设法帮助我。最后，由于他从小在商业圈子内长大，耳濡目染，颇懂经营，于是挤出时间和精力，在学校附近开了一家饭店,以其盈利养家并继续资助我。所以说,我能受到良好的高等教育,奠定后来从事学术研究的基础,是和他的长期关心与资助分不开的。

我唯一报答他的一次,是 1947 年从美国留学回国后,赠给他的长子、我的干儿子一对派克笔。然而到解放前夕,由于通货疯狂膨胀,严重影响到我在武汉大学的教学和研究工作时,他又让他经商的哥哥帮助过我。

新中国成立后前 30 年,我的经济状况始终没有好转,无法报答他,他也从未考虑这个问题。1979 年改革开放后,我的经济状况逐渐改善,到我有条件而且极想对他进行一些报答时,他却和我中断了联系。多年来,我用各种方法打听他的消息、打听他的通讯处,都毫无结果。根据他的为人处世原则,我猜想很可能他是故意这样做的,他担心我勉强他接受我的报答。

这就是我称张业鑫为"恩友"的原因。

2009 年 11 月 28 日改旧作于求索斋

和而不同

——我与美国著名史学家柯特勒的友谊①

（一）

斯坦利·柯特勒(Stanley I. Kutler)退休前,是美国威斯康星大学(麦迪逊)美国史与美国制度的讲座教授,著名历史学、特别是法律史学家。他也是《美国历史评论》(*Reviews in American History*)杂志的创建者,并长期任其主编。他还曾是约翰·霍普金斯大学《美国史丛书》的顾问编辑。他的著作涉及美国史的许多领域,特别集中于立宪史和20世纪史。其主要著作有:《滥用职权:新发现的尼克松录音带》(自由出版社,1997);《水门事件的斗争:理查德·尼克松最后的危机》(克诺普夫,1992);《美国的严酷审讯》(希尔与王出版社,1982;中译本为《美国八大冤假错案》,商务印书馆1997年版),1983年曾获美国律师协会银槌奖;《特权与创造性的毁灭:查尔斯河桥梁案》(诺顿出版社,1978);《司法权与重建政治》(芝加哥大学出版社,1968)。此外,他还在美国史的各种不同领域著或编有半打以上的教科书,其中有《最高法院与宪法》(诺顿出版社1969,1977,1984年版;商务印书馆出有中译本)、《探索美国》(诺顿出版社,1975,1980)。一些顶级的历史和法律期刊发表过他的学术论文;他的各种参考性著作获得过许多奖项:由他编辑再版的《美国历史辞典》(斯克里布纳出版社,2002)荣获"美国图书馆协会最佳工具书奖";他还参编《美国20世纪百科全书》(斯克里布纳出版社,1995)和《越南战争手册》(斯克里布纳出版社,1996),前者获"图书出版协会最佳工具书奖",后者获"美国图

---

① 本文由刘绪贻口述,赵晓悦整理。

书馆协会最佳工具书奖"。

柯特勒多次被邀请到国外讲学并获奖。他曾是古根海姆奖的获得者;1991年,任意大利博洛尼亚大学政治学的加里波第讲座教授;1982年,以美国与中国学术交流委员会"杰出交换学者"身份到中国讲学;1987年,在秘鲁获得富布莱特40周年纪念会"杰出演说家"称号;1984年,任特拉维夫大学"以色列两百周年项目"教授;1977年,以"富布莱特演说家"身份到日本讲演。

柯特勒兴趣广泛、多才多艺,热心于各种社会活动和文学艺术活动。他经常为报刊撰写专栏文章和评论,作品见于《纽约时报》、《华尔街日报》、《华盛顿邮报》、《洛杉矶时报》、《芝加哥论坛报》、《民族》杂志、《高等教育编年史》、《泰晤士报文学副刊》、《州报》、《沙龙》、《美国展望》等多种知名报刊。他时不时地作为美国全国公共广播电台以及《今日》、《夜线》等多档电视栏目的评论家,出现在公共视野中。此外,他还担任电影制作顾问。由他出任历史顾问的英国广播公司纪录片《水门事件》曾赢得艾美金像奖;Showtime电视台邀请他指导电影《罗纳德·里根被袭击的那天》的拍摄;HBO电视台则将他的著作《水门事件的斗争》选为拍摄素材,他与编剧哈利·希勒合写的荧幕新剧《我,尼克松》将于2010年3月在芝加哥制作完成。

(二)

柯特勒是美籍犹太人,对中国具有兴趣和同情心,乐于促进中美两国及其人民之间的了解与友谊。1982年5月,他通过美国的"与中国学术交流委员会",得到美国自然科学基金会的资助,以杰出学者身份来中国讲学,先到北京,受到中国社会科学院世界史研究史所的接待;由于我当时是中国美国史研究会的副理事长兼秘书长,他在北京讲学完毕后,就前来我所在的武汉大学进行访问。5月11日,我们第一次会面;12、13日,他在武汉大学做了面向全校学生的学术报告;14日,他和历史系对美国史感兴趣的师生进行了座谈。在这些活动中,他具体讲了些什么,听我们具体谈了些什么,已经记不清了。我的大体印象是:他介绍了美国当时美

国史研究的最新动态和他自己的研究工作情况;他在谈论他对美国历史
的看法时,既讲光明面,也不隐瞒阴暗面。我们也向他介绍了我校美国史
研究室和当时中国美国史学界的研究概况和我们对美国史的大体看法。
他回国以后,我们还保持通信联系。

　　1983 年初,他给中国美国史研究会的黄绍湘理事长写信,告诉她:他
正在筹备一次国际学术会议,会议的名称是"外国人看美国史";会议的
主旨,是邀请一批不同国家具有不同意识形态的美国史学者,将自己优秀
的美国史著作提交会议,供全体与会者自由评论,存异求同,并结集出版,
介绍给美国读者;会议的地点,在意大利贝拉焦半岛的洛克菲勒研究与会
议中心。他邀请黄绍湘、杨生茂(中国美国史研究会副理事长)和我一同
参加,黄绍湘给他回信说,她不参加。于是,7 月 11 日他给我写信,把这
个情况告诉了我,并且诚恳而迫切地希望我能接受邀请。我接此信后,进
行了仔细的思考。首先我认为,我们国家的政策是一向将美国人民和美
国统治者区别对待的,和一个一般美国教授进行学术交流是很正常的事。
其次,更重要的是,作为一个研究社会学和历史学的学人,长期以来我有
一种想法:人类生活在一个民主和法治的、具有全人类政治共同体的社会
中,比起生活在以主权国家为单位的国际社会中,是更为安全、更为和谐、
更容易发展和进步的。当前国际社会的科学技术如此发达,交通和通信
技术如此便利,人类的交往和联系如此频繁而紧密,这种趋势,是有利于、
而且已经在渐渐促进民主、法治并具有政治共同体的全人类社会的建设
的。欧洲联盟提供了一个雏形。但是,由于目前的国际社会仍以主权国
家为单位,而各主权国家的人种、经济基础和上层建筑又各不相同,建设
这样一个全人类政治社会的进程,是有很大阻力因而非常缓慢的。为了
消除这种阻力,加速这一进程,作为知识分子,我们负有主要责任,以一种
同情和宽容的"世界公民"的心态、追求真理的热情、人道主义的精神,从
各种不同的途径,采取各种不同措施,创造和不断加强一种"和而不同"
的各色国际交流环境和机制,作为温床,孕育和促进上述具有政治共同体
的全人类社会的诞生和成长。从柯特勒教授在中国讲学的经历看,他是
在致力于创造这种"和而不同"的国际交流环境与机制的;他正在筹备的
贝拉焦国际学术会议,也正是这种"和而不同"的国际交流机制。出于以

上的考虑,我愉快地接受了他的邀请。

这次会议定于1984年6月4—8日举行,我提交的论文是:《从马列主义观点看美国现代史》。这里值得一提的是:这是我国实行改革开放政策以后,我冒着风险试写的第三篇摆脱左倾教条主义影响的美国史论文,完稿于1983年2月4日。当时湖北省理论界仍然相当保守,由于此文中有的论点与列宁关于帝国主义亦即垄断资本主义理论的个别论点不一致,我觉得此文在湖北地区难以发表,于是"明知故犯"地寄了一份给《中国社会科学》杂志,一份给理论界掌门人胡乔木,一份寄给我熟识的《历史研究》编辑严四光。后来,只有严四光给我寄来5份该文的打印稿(据李慎之同志以后告诉我:严四光曾将此文打印稿寄给北京理论界某些头面人物征求意见,大约未得到足够的支持,《历史研究》就未发表此文)。另外,当时湖北省哲学社会科学联合会的夏邦新听说我写有一新观点的论文,曾于3月17日前来取去一份,看看能否在湖北省社会科学院和省社联联合召开的纪念马克思逝世一百周年的会议上宣读或者印发,但他们审读后,还是退了回来。

正当我感到这篇论文将无法见天日时,我接到柯特勒教授7月11日的信,信中还让我提交一篇用马列主义观点写的美国史论文。我接此信后,一方面感到高兴,因为这篇论文有派上用场的可能;另一方面又觉得不能高兴得太早,因为我知道,当时党内有规定,凡是未公开发表的著作,要提交国际学术会议,必须先取得作者所在单位党组织的批准,而武汉大学当时党委具体负责这一工作的党委办公室主任傅健民不懂学术,他这一关是很难通过的。果然,武大党委一直拖着不给我答复,后经我一再催促,才给一含糊其辞的答复:"你的论文与列宁关于国家垄断资本主义的论述是不一致的,请你慎重考虑。"我不得已,才想到比较开明的上海学术界。1983年12月13日,我将论文寄给同情我学术观点的上海青年学人王毅捷,他和上海《社会科学》编辑张家哲研究后,让我将论文压缩到10000字,在上海《社会科学》1984年2月号上发表了。这样,我才赶在贝拉焦会议1984年4月1日截止收稿期前寄去了论文。

贝拉焦会议虽然接受了我的马列主义的论文,但它对我的论文表示冷漠。不独在我宣读论文摘要后未予认真的讨论,在下午我征求东欧社会主义国家学者和号称马克思主义史学家的法国第八巴黎大学女教授玛丽安娜·德布齐意见时,他们都公开声明不同意我的观点。我当时很生气,向会议主持人提出要求,给我机会,让我对这次会议的本身提出批评意见。

可喜的是,这毕竟是一次"和而不同"的国际学术会议,它虽然对我的论文冷淡,但不独允许我对这种冷淡提出批评,并且对我的批评表示了真诚的认同和很高的赞赏。会议的最后一个下午,他们给了我充分发言的时间。我的发言除说明我当时仍然相信非教条主义的马列主义的原因之外,我还严肃地指出了这次会议的缺点。我说:"既然会议的目的之一是促进各国美国史学家之间的了解与交流,我认为我是这样做的。我研究美国罗斯福"新政",美国有关这方面的主要著作,我都是涉猎过的。但是我认为,参加会议各国学者对马列著作很少涉猎。比如,法国德布齐教授被人们称为马克思主义者,但她在会上的发言虽有思想,却对马克思主义关于国家学说的常识都弄错了;她不独未读我论文全文,甚至未细看我的发言稿,就说里面没有新东西,这能有助于我们的交流与了解吗? 中国有 10 亿人,许多人相信马列主义;苏联是个大国,还有其他社会主义国家,其中许多人相信马列主义;美、英、法、德、日等国家中,也有些人相信马列主义。因此,如果大家只想在自己国家里做个大学教授,过舒适安定生活,不研究马列主义是可以过得去的;如果研究马克思主义,还可能受到联邦调查局那一类机关的纠缠。但从历史学家对人类前途的责任来考虑,从马列主义产生以来对世界历史的影响来考虑,大家这样不关心马列主义,是很不应该的,也是不利于我们之间的交流与了解的。我认为,这是我们这次会议的美中不足。"

我发言时,大家认真地听。发言完毕,大家热烈鼓掌,纷纷前来和我握手,向我祝贺,说我发言很及时、很有使命感,很为人类前途着想。作为会议组织者,柯特勒教授一再向我表示,说我对会议作出了重要贡献,请我参加这次会议是完全正确的。

(三)

贝拉焦会议后不到半年,我又接到柯特勒教授 1983 年 11 月 7 日的信。他告诉我,他已向美国的"与中国学术交流委员会"提名我为该委员会"杰出交换学者项目"1984—1985 年中国方面候选人。这个委员会成立于 1966 年,是由美国各学术团体理事会、国家科学院和社会科学研究协会联合赞助的,其经费由政府机构和民营基金会提供。1972 年起,与中国科学技术协会互派代表团。中美外交关系正常化以后,着重进行各种个别学者的交换和双边会议的赞助。柯特勒 1982 年以杰出学者身份访问中国,就是由该委员会的"杰出交换学者项目"资助的。

1984 年 8 月 10 日,柯特勒来信说,他对我的提名已获批准。我可以以"杰出学者"身份得到资助,从 1984 年 11 月 1 日起,赴美国作为时两个月的讲学、访友、研究活动。他和威斯康星大学(麦迪逊)历史系将是我的东道主。我们共同商定了一份详细的旅程。11 月 1 日至 4 日,我在旧金山,除参观金门大桥等景点外,主要是到亚洲基金会(Asia Foundation)书库选书。亚洲基金会是一个非营利性的非政府组织,其目的在于促进一个和平、繁荣、正义和开放的亚太地区的形成与发展,它的主要项目之一是向亚洲国家和地区赠书,其对华的赠书项目始于 1980 年。当时我到该书库为我们美国史研究室选书 200 余本,这当然对我们研究室的工作很有帮助。其次,经友人的介绍,我参加了一对美共(马列)党员夫妇组织的舞会,丈夫为华裔,妻子为美国人,他们告诉我,参加这次聚会的客人,一半是激进分子,一半是自由主义者。柯特勒虽然不一定情愿我参与这一类活动,但他完全宽容我的任何选择。

4 日晚我到了麦迪逊,12 月 2 日才离开。我其所以在这个城市逗留 28 天,主要是听从了柯特勒的建议,让我广泛且深入地接触威斯康星大学(麦迪逊)非常有建树的史学研究工作。这个学校曾出现过以约翰·康芒斯为首的劳工史学派,以威廉·威廉斯为首的外交史学派,和以 J. 威拉德·赫斯特为首的法律史学派(柯特勒即该学派主要成员),当时仍拥有一批富有成就的美国史学家。另外,该校拥有丰富的历史学藏书,除总图书馆收藏历史图书外,还有一个原属于威斯康星历史学会的历史图书馆,专门收藏美国史、加拿大史和威斯康星州史的图书。

在这 28 天中,我主要从事了三项工作。其一,我在历史图书馆中抄录了有关 20 世纪美国史的新书目录约 550 种,还重点浏览了这一世纪各个时期的关键著作。可以说,这项工作为我们美国史研究室日后在世界史研究方面冲破二战后的禁区,起了极其重要的作用。其二,我补写了《35 年来中国的美国史研究》一文,并将之翻译成英文本 *American History Research in China*,作为我在美国讲学之用,并于 11 月 27 日向威斯康星大学历史系教授做了报告。其三,我与几位历史系教授和一位政治系教授进行了个别的交流,虽然对中国改革开放政策的评价,对中国计划生育政策的认识,对美国外交政策的目的等,常有歧见和争论,但彼此相互理解与宽容,态度始终是友好的。

在麦迪逊期间,我对这所大学的国际性形成了明确的印象。威斯康星建州于 1848 年,翌年即在州首府麦迪逊城建立威斯康星大学。从很早时期起,该校就很重视自己的国际性和国际形象。1874 年任校长的约翰·贝斯甘姆说:"在国外所受尊敬及容纳更多外国学生,会提高一所大学在国内已得到的评价;如果我们自己没有广阔的胸襟,我们便不能获得扩充生命的力量。"以后该校董事会和领导人也有类似言论。1984 年 11 月 15 日,该校校长欧文·谢恩约见我时说:"我很高兴本大学是个国际性大学;全校 3 万多学生中,外国学生有 3500 人,约占 1/10,来自 100 多个国家和地区,中国学生达 540 人。"他给我的名片上有中国名字"沈艾文"。他告诉我,他生于华人较多的西雅图市,从小学到大学都和中国或中国裔的同学交往,养成一种喜欢中国文化、特别是中国菜的习惯,而且诚恳地表示,他们学校愿意和武汉大学建立合作关系。

为保持和发扬国际性,该校除设有外国师生办公室,帮助外国师生办理登记、注册、开展社交活动和解决某些生活问题外,还鼓励和支持一些群众组织与活动,如麦迪逊国际学生之友社、国际学生协助中心、促进国际联谊夫人组织、家庭寄宿计划、美国家庭招待计划等,这些组织的工作人员一般是志愿性的,他们还免费辅导外国学生提高英语水平、补习功课。

特别值得提出的是,该校还专门设有一"与中国联络员"。在我访问期间的联络员是玛乔丽·约翰逊夫人,她曾数次访问中国,也到过武汉大学。我初次见到她时,她就十分热情友好,11 月 22 日是感恩节,她担心我一人感到寂寞,让她的丈夫、威斯康星大学经济学教授开车来接我到她家晚餐。一到她家,看见到处是中国的工艺品和文物,客厅4壁挂满了,有一副对联只好挂在走廊里。餐桌上的客人除我以外,还有日本、玻利维亚、赞比亚、马来西亚的男女留学生,席上气氛轻松愉快,约翰逊夫人的谈锋有个基调:尽管国籍、民族、政治与学术见解不同,为了整个人类的利益和前途,人们都应该而且可以成为朋友,为促进国际友好与合作而努力。

12月2日至5日,我访问了北卡罗来纳州的杜克大学、北卡罗来纳大学和美国人文科学研究中心。主人是前美国历史协会主席、杰斐逊勋章获得者,美国历史丛书主编、著名黑人史学家约翰·霍普·富兰克林教授。我在杜克大学历史系作了《中国的美国史研究概况》的报告(也有北卡罗来纳大学历史学教授参加),参加了美国人文科学研究中心的学术讨论会,和著名新左派史学家尤金·吉诺维塞夫妇共进午餐,并与20世纪美国著名史学家、美国人文科学研究中心董事、《美利坚共和国的成长》作者之一的威廉·洛克滕堡教授讨论了自罗斯福"新政"以来美国历史发展的总趋势。另外,还和富兰克林教授及其同事讨论了关于林肯总统评价、美国社会主义运动低潮、里根政权性质以及里根竞选胜利原因等问题,有相同的观点,也有歧见。

12月6日,我抵达弗吉尼亚科技大学。次日,该校历史系教授汪荣祖为我举行了欢迎酒会,其中的一段小插曲值得一提。1983年7月,上海《社会科学》发表了经济学家熊映梧的一篇震撼世界的论文:《从发展的观点研究〈资本论〉》,认为《资本论》存在局限,未必适用于资本主义发展的一切阶段,而当代的资本主义并非腐朽、垂死的,仍旧具有相当强的生命力。这篇在改革开放初期首次公开挑战《资本论》的文章发表后,立即引起海外首先是日本、香港重要媒体的重视,纷纷发表消息、评论并予以转载。当时出席欢迎酒会的,有一位重要人物,就是曾任美国物理学会会长的该校十大"杰出学者"之一的罗伯特·马沙克(Robert Marshak)。经汪荣祖介绍后,他就握着我的手,非常兴奋地向我提及熊映梧的论文,并非常乐观地认为:中国的政治气候很快将比较宽松,学术研究将比较自由。但我并不像他那样激动,因为据我对中国国情的了解,认为这乃是一些美国学者,尤其是像马沙克这种不太熟悉政治的自然科学家,对中国未来发展的一种过分乐观的愿望和幻想,并不一定代表中国政治和社会未来的走向。

接下来我前往纽约，从 12 月 9 日至 22 日，进行了为期两周的访学活动，会见了几位在当代美国史学界深具影响力的学者。我与曾任肯尼迪总统顾问、美国史学界头面人物、纽约市立大学研究生院的小阿瑟·施莱辛格教授共进午餐时，谈到罗斯福"新政"以来美国历史发展趋势问题，他还告诉我正准备动手写《罗斯福时代》第 4 卷。17 日，美国各学术团体理事会主席约翰·威廉·沃德教授请赴晚宴，在座的有美国社会科学研究理事会主席肯尼思·普鲁伊特，纽约人文科学研究所威廉·泰勒教授，纽约市立大学研究生院教授、著名劳工史学家赫伯特·格特曼等人。他们就美方较大规模援助我国美国史学研究问题交换了意见。格特曼教授向沃德教授提出建议，资助我们撰写六卷本《美国通史》的主编们及主要作者于 1985 年年中访问美国，由美国方面邀请一批史学家提供咨询意见，并补充资料。在翌日的单独会面中，沃德教授向我透露了他们正在酝酿的计划：征集 50 万美金，帮助我国建立 6 个美国史图书馆，为我国访问学者和研究生提供奖学金。格特曼教授及其夫人除请我赴家宴外，还提出了帮助中国美国史研究会工作的具体计划，这些我在另一回忆文章中谈过，这里就不重复了。非常不幸的是，1985 年沃德教授因故自杀，格特曼教授的讣告也于同年传来，中国美国史研究事业原本有望得到的大力援助与美好前景，因而流产。

此外，我在纽约还参观了《每月评论》杂志社，会见了该杂志的创办者、著名进步经济学家保罗·斯威齐教授及其亲密同僚哈里·马格多夫。斯威齐曾被《纽约时报》誉为"美国在冷战与麦卡锡时代最重要的马克思主义知识分子和出版家"，他和马格多夫让我从每月评论出版社的书架上选择了 10 余种他们的主要著作，次年寄赠给我。19 日，哥伦比亚大学历史系教授、后来成为美国历史学会主席的著名新左派史学家埃里克·方纳与我会面，除赠书两册外，还带我到旧书店选购图书，并表示了访问我国的愿望。我们谈及他的叔父、美国共产党的主要学者菲利普·方纳时，埃里克认为，美国史学界对他的评价是不公平的。

我在美国访学的最后一站，回到了 40 年代的母校芝加哥大学，此时学校已经放假，我只见到该校历史系主任、美籍日本人入江昭教授。27 日至 29 日，美国历史协会 1984 年年会在芝加哥召开，我与柯特勒、富兰克林、洛克滕堡等诸多历史学家再次见面。时任该协会主席的阿瑟·林克教授是美国研究威尔逊总统的权威学者,我曾翻译过他著名的教科书《美国世纪:1900 年以来的美国史》,他对美国 20 世纪前 30 年历史的研究让我受益良多,这次年会使我们有缘相见、互致谢意。另外,美国的一些主要出版商都在年会上举行展销活动,我通过富兰克林等人的帮助以及自己的争取,获得了 30 余本赠书。

综观这两个月来我在美国的讲学、访友和研究工作,我认为是很值得的。1979 年中美外交关系正常化、中国实行改革开放政策以前,由于左倾教条主义的束缚,我的美国史研究成果极难避免公式化,大都只能是老生常谈。从 1979 年起,我们接触了一些美国和其他资本主义国家的美国史学者,读了一些这类学者的著作,了解到许多左倾教条主义美国史学者有意无意弃而不顾的大量美国史实和不同观点,我对美国史的视野便忽然扩大了,对美国史的看法就更全面了。到 1983 年,我已写出 3 篇反左倾教条主义的美国史论文,一本具有新内容的战后美国黑人运动史讲义。但是,这还是很不够的。正如柯特勒在提名我以"杰出学者"身份访美的信中所说,要真正地研究好美国史,对美国史研究作出重要贡献,还应再访美,尽量接触极其丰富的各种美国史资源,与众多优秀美国史学者交流。应该说,两个月来,柯特勒教授一直是在帮助我接触尽可能多的美国史资源,会见尽可能多的优秀美国史学者的。不仅如此,出于自身的学术旨趣和政治立场,柯特勒邀请我到美国,最希望我会见的是主流派亦即自由主义的美国史学家,最希望我阅读和接触的是自由主义学者们的著作。但是,当我提到会见美国共产党史学家菲利普·方纳、新左派史学者埃里克·方纳和尤金·吉诺维塞以及马克思主义经济学家保罗·斯威齐等人时,他也非常谅解、宽容,尽可能帮我联系。他自己虽不相信马列主义,对马列主义著作没什么兴趣,但对我阅读和购买这类读物,却完全无介于怀,处之泰然。因此之故,这次访美之行,我的收获的确是很大的。

(四)

1984 年 12 月我仍在美期间,就接到柯特勒的信。他告诉我,美国与中国学术交流委员会已批准他再次以"杰出交换学者"身份访问中国 3 周。后来经过多次协商,他决定 1986 年 5 月与夫人一同来华,主要在武汉大学讲学,也希望访问上海复旦大学,并去一趟北京。1986 年 5 月 12 日至 23 日,他在武汉的活动如下:由我主持,他在武汉大学进行了"权力与法制"的系列讲演,讲题为:政治理论与宪法,美国的司法复审权,法律、政府与经济,种族与民权革命,公民自由:言论自由问题,"帝王式"的总统职务;在我参与下,他指导美国史研究生论文写作共 4 次,论文题目为《战后美国工人运动》,《战后美国科技发展对社会的影响》,《70 年代的美、苏关系》,《卡特政府时期在美国现代史上地位》,《沃伦法院》,《战后总统与国会的关系》和《战后美国利益集团对美国政治的影响》;他和美国史研究室李世洞和谭君久两位老师分别讨论了美国宪法史学问题和两党制问题。另外,还到华中师范大学与有关教师座谈越南战争与水门事件的关系问题。

除讲学活动外,我还陪同他们夫妇参观了武汉市主要景点,和韩德培教授分别举行家宴招待他们夫妇。经过这次比较长期的、密切的、个人间的接触和交流,我们之间的了解与友谊,似乎有了一定的质变。大体上可以说,我们互相理解,互相信任,互相钦敬;我们之间的了解与友谊,已经基本超越了国籍与意识形态的歧异,而是站在全人类利益与幸福的立场,但凭理性与理想相互交往、为人处事。他在访问上海复旦大学与北京时来信,对我和我的研究生(特别是韩铁和徐以骅)赞扬备至;回国以后,又和我商议 1987 年在中国召开一次双边学术会议,讨论美国宪法问题,并在此基础上,建立中美之间的定期学术讨论会,不断增进两国、两国学者与人民的了解与友谊。为此,他不厌其烦地要求和听取我提供信息和建议,我也无私地、真诚地尽量满足他的要求。可惜的是,由于各种原因,后来两国定期学术讨论会的设想未能实现。

在柯特勒的心目中,似乎有一个不论政治体制的人民的中国,所以在 1989 年"六四"风波期间,他不像美国政府和有些美国人那样,谴责和要求制裁中国;却在当时给我的信中,和我一样忧心忡忡,深深叹惜中国似乎还看不出有一种政治力量,在短时期内能把中国建成一个民主和法治的国家,而他是满怀这种愿望的。在他的心目中,似乎也有一个抽象的人民的美国,所以他认为1987年美国众议院通过"中国侵犯西藏人权"的修正案,是未经思考的轻率行为,是某些压力集团强逼出来的,中国人民反对合情合理。

　　还有件事值得一提,因为它可以进一步有力地证明:以上我对柯特勒教授思想和人品以及我们之间的关系的所有论述,并非捕风捉影,而是有事实根据的。本文第一节中,我曾提到1982年出版的他的名著《美国的严酷审讯》,1997年,商务印书馆曾出版它的中译本,译者为我的小儿子刘末,书名改为《美国八大冤假错案》。作为本书的校者,我仔细读过这本书,并反复思考过作者撰写这本书的动机和目的。书中描述的八大冤假错案,都产生于美国一个很不光彩的年代。当时,美国对外与苏联进行冷战,国内则有狠骗恶诈、卑鄙无耻的麦卡锡主义横行。揭发这个不光彩时期造成的重大丑恶事件,显然是揭露美国社会的最黑暗面。柯特勒为什么要写这样的书呢?难道作为美国公民,他不爱国?但是,作为一个爱国的知识分子,他和一般庸俗的爱国者不同;他所爱的是一个现代文明的美国,一个对外与其他国家和平共处、对内民主法治的美国;一个容忍甚至制造八大冤假错案的美国,他是不爱的,是禁不住要进行揭露批判以求其不再重现的。

　　1994年初,《美国八大冤假错案》中译本即将完稿。2月26日,我接到柯特勒来信,他说他愿意为中译本写几句话。3月2日我回信说:"我们自然很高兴你能为中译本'写几句话作为一个新序言。'我喜欢这本书,同意你对美国政治体制与斯大林主义政治体制的比较论述。我羡慕你能在美国撰写并出版以人类的正义描写美国八大冤假错案的书,……。亲爱的朋友,我非常欣赏你写此书时体现出的人道主义精神与崇高感情。当我读你的书时,我也在读一种正义的、无私的心灵。这就是我们这些没有政治权利的知识分子能对社会和人类作出的贡献。"

　　实际上,柯特勒不仅写这本书时具有这种高尚的思想感情,写其他著作大体也如此。比如,他为什么在"水门事件"逝去多年以后还要写《水门事件的斗争》这本书?他把尼克松钉在美国历史的耻辱柱上,并不是因为他和这位总统有什么私人恩怨,而是因为尼克松不仅从事犯罪活动,还很不诚实,而一个不诚实的总统是会摧毁美国作为一个自由的、自我管理的社会传统的。尼克松因犯有这种严重罪行被迫辞职后,他和他的某些同犯还一再为他辩护,将"水门事件"轻描淡写成是他们与东部权势集团一系列斗争中的一个小插曲。对此情形,柯特勒当时在给我的信中多次提到"心境难平"。他认为,不彻底地揭发造成"水门事件"的社会根源和尼克松人品的不良影响,不对"水门事件"之争的是非曲直讲清楚明白,是会对美国的政治伦理造成长期不良影响的,他的心情也是难得安宁的。直到今天,他仍然不断地给我发来批评美国政府不良政策的文章,力求保护他心目中那个人民的、现代文明的美国。

屈指一算,我与柯特勒相识相交已经 28 年,虽然各自生活工作在政治制度不同的两个国家,却始终保持着诚恳而亲密的交往和友谊。直到现在,我们还时常通过电子邮件互致问候,交流思想感情,议论世事,臧否人物。何以如此? 我想,大概是因为作为喜欢干预社会政治生活的学者,我们两人对有关世界历史发展和人类前途的许多重大问题,有着许多相似的看法;即使在某些问题上有歧见,却能相互宽容和谅解,为自由交流思想和感情保留足够的空间;我们基本上达到了"和而不同"的境界,让这段 28 年的友谊葆有持续的生机。

2009 年 12 月 26 日于求索斋

记我的挚友、中国发展
油菜科学和油菜生产奠基人

——刘后利教授[①]

  1930 年春天,我在湖北省立汉阳第十二中学(初中)一年级下学期读书时,班上来了两个插班生:刘后利和傅国虎。两个人都很优秀,学习成绩均名列前茅。但两人性格不同,前者沉稳勤奋,低调执着;后者才华横溢,锋芒外露。两人一生的业迹与命运也很不一样。这里先谈谈我和刘后利终生亲密的友谊,和他非常出色的科学研究成果。

  刘后利是湖北省汉阳县人,小我两岁,我们一相识便成为好友。他的家就在我们学校附近,家人好客,我们常到他家打牙祭。他的父亲刘其标老先生系前清秀才,是考案首(即第一名)进学的。在后利的几个好友中,我的古文水平最高,他特别看重我。初中毕业后,我和后利一同考取当时湖北省最好的高中——省立武昌高级中学,3 年同住一寝室,友谊日笃。1935 年夏高中毕业后,后利立志学农,考取了南京中央大学农学院农艺系;我考取了北京大学化学系,因家贫无力入学,改而考进了无需家庭供给的南京军需学校,两人仍时相过从。半年之后,在他的帮助下,使我的命运逐渐实现了一种我所向往的大转变。

  原来,在高中的最后半年,我认识了一位成绩优秀、也是高中即将毕业的女友,深陷爱河。但当我不得已就读南京军需学校后,她虽未明确表态,我却逐渐了解到,她和她家都很不喜欢军人,如果我一直留在军需学校,她是会和我分手的。当时我为此事极端烦恼,经过千思百虑,最后我和后利想到一个孤注一掷的办法:冒着被国民政府通缉的危险,偷偷逃离

  ① 本文由刘绪贻口述,赵晓悦整理。

我的学习成绩极其优秀因而备受领导重视的军需学校,寻找一个比较隐蔽而又可以糊口的落脚处,复习功课,准备投考每年只有 10 名的清华大学公费生(公费生考试成绩必须列在录取生总数的前 15% 以内)。同时,后利还和他的父亲商量好,让我潜回到他汉阳家里去,一面辅导他初中毕业后未能考取高中的弟弟后吉读书,一面自己复习功课,准备投考清华公费生。幸运的是,1936 年暑假,刘后吉考取了高中,我也考取了清华大学公费生。此后 4 年,两人大都分居异地,但鱼雁常通。

1940 年,我从清华毕业后到重庆工作,和原来女友周世英结婚。后利在迁来重庆的中央大学任助教,婚姻生活很不幸,夫妻长期分居,遂成我家常客。我们有了大女儿后,他认作干女。1943 年末,重庆国民政府教育部举行第一届自费留学考试,他力邀我一同参加,两人均被录取,并在他的努力下,取得了湖北省公费生的资格,解决了我无力筹措的经费问题。1945 年 1 月,两人同时抵美。他进了伊利诺依大学农学院农艺系,我进了芝加哥大学社会科学院社会学系。大约是 1946 年上半年,我听说他心情不好,找个机会到伊利诺依大学去看他,他向我诉说了当时困扰他的两个大问题。第一个是政治生活问题。他在中学时期,是一个完全不关心政治、也很少参加娱乐活动的专心学习的青年。但 1935 年秋进入南京中央大学后,正是日本帝国主义在占领我国东北、热河,实现其征服"支那"的第一步骤后,又积极策划华北五省自治,冀图逐步实现侵占全中国的野心之时。亡国之祸,迫在眉睫,后利再也不能一头扎进书本,置国家兴亡于不顾。大学一年级后的军训结束时,国民党的特务组织复兴社打着抗日救亡的幌子,在中央大学学生中延揽社员,后利涉世浅、天真纯朴、政治意识淡薄,激于爱国救亡热忱,自投罗网地加入了这一组织。1938年上半年,抗日战争局势日趋紧张,爱国青年纷纷投身抗日救亡运动,其中许多人前往延安。在此情况下,蒋介石一方面为与中共争夺青年,一方面又认为,国民党内部已经出现腐朽、老化现象,要建立新的组织,把全国青年吸收进来,为国民党注入新鲜的复兴力量。于是,1938 年 4 月国民党临时全国代表大会通过设立三民主义青年团的决议。同年 7 月 9 日,三民主义青年团(简称三青团)在武昌正式成立,蒋介石将复兴社完全并入三青团充作骨干力量。后利原本是复兴社成员,此时就自然转为三青团团员,并且担任了三青团南京中央大学分团干事会组织干事,负责团员的集合、开会和宣传抗日活动等事宜;重庆遭遇日军大轰炸后,还曾组织团员救护队救助受难群众。另外,三青团还吸收了一批非复兴社成员,学习成绩优秀但思想极端保守的一对男女同学胡先进和周光定,就是在这个时候加入的。随后,他们3人成为好友。他们虽未参与特务活动,但胡、周两人完全倾向国民党,认可蒋介石政权选择的道路。

上世纪40年代,在中国一般知识分子特别是大学生中,复兴社是一个臭名昭著、令人既害怕又讨厌的组织,三青团也是很受人鄙视的。特别是在美国的中国留学生中,参加过这两个组织的成员,都难免受人歧视。后利到美国后,一方面由于学习的环境、条件优良,重新激发了他对科学研究的浓厚兴趣,十分投入;另一方面,由于接触了一些新朋友,感染了美国社会的民主、自由的思想和生活,日益感到在南京中央大学的这段经历是误堕陷阱,自动地脱离了三青团组织,不参加它的任何活动。1947年,三青团负责人之一康泽访问美国,到达芝加哥时,他坚决拒绝前往会见。不过,他又有些担心胡、周等旧友不能谅解,因而甚觉苦恼。我了解此情况后,力劝他义无反顾。后来的事实证明,他的确做到了。

另一件困扰他的事,是他的婚姻问题。他在南京中央大学读一年级时,他的父亲事前瞒着他,把一切都准备好,等他寒假回家时,就让他和"父母之命,媒妁之言"订定的未婚妻结婚。他是个比较听父亲话的儿子,也就没有反抗。但是,他的妻子只有很不扎实的小学文化水平,又因出过天花而破相,两人长期生活在一起是很不幸福的。他多次考虑到离婚,却又无勇气向他的父亲启齿。这时,他让我给他的父亲写信,提出离婚问题。由于他们夫妻长期分居,两人婚姻乃是有名无实,他的父亲大概感到这个问题再也不能拖下去,也就同意了。

离婚之后,后利向我提出一个令我意想不到的问题。原来,1940至1944年间,他作为我家常客时,早已看上了我的二姨妹周葆青。但因自己有妻室,从来没有任何表示,因此我也毫无思想准备。不过,我倒很愿意作个月老,认为可以使我们友谊加上亲情,关系更为圆满。可惜的是,当我写信回家提及此事时,周葆青已经名花有主,好事难成。约半世纪后,他们两人丧偶,他又旧话重提,望续前愿。二姨妹却因两个儿子都很成器,家庭幸福,写了一封善意的信婉谢了他的长期关爱之情。

1948 年,刘后利获伊利诺依大学博士学位,我希望和他重新聚首,推荐他到武汉大学农学院任教授。1953 年,武大农学院从武大分出,扩建为独立的华中农学院,后又升格为华中农业大学,后利转任华中农学院、华中农业大学教授,并兼任作物遗传育种研究所所长、油菜遗传育种研究室主任和作物遗传改良国家重点实验室第一届学术委员会主任委员。50 余年来,虽然在那极左的年代受过一些委屈,经历过一些坎坷,但他爱国家、爱人民、爱科学,除"文化大革命"期间被迫停止工作外,他始终坚持踏踏实实的教学和科学研究工作,取得了辉煌的成就。他是实干、苦干出来的、蜚声国际的作物遗传育种专家、农学家和农业教育家;他创建了中国油菜分类系统,并首次提出以发展甘蓝型油菜生产为主要方向,先后主持和参与育成了甘蓝型油菜新品种 10 余个,仅在长江流域各省就推广面积达 1000 万余亩。他是名副其实的中国发展油菜科学和油菜生产的奠基人。他著述丰富,发表论文约 150 余篇(不计毕业生同名论文),著作 20 余部。其中,1956 年发表的《油菜品种比较试验初步报告》是我国第一篇系统论述油料作物的论文;1964 年出版的《中国油菜栽培》为同领域第一部专著;1987 年在上海科技出版社出版的《实用油菜栽培学》,是我国农业科学界最早提出"实用"概念的著作之一;2000 年出版的《油菜遗传育种学》,集后利 50 年油菜研究之大成,并在附录中加入了对我国西部地区油菜研究具有开创价值的《中国西部原产的白菜型和芥菜型油菜的分类研究》一文。时至今日,他仍旧笔耕不辍,每年都有新作,近期又写出《油菜杂谈》和《百岁谈》两篇文章。

由于在科研和教学上的丰硕成果,后利获得了许多荣誉。1985 年我国第一届教师节,被农业部评选为部属重点农业院校优秀教师,并在《光明日报》刊载列为 8 名优秀教师之一;1990 年,中国农学会颁发从事农业教育工作 50 周年证书;1987 年、1989 年、1990 年,分别获得国家教委和湖北省教委授予的优秀教学质量和科技进步一等奖各 1 次和特等奖 1 次;1991 年,获全国"五一劳动奖章"和"全国农业劳动模范奖章";1998 年,香港何梁何利科学基金委员会授予科学技术进步奖;2009 年 5 月 26 日,华中农业大学植物科技学院为他铸造了一座半身铜像,创下人尚在世即建立铜像的特例。

半个多世纪的农业教育生涯中,刘后利培养了许许多多的本科生、26名硕士研究生、10名博士研究生和1名博士后,可谓桃李满天下。其中,傅廷栋当选为中国工程院院士,张启发当选为中国科学院院士和美国科学院院士。

后利80华诞时,我曾写《采桑子》词相贺:

> 万千陇亩黄花艳,不是天香,胜似天香,人力居然黯上苍。
> 八旬难教刘郎老,九十昂扬,百岁康强,寿比南山未有疆。

再过5天,后利即将满95岁,我预祝他:寿超期颐,相期以茶!

2010年1月3日于求索斋

记纹身师刘元睿①

老夫今年99,3个儿子都没有男孩,因此我只有4个孙女。老大、老二、老四读书的成绩中间偏上,都按部就班地读完了小学、中学和大学,老四还获得了硕士学位。现在,老大和她的丈夫都是澳大利亚的技术移民,老二是外企的白领,老四是《武汉晚报》的记者。她们所走的道路,都是一般高级知识分子家庭子女所走的常道,都获得了像样的工作和不错的生活条件。唯有第三个孙女刘元睿所走的道路很不相同,曾使我相当地牵肠挂肚、迷惑重重,却又往往给我带来意外的发现和惊喜。

刘元睿出生于1982年,进了近两年幼儿园,从1989年进小学起,如她所说,她生来就不爱也不会学习一般的文化课程,学习成绩很不好。她也曾尝试过按照父母的期望,好好学习每一门文化课,可是不管她怎么努力,看着密密麻麻写满字的课本就是提不起兴趣。上课总是走神,使劲用巴掌拍醒自己,可听着听着还是会睡着。对付考试时,即使能弄到一份试卷先做一次,到考试时,她仍然答不出。经过多次失败的尝试,她最终发现自己并不适合一般文化课程的学习,只好放弃。但是作为爷爷,我深深为她的前途担心,觉得她将来走进社会后难以独立谋生、堂堂正正地做人。然而如她所说,她却是生下来就会画画的,就像她生下来就不会学习一般文化课一样;她认为她不是像爷爷那样从事学术研究的好学生,可是,换个角度,她其实也是一个从事艺术创作的好学生。

刘元睿的父亲刘西说,她刚满3岁时,就能够画出具像的东西。她曾经画了一个人头,有眼睛、有鼻子、有嘴,还有几根头发。让他十分惊奇。据我日记,她5岁时画的枇杷和金鱼,曾让我刮目相看。刘西发现她绘画

---

① 本文由刘绪贻口述,易文璐整理。

天赋后,就专门为她做了些本子让她画画。刘西是搞少儿美术教育的,知道想象力与创造力最宝贵,就努力引导、培养她这方面的能力,从不用技术与技巧限制她。从那以后,她就到处涂鸦,而且养成喜欢拿着笔和本子就画着玩的习惯,画了好多本充满故事情节的图画,到小学时,她还试着创造连环漫画。这种培养,使她的创作能力大大提高,所以从 6 岁开始,只要是命题比赛她就能获奖。特别是考湖北省美术学院附属中学时,她的素描和色彩成绩一般,但两个钟头的创作考试,她半个钟头就考完了,而且得到了高分。

刘元睿真正比较正规进行绘画练习,是小学毕业后开始的。然而进步很快,成绩很优秀,经常参加比赛获奖。尽管刘西因为担心耽误她的文化课学习,而多次阻止她参加比赛,但她还是得过许多奖。当时的少儿绘画比赛一般有两种:一种是政府教育机构举办的,这一类通常比较正规,有权威,得到公认;另一种是一些社团举办的,良莠不齐。刘元睿参加的第一类比赛有:湖北省第二届黄鹤美育节绘画比赛,获金奖(全省 5 名);武汉市艺术小人才绘画比赛,获一等奖数次,此奖影响大,升学时可加分;湖北省"三楚少年杯"比赛,获一等奖。她参加的第二类比赛有:全国"双龙杯"少儿书画大赛,获金奖数次;湖北省"小星星"书画大赛,获金奖。这些都是刘西现在仍能记住的一部分,还有一些他记不清了。

除获奖以外,从湖北美术学院附中起,一直到湖北美术学院毕业,她经常有作品在《小学生天地》、《校园内外》、《红树林》、《少年世界》、《淘气包》等杂志发表,后来,她还成为湖北省少年儿童出版社的经常撰稿人。《小学生天地》当时主编很欣赏这位该刊年龄最小作者的作品,刊发特勤。

由于获奖、发表作品有如家常便饭,她认为这一切都是理所当然,而且逐渐感到没有味道。她用 4 个字总结那个时候的自己——"年少轻狂"。我评论她过于自信时,她说她是"艺高人胆大"。

综上所述,似乎可以说,这是我对第三个孙女元睿的第一次意外发现。原来因为她的数学、外语、政治、生物、物理、化学等课程的成绩不好,我很担心她不能按部就班地读完大学,以后在社会上难以立足,成为一个暗淡的灰姑娘。她也可能多少意识到我对她的这种看法,但她非常沉默寡言,有什么想法都闷在心里,即使对爷爷、奶奶、爸爸、妈妈,也不言讲。这时,她在绘画方面取得的不错的成绩和表现出的潜质,已让我意识到,我原来的担心似乎是多余的,她将来完全有可能成为一个相当有成就的绘画工作者,并且以此在社会上立足。

大学毕业后,刘元睿花了大约一年的时间思考自己以后的人生道路。她是一个不喜欢大家都喜欢的东西的人,一个不愿意走大家都走的那条路的人。因此,她从来没有想到进政府部门。她试过杂志社和广告公司,但那些机构每天按时上下班的生活也让她感到十分枯燥;中规中矩的图画设计使她感到自己的艺术天分正一点一滴地被消耗殆尽。于是,她毅然决然地放弃了这条有些人认为有兴趣、有前途的人生道路,决定自己创业。

经过市场调查,她发现武汉市在创意家居饰品方面存在很大的市场空缺,于是萌生了建立一个创意生活企业的想法,主要经营一些富有创意的家居装饰品。可是由于自己设计产品的制作成本太高,产品的数量有限,商店中出售的货物,只有一部分是由她自己设计的。创业之初,尽管困难重重,她还是取得不错成绩。不仅营业有盈余,还因其系新生事物,获得一些报纸、杂志报道。然而,毕竟当时武汉市民中理解、欣赏、爱好创意生活的人并不多,她的产品市场有限,经营状况达不到她的预期效果。她于是停止了这种创意经营,转而在万达商场同时开了一家服饰店和一家帽子店;帽子店的商品,都是她以"老武汉风情"为主题设计制作的。湖南卫视著名娱乐节目主持人汪涵有一期讲谈地方文化的节目,就是戴着她设计的帽子做的。

服饰店经营后期,由于铺面租金不断上涨,赢利困难,元睿认为这是她人生道路上遇到的一大瓶颈。她天赋异禀,从小就感到没有什么事情是自己办不到的,甚至看不起自己父母,认为他们庸庸碌碌一生,无任何成就可言;她讨厌别人说她善画不是由于自己的天赋和努力,而是因为父亲是个美术老师,一直拒绝承认父亲的遗传和帮助。直到这时,由于她的事业遭受自己无法解决的困难,她才初步感到自己并非无所不能的女超人,接受了父母的帮助,而且改变了对父母的看法,增强了亲情。

这时,我第二次意外地发现了我原来不认识的第三个孙女刘元睿。

她从出生起,我们就在一间房屋里共同生活了5年。这期间,她头脑里可能活动着一些奇思遐想,但外表却沉默寡言,不喜欢显山露水,表现得很低调。她的这种不动声色的自我打造,好像用一层黑幕把自己包裹起来,让人们不识她的庐山真面目。现在看来,我当时确实不了解她。5岁时,她随父母搬去了新家,我们见面的时间少了。她还是一如既往地沉默寡言,保持低调,就是绘画比赛获得全武汉市、全湖北省甚至全国一等奖,她也从来不张扬,也不通知我,我总是从刘西那儿得到消息的。在我这方面,虽然对她总是牵肠挂肚,但由于我的工作一直非常忙,连家也顾不上,也就没有抽时间去了解她的学习、生活情况,和她谈心交心,因此愈来愈对她不了解。再后来,虽然认识到她的绘画天分和成绩能够使她在社会上站住脚,自谋生活,但又觉得她是一个没有什么理想、抱负、独特见解、自由意志、异常生活旨趣的人,一个没有多少社会经验和谋生能量,没有自己规划的人,总之是一个只能依靠亲友、随着社会洪流活得浑浑噩噩的平常人,并不会有所作为。但现在的她并非如此,她不独具有很强的独立精神和谋生本领,还具有与常人迥然不同的想法,坚决走一条一般青年人不想走甚至没有走过的道路。她不愿意像一般大学毕业生那样依靠父母、随社会大流,而是要自己创业,开风气之先,并且取得了成功。这简直就是我从未意识到、从未想象过、更从未见过的一个新的孙女刘元睿。

　　服饰店的危机虽已解除,可以继续经营下去,而且还买了小汽车。但是刘元睿开始思考,如果将来再出现这样的问题,自己是不是还要靠父亲来帮自己解决呢。她不想过这种依赖的、迁就的生活,不想守着这个发展前途不辉煌的店铺庸庸碌碌过一辈子。她希望靠自己的实力和努力打拼一片新天地。于是,在经营服饰店的后期,她已开始着手为纹身业务、或说事业做准备。她说,她不是一个会让自己独立的、创造性生活脱节的人,在一种事业开始出现危机的时候,她就会开始为其他事业作准备了。她一边购买纹身机器和颜料,阅读有关书籍和材料,自己钻研纹身艺术;一边交结从事纹身工作的朋友,向他们学习,和他们交流经验。由于是美术科班出身,有深厚的绘画功底,加上肯吃苦、肯学,她很快便上手了。2010年3月24日,她发表了微博"快来找我纹身吧,现在免费,以后很贵。"2010年7月5日,"130tattoo"工作室正式开业。不过,纹身工作室的经营并非一帆风顺,在刚开始的很长一段时间内,她都接不到活干,只能坐吃山空。但由于她打心底里对纹身的热爱,她咬着牙慢慢坚持下来。画插画的经历带来的浓烈的个人特色,科班出身造就的深厚技艺让她的名声逐渐散播开来。《武汉晚报》、《长江日报》、《楚天都市报》、《楚天金报》、《A城》杂志、《BOSS精品》杂志、《腾讯大楚网》、武汉电视台一套《都市写真》和五套《逛街》、湖北电视台"微博达人秀"(正在拍摄中)等报纸、杂志、电视节目争相对其进行采访报道。随着知名度的提升,工作室的客流量也突飞猛进,甚至有许多外地的客人慕名而来,请她纹身。

如刘元睿所说,她现在已经是武汉市最好的纹身师了,而且是全武汉市唯一的艺术纹身师。在她看来,纹身有两种,一种是商业纹身,一种是艺术纹身。艺术纹身有别于商业纹身:一方面是两者性质不同,前者是有灵魂的,同音乐、绘画、舞蹈一样,是一种传达人们对生活、对美的感受的艺术形式,因此她经营纹身工作室的重点也并不在赢利,而是在艺术创作中获得心灵上的满足感;另一方面是消费群体不一样,元睿的顾客以大学生、白领居多,他们大都有一定的社会地位和文化修养,都是非常热爱生活的人,他们为了记录过往、激励自己而纹身,让自己的生活锦上添花。刘元睿说:"好的纹身,象征着积极向上的人生";"真正有想法的纹身师才能纹出精彩的作品"。

刘元睿相信"性格决定命运",她觉得自己之所以会取得如今的成就跟她的性格——叛逆、乐观——分不开。她说,"我的叛逆期特别长,直到现在都没有结束"。她就是要特立独行、自己为自己做决定,她的确就是这么一步一步走过来的。而她的乐观也帮助她度过了一次次的低潮期。"一定会反弹的!一定会好起来的!"遇到事业坎坷时,她总是这么鼓励自己坚持住。刘元睿还是一个特别喜欢审视自己的人,她说:"认识自己是一件很重要的事情,人的一生就是在不断地认识自己,要搞清楚自己真正追求的是什么,不然就糊糊涂涂过一辈子了。"

刘元睿未来的目标是要达到国际一流水准,用自己的力量带动整个武汉的文化氛围。当人们问到她是否会考虑出国去交流经验的时候,她说,"国外有很多厉害的大师,我还有很多需要学习的地方,但是如果要出国交流经验,我的第一选择是美国,不仅因为那儿有先进的技术,更因为我的爷爷曾经在那里生活、学习过,我想去看看他曾经体验过的那些风景。"

这就是我最近一次意外发现的一个可爱的新的第三个孙女刘元睿。我认为,她有值得我学习的地方。

2011 年 9 月 22 日于珞珈山求索斋

策划编辑:张文勇

装帧设计:肖 辉

图书在版编目(CIP)数据

多情人不老/刘绪贻 著. -北京:人民出版社,2012.5

ISBN 978－7－01－010867－4

Ⅰ.①多… Ⅱ.①刘… Ⅲ.①散文集-中国-当代 Ⅳ.①I267

中国版本图书馆 CIP 数据核字(2012)第 080044 号

多情人不老

DUOQING RENBULAO

刘绪贻 著

人民出版社 出版发行

(100706 北京朝阳门内大街 166 号)

北京市文林印务有限公司印刷 新华书店经销

2012 年 5 月第 1 版 2012 年 5 月北京第 1 次印刷

开本:700 毫米×1000 毫米 1/16 印张:16.25

字数:250 千字 印数:0,001-5,000 册

ISBN 978－7－01－010867－4 定价:36.00 元

邮购地址 100706 北京朝阳门内大街 166 号

人民东方图书销售中心 电话 (010)65250042 65289539